봄을

기다리는

날들

수학자 안재구 가족 서간집

안소영 엮음

봄을
기다리는
날들

감옥의 아버지와 주고받은
10년 동안의 편지

창비

편지를 읽을 독자들께

이 책에 실린 편지들은 30~40여 년 전에, 높은 감옥 담장을 사이에 두고 저희 가족이 주고받은 것입니다. 아버지와 어머니, 초등학생과 중학생이던 저희 사 남매 소정, 세민, 소영, 영민, 그리고 할아버지와 할머니가 쓴 편지들입니다. 오래전이라는 생각이 들다가도, 편지에서 배어 나오는 목소리들이 어제의 일인 양 생생합니다.

1979년 10월 5일, 그해의 추석날은 여느 명절과 다름없었습니다. 차례를 마친 뒤 친지들은 집으로 돌아가고, 아버지는 학교 연구실에 다녀오리라며 집을 나섰습니다. 그렇게 가족의 기나긴 이별이 시작되었지요. 명절 뒤치다꺼리에 제대로 인사도 못 했다며 어머니는 두고두고 가슴 아파하셨고, 저희 남매에게는 늘 유쾌하셨던 아버지의 표정이 그날따라 어두워 보였다는 기억이 오래 남았습니다. 세월이 흘러 아버지가 저희 곁으로 돌아오시고, 또 그만큼의 시간이 거듭거듭 흘러갔어도, 그날의 소스라치듯 선명한 기억은 여전합니다.

아버지는 모교인 국립 경북대학교 수학과 교수로 근 20년간 재직하셨습니다. 박정희 유신 독재 정권에 저항하는 학생들을 징계하지 않고 보호한다는 이유로 1976년에 해직되었고 그 뒤 본격적으로 독재 정권과 싸움을 벌이기 시작하셨습니다. 자신의 학문과 사랑하는 제자들의 앞날을 위해, 갈라진 겨레를 하나로 잇고 어린 자식들이 살아갈 세상을 바로 만드는 싸움이기도 했지요. 1979년 10월에, 아버지와 벗들의 저항은 독재 정권의 정보기관에 발각되어 수많은 사람이 체포되었습니다. 그 직후 독재자는 세상을 떠났지만, 뒤를 이은 군사 정권은 아무렇지도 않게 사형, 무기형, 15년형, 10년형 등의 중형을 내렸지요. 아버지와 벗들은 사랑하는 가족과 헤어져, 높은 담장과 철조망으로 에워싸인 감옥에서 오랜 세월을 보내야만 했습니다.

그때 저희 사 남매는 맏이인 언니와 둘째인 오빠가 각각 중학교 3학년과 2학년, 셋째인 저와 막내인 남동생이 초등학교 6학년과 5학년이었습니다. 숙명여대로 옮기신 아버지를 따라 온 식구가 대구에서 서울로 이사한 지 2년 남짓 되었을 때였지요. 그 뒤로 아버지가 자유를 얻어 다시 저희 곁으로 오시기까지, 10년에 가까운 시간을 아버지와 떨어져 보내야만 했습니다. 어린 저희에게는 아버지가 가장 필요한 때였고, 어머니에게는 한창 자라는 자식들의 양육을 위해 머리 맞대고 의논할 남편이 절실한 날들이었습니다. 늙으신 할아버지와 할머니는, 차가운 감옥에서 지낼 아들 생각에 한시도 눈물 마를 때가 없었습니다. 무엇보다 아버지로서는, 가정의 경제도 아이들의 교육도 여린 아내에게 모두 맡긴 채, 그저 갇힌 처지로 보내야만 했던 통한의 세월이기도 했습니다.

그러한 가운데에도 감옥의 높다란 담장을 넘어 아버지에게서 편지가 날아왔습니다. 한 달에 한 번으로 제한된, 한 장짜리 봉함 엽서였지요. 그 한 장에 어머니와 저희 사 남매 모두에게 전하는 사연을 다 담느라, 주소를 쓰고 접는 안쪽 면까지 아버지의 작은 글씨가 늘 빽빽했습니다.

저희 남매도 자주 아버지께 편지를 보냈습니다. 아버지와 함께 지내지 못하는 허전한 마음을 편지로 메꾸었습니다. 사 남매 중 셋째인 제 편지가 가장 많습니다. 엄마와 언니, 오빠, 동생의 안부, 학교생활, 읽고 있는 책 이야기, 세상과 인생의 궁금한 점들, 진로에 대해 아버지와 의논하였습니다. 감옥에서의 감시와 검열로, 아버지나 저희의 편지는 검은 먹줄이 그어지기도 하고, 때로는 '불허'되어 통째로 전해지지 않은 적도 있었지요.

가족의 이별도, 감옥의 감시와 창살도, 기약 없는 세월도 아버지의 크고도 간곡한 사랑을 막지는 못했습니다. 10여 년 동안 편지 한 장에 담긴 아버지의 든든한 사랑에 기대어, 저희 남매는 초등학생에서 중학생으로, 고등학생으로, 그리고 대학생으로 자랐습니다. 전주, 광주, 대전, 대구 등의 멀고도 낯선 감옥에 계셨던 아버지를 방학 때 짧게나마 만나고 돌아오면, 아버지의 너른 두 팔이 저희를 오래오래 감싸고 계신 듯했습니다.

저희 가족이 떨어져 지낸 시간보다 더 오랜 시간이 흘러, 지난 편지들을 다시 꺼내 책으로 펴내게 되었습니다. 수십 년 전 엄혹하고 어렵던 시절에 한 가족이 주고받은 편지들이, 지금 읽는 이들에게는 어떻게 다가갈지 모르겠습니다. 더구나 그때의 저희 남매와 같은 또래일 청소년들에게는요. 종이에 쓴 편지도 낯설고, 한 집안에 사 남매도 지금은 보기 드문 풍경이겠지요. 어른들의 십 대 시절, 1980년대라는 시대는 더욱 까마득할 테고요. 그래도 입시의 무게가 짓누르는 학창 생활, 그 가운데에도 웃음이 와르르 번지는 교실 풍경, 주변의 모습을 바라보며 어떻게 살 것인가 고민하는 십 대의 모습은 지금과 그리 다르지 않으리라는 생각이 듭니다. 여러 사정으로 함께 살지 못하는 가족도 여전히 있을 테지요.

시대와 환경이 다르다 해도 사람들의 삶에는 변하지 않는 것이 있습니다. 먼 곳에서나마 자식을 생각하는 부모의 깊은 마음,

서로를 염려하고 위로해 주는 가족의 마음입니다. 가족이 아니라도, 곁에 있는 사람을 아끼고 위하는 이의 마음도 마찬가지겠지요. 그러한 마음이 서로에게 닿아 있으면 아이들은 꿋꿋이 자랄 수 있고 어른들은 고달픈 세월을 견딜 수 있습니다.

지극히 사적인 편지들을 책으로 내려니 부끄러움과 주저하는 마음이 들기도 합니다. 지난날 저희 가족의 이야기가, 그때와 다른 시간을 사는 이들에게도 작으나마 힘이 되기를 바라는 마음으로 이 편지들을 세상에 내보냅니다.

2021년 봄에, 아버지와 어머니, 사 남매를 대신하여
셋째 안소영 드림

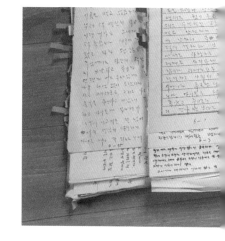

일러두기

1. 이 책은 1979년부터 1988년까지 약 10년 동안, 수학자 고 안재구 교수와 그 가족들이 서로 주고받은 편지 중 일부를 선별해 수록한 것이다.

2. 원본 편지에 있던 문법상의 오류나 비문 등은 오늘의 맞춤법에 맞게 바로 잡았으며, 한 편지의 분량이 지나치게 길 경우 부득이하게 덜어 내기도 했다. 원본 편지의 모습을 보존하기 위해 그 외의 편집이나 수정은 최소화하였다. 특히 엮은이의 조부모님 편지에 있는 구어식 표현은 그 말맛이 독특한 경우, 어법에 맞지 않더라도 고치지 않고 그대로 두었다.

3. 본문 중 각주는 모두 편지에 등장하는 사 남매의 셋째이자 이 책을 엮은 안소영이 썼다.

1장

아버지,

그동안

안녕하셨어요?

(1979년 10월~1981년 2월)

1980년 4월 13일

아버지께

그동안 안녕하셨어요?

아버지 편지 받고 너무너무 기쁘고 반가워서 어쩔 줄 몰랐어요. 저희는 모두 잘 지내고 있어요. 할아버지, 할머니, 엄마, 세민이, 소영이, 영민이……. 저도 학교에 잘 다니고 있어요. 아버지도 건강 조심하세요. 아버지가 하신 말씀 잊지 않고, 따르도록 열심히 노력할게요.

이제는 완연히 봄인가 봐요. 집집마다 개나리꽃, 목련꽃이 활짝 피었어요. 조금 있으면 우리 집 뜰의 라일락도 귀엽게 피어나겠죠. 꽃 소식처럼 좋은 소식도 함께 왔으면 해요.

고등학교 생활은 그런대로 잘해 나가고 있어요. 3년만 공부하면 대학에 가게 돼요. 빨리빨리 세월이 흘러서 아버지를 만났으면 해요. 반드시 곧 그런 날이 오겠죠!

아버지께 이렇게 편지 쓰는 것도 오랜만인 것 같아요. 갑자기 존댓말을 쓰니까 이상해져요. 아직도 철이 안 들었나 보죠.

그럼 아버지, 편지 또 할게요.

항상 건강 조심하시고, 행운이 있기를 빌겠어요.

안녕히 계셔요.

소정이 올림

당신에게

여보, 미안합니다. 저 나름대로 최선을 다해 뛰었는데도 결과적으로는 별 도움이 되지 못해 면목이 없습니다.

마치 절벽에서 굴러떨어져 내린 듯한 이 현실이 제발 꿈이기를 빌어 보기도 합니다. 도무지 마음을 가라앉히기가 힘이 듭니다. 그러나 당신의 운은 매우 좋으리라는 것과, 또한 주님의 은혜와 조상의 영검이 우리들의 기대를 저버리지 않을 것이라 확신해 봅니다.

이젠 당신을 탓할 기력도 잃어버렸습니다. 참으로 부부란 어떤 것인지, 오십이 다 되어 가는 지금에야 실감하게 되는 것 같습니다. 당신도 내게 미안하다는 생각은 접어 두시고, 주어진 운명을 우리 함께 현명하게 극복해 나가자는 다짐을 새로 하도록 합시다.

당신도 아시다시피, 가장 두려워하는 여건들만이 나를 에워싸고 있는 느낌입니다. 늦게나마 삶을 다시 배우고 있는 걸까요? 어쨌건 하늘이 내게 주신 시련을 기꺼이 감당해 내야만 하겠지요.

어찌 생각하실지 모르겠지만, 당신의 재판이 있을 때마다 성당에 갔습니다. 당신이 연행당했다는 소식을 듣고, 맨 먼저 달려간 곳도 바로 성당이었습니다. 어질고 착하게 살아온 우리를 제발 저버리지 말아 달라고 천주님께 간곡히 애원하였답니다.

아이들은 제자리를 지키며 성실하게 지내고 있습니다. 하지만 아버지의 사랑과 힘이 뒷받침되지 않으니 아무래도 힘든 면이 있겠지요. 그래도 시간이 흘러가면 차츰 괜찮아지리라 생각합니다. 생각이 깊고 현명한 아이들이니까요.

말씀하신 책 두 권을 내일 면회 때 차입하겠습니다. 당신에게 최선을 다할 각오가 되어 있으니, 보시고 싶은 책이나 부탁하실 게 있으면 무엇이건 일러 주세요. 그곳의 식사가 부실할 테니, 영치금으로 간식도 빠뜨리지 말고 챙겨 드시기 바랍니다.

당신을 만나고 나오면, 밝은 태양 아래에서 맑은 공기를 접하고 있는 것이 마음 아프고 송구하기만 합니다. 하지만 담장 밖에서 가슴 벅차게 만날 환희의 날이 반드시 오리라는 것을 믿고, 인고의 세월을 견뎌야 할 것 같습니다.

부디 몸조심하세요. 자주 찾아가도록 하겠습니다. 당신의 건강과 행운을 빕니다.

아내가

1980년 4월 23일
아버님께 올립니다

그동안 안녕하셨습니까?

몸은 건강하신지요? 형과 누나들, 저희는 모두 공부 열심히 하고 있습니다.

지난 8일에는 KBS 방송국에 가서 좌담회를 하고 왔습니다. 작은누나 못지않게 저도 잘했습니다. 출연료를 받아서 할아버지께 빵을 사 드렸습니다. 할아버지도 무척 즐거워하셨습니다.

저는 요즘 어머니를 도와 잘 지내고 있습니다. 오늘도 어머니와 시장에 다녀왔습니다. 제가 무거운 것도 들어 드렸습니다. 순대도 사 먹었습니다. 누나에게는 비밀이지요.

아버지, 부디 건강에 유의하시어 뵈올 때까지 건강하시기를 바랍니다. 그럼 오늘은 이만 줄이겠습니다. 다음에 또 편지 드리겠습니다. 안녕히 계십시오.

영민 올림

1980년 4월 23일

당신에게

오늘은 아침부터 당신이나 소정이의 편지가 오려나 하고 기다리다가, 점심 식사 후 편지 쓰라는 담당 교도관의 말을 듣고 이처럼 펜을 들었소.

4월은 내 조국의 청년들이 독재를 불살랐던, 영원히 잊지 못할 열풍의 달이오. 지난 토요일과 일요일, 이틀 동안 4월 혁명 직후의 여러 가지 일들을 회상해 보았소.* 또한 혁명 후 다시 암흑기에 접어든 무렵에, 당신과 시작한 봄날을 생생히 기억하고 있소.

우리가 결혼한 뒤 어느덧 18년의 세월이 지나갔구려. 봄비답지 않게 옥창에 거세게 들이치는 빗소리를 들으며, 당신과 보낸 지난 일을 회상하며 눈물 흘렸소.

당신을 편하게, 그리고 행복하게 해 준 세월은 아니었소. 어려운 살림에다 맏이의 소임에 시달리고, 나마저 다른 일에 정신이 쏠려 자주 당신을 돌아보지 못했소. 내 사랑하는 아들딸들에게도 해 준 일 하나 없이, 마침내는 이처럼 크나큰 슬픔을 안겨 주는 몹쓸 남편이 되었구려.

부모에게 불효하고, 아내에게 슬픔을 안겨 주고, 자식들에게 어려움을 떠안긴 내가 무슨 애국 운동을 한다고 나섰던가, 생각하니 부끄럽기 짝이 없소. 어쩌면 죽도 밥도 아닌 인생이 되었다고나 할까. 그러나 한편으로는 남에게 몹쓸 짓 안 하고, 양심을 지키며 깨끗하게 살아왔다고 자위해 볼 수는 있소.

작년 추석에 집을 나온 뒤로 약 20일 동안, 나는 이 세상에서 버림받은 듯한 사람들이 너무나 비참하게 살아가는 곳에서 지낸 일이 있소. 정말 가난이란 것은 무서운 일이오. 희망을 품는다든

---

* 1960년 4월 19일, 학생들과 시민들이 이승만 정부의 독재와 부정부패 등에 항의하여 일으킨 4·19 혁명을 말한다. 4·19 혁명은 이승만 대통령의 하야로 이어졌다.

가 소망을 지닌다는 것은 사치로만 여겨지는, 여름날의 하루살이와 같은 인생들을 많이 보았소. 내가 사는 나라에 이런 곳이 있다는 것을 내 눈으로 놀랍게 확인하였소. 집을 마련한다, 살림살이를 마련한다는 생각은 이곳에서는 그야말로 꿈같은 소리이지요. 끼니를 잇지 못하기도 하고, 다행히 굶는 것은 면했다 해도 사람이 사람으로서의 인간성을 잃게 하는, 정말 무서운 곳이었소. 특히 공장 부근의 빈촌은 말할 수 없는 지경이었어요.

감방에서 그때 보고 겪은 이러저러한 일들을 생각하니 아이들 걱정이 앞서는구려. 우리 아이들 앞에 어떤 삶이 펼쳐지게 될지 마음이 놓이질 않는군요. 그러나 착한 애들이고 영리한 아들딸이라 애써 믿음을 가져 보오.

창밖을 내다보니 이젠 봄빛이 완연하오. 멀리 보이는 언덕은 푸릇푸릇하고 산에는 진달래가 한창 피어나고 있군요. 이 좋은 봄날에 당신과 아이들을 데리고 가까운 교외에라도 갔으면 하는 꿈도 꾸어 보오만, 부질없는 생각이지요. 내가 없더라도 한번 시간 내어 아이들과 바람 쐬고 오구려. 우이동 계곡쯤이 좋을 듯싶소.

그리고 지난번 면회 때 말한 금요 기도회에 꼭 참석하도록 하오. 윤관덕 목사님, 문익환 목사님, 서남동 선생님께 인사하고, 당신과 우리 아이들을 위로해 주시기를 부탁한다고 전해 주오. 모두 좋은 어른들이오.

그럼 오늘은 이만하오. 자주 편지하겠소.

남편으로부터

* 이 봄날, 내 마음을 담아 두보의 시를 적어 보내오.

江碧鳥逾白	강물이 푸르니 새는 더욱 희고
山靑花欲然	산이 푸르니 꽃은 불붙는 듯하구나.
今春看又過	올봄이 이렇게 또 지나가나니
何日是歸年	어느 날에야 고향에 돌아가려나.

1980년 4월 25일

아빠 보세요

이제는 봄도 거의 반이 지났어요. 개나리와 진달래보다는 라일락이 더욱 눈길을 끌어요. 하지만 저는 개나리와 진달래가 좋아요. 소박한 멋이 풍기는, 우리 조상들이 좋아하던 꽃이잖아요.

제가 아빠에게 쓰는 편지가 이번이 처음인 것 같아요. 너무 급변한 환경에 어리둥절하기도 했지만, 지금은 잘 적응하여 훌륭한 딸이 되도록 열심히 노력하고 있어요.

영민이도 요즈음 많이 철들었어요. 싸움을 걸지도 않고, 심부름도 아주 잘해 주고, 또 학교에서도 반장으로서 모범을 보이려 열심히 생활하고 있나 봐요.

중학교에 오니 국민학교* 때와는 모든 것이 너무 달라요. 친구들의 성격이나 환경의 차이도 커요. 예전엔 친한 친구들만 보였는데, 이제는 더 많은 친구, 어려운 아이들도 보입니다. 저 나름대로 뭔가 도움을 줄 수 있도록 노력하고 있어요.

저희는 결코 불행하다고는 생각하지 않아요. 오히려 더 힘든 친구들을 위해 애쓸 수 있는 사람이 되겠어요.

저는 앞으로, 이 세상의 약한 사람들을 위해 정의롭게 살겠어요. 그들을 위해 제가 할 수 있는 일을 하고 싶어요. 꼭⋯⋯.

아빠, 그럼 자주 편지할게요.

소영 올림

1980년 4월 27일

아버님께

날씨가 퍽 따뜻해졌어요. 이젠 꽃이 피고 봄기운이 완연하군요.

그동안 할아버지와 할머께서도 안녕하시고, 우리도 열심히 공부하고 있습니다. 영민이는 반장이 되어 친구들과도 활발하게

* 지금의 초등학교. 일제 강점기인 1941년부터 '국민학교'라 불리다가 1996년에 바뀌었다.

어울리며 열심히 공부하고 있어요. 소영이는 글짓기 대회에서 큰 상을 많이 타서 방송국에도 여러 번 다녀왔어요. 그리고 저는 열심히 공부하고 있어요. 아버지께서 안 계신 이후로도 열심히 공부하여 저희 반의 일등을 놓친 일이 한 번도 없어요.

아버지, 저는 어떤 고난이든지 이기고 나아갈 마음의 준비가 되었어요. 괴로움을 당하면 당할수록 점점 강해질 것입니다. 지금의 고난을, 앞길을 가로막는 장애물이 아니라 새로운 도약의 발판으로 삼아 열심히 노력하겠습니다. 그러니 안심하셔도 좋을 것입니다.

아버지께서 말씀하신, 우리 집안은 대대로 의롭게 살아온 집안이라는 것을 늘 마음에 간직하며 저도 그렇게 살아가겠습니다. 의롭게 사는 사람이 승리하는 세상이 꼭 올 것입니다. 그리고 아버지께서 하신 일의 값어치가 꼭 되살아날 것입니다. 동생들 잘 보살피며 어머님 하시는 일을 도와 열심히 살아 나가겠습니다.

밤이 깊었어요. 벌써 자정이 넘었습니다.

아버지, 그럼 건강히 지내십시오.

세민 올림

아버님께

날씨가 퍽 따뜻해 졌어도

이젠 추위도 가고 봄 가도니 완연하군요.

2동안 할아버지 할머니께서도 안녕하시고 우리들도 열심히
공부하고 있습니다.

명번이는 반에서 반장이 되기 활발하게 친구들과도
잘 어울리며 열심히 공부하고 있어요.

소영이는 글짓기 대회에서 큰 상을 여러번 타서 방송에도
여러 번 나가 됐어요.

그리고 저는 열심히 공부하고 있어요.

아버지께서 만 재신 아들로 열심히 공부하여 반에서
수석을 놓친 일이 한 번도 없어요.

아버지, 저는 어떤 고난이 든지 이기고 나아갈 마음의
준비가 되었어요.

괴로움은 당하면 당할 수록 진건강해 질 것입니다.

지금의 고난이 앞길을 가로 막는 장애물이 아니라 새로운
비약의 발판으로 삼아 열심히 노력하겠습니다.

그러면 아버지께서도 안심하셔도 좋으 실 것입니다.

그리고 아버지께서 말씀하신 묵묵히 참으면 대대로
외롭게 살아온 철인이라는 것을 늘 마음ー 간직하며
저도 외롭게 살아 갈 것입니다.

외롭게 사는 사람이 승리하는 세상이 꼭 올 것입니다.

그리고 아버지께서 하신 일이 값어치가 꼭 되 살아 날

당신에게

　당신에게 편지 쓰려고 집필실에 들어오자마자 면회 통고를 받고 당신을 만났소. 이처럼 크나큰 시련을 겪으면서도 내게는 조금도 당황하거나 서러운 모습 한번 보이지 않는 당신을 보면서, 여태껏 살면서 한 번도 느껴 보지 못한 당신의 참모습을 찾았다오. 나에게는 더없이 고맙고 힘이 되는 아내임을 뼈저리게 느끼고 있소.

　그러나 당신의 속마음은 오죽하겠소? 모두 짐작하고 있소. 사건이 난 뒤 가장 큰 걱정은, 여리고 고운 성품의 당신이 과연 이 험한 일을 어떻게 감당할까 하는 것이었소. 그렇지만 이제는 모든 것을 안심할 수 있겠소. 염치없지만 안팎의 일들을 당신에게 맡겨 보오.

　매일 운동 시간에, 산비탈에 있는 서대문중학교를 바라본다오. 그곳에서 우리 세민이가 열심히 공부하고 있겠거니 생각하면 없던 힘도 부쩍 납니다. 그리고 앞날의 모든 희망을 자라나는 저 아이들에게서 찾으리라는, 나의 인생관을 더욱 다지게 되오.

　이처럼 지금 나의 심정은 모든 것을 초월하고자 하오. 선고 재판을 앞두고 있긴 하지만 초조함이라든지 불안함은 벌써 떠났다오. 그러니 이런 점에 대해서는 조금도 염려하지 마오.

그리고 나에게 영치금 넣는 일, 너무 마음 쓰지 마오. 현재 상태로는 충분한 듯하니 아이들, 특히 영민이가 먹고 싶은 것을 더 먹을 수 있도록 해 주오. 막내 영민이가 벌써 6학년, 편지 쓰는 것도 제법이라오. 사 남매 모두 금덩어리 같은 나의 후대라오. 아버지가 있어서 움츠러들게 하지 않고 뒷받침을 더 해 주어야 할 텐데, 그리할 수 없으니 원통한 심정이오. 그러나 이것도 운명이라 생각하오. 이 시련이 아이들에게 더 큰 단련이 되고, 용기를 얻을 수 있었으면 하고 생각해 보오만······.

오늘은 당신도 만나고, 이처럼 편지로 아이들 얘기를 쓰는 재미가 있어서 정말 마음이 날아갈 듯 가볍소. 또 편지하겠소. 건강 조심하시오.

남편이

1980년 5월 3일

당신에게

담담하고 평온한 자세를 지니고 있다는 당신의 편지 잘 보았습니다. 평소 대범하던 당신의 성품을 생각하며, 앞으로의 일도 잘 풀리게 되리라 마음속으로 기도하며 다짐해 봅니다.

5월은 꿈이 많은 달. 포근한 바람과 갖가지 꽃들이 계절의 푸르름을 더욱 빛나게 하고, 사람들에게 희망과 행복을 가져다준다고 하지요. 그러나 우리에게는 가슴에 짙푸른 멍을 깊게 새기는 가혹한 달인가 봅니다.

어제 선고가 내려지고, 나는 눈물이 쏟아져 자리에 주저앉아 흐느끼고 말았습니다.* 구속된 가족을 두고 있는 다 같은 처지의 불행 속에서도 저마다 또 희비가 엇갈려, 피고인석과 방청석에서는 서로 가족들을 찾았지요. 그러나 나는 당신을 쳐다보기가 두려웠고, 나 자신을 자제하기도 힘들었습니다. 다른 가족의 위로를 받으며, 그래도 더 울지 않으려 애써 마음먹었습니다. 이것이 마지막은 아니리라, 끝내 우리는 버림받지 않으리라는 생각과 각오를 다지며, 자리에서 일어나 조심스레 당신의 눈길을 찾아보았습니다. 당신도 그러한 마음인 것 같더군요. 절망의 한가운데에서도 우리는 서로 희망을 나누고, 자신감도 나누어 보았지요. 2심 재판에서는 절대로 우리의 소망을 헛되게 하지 않으리라, 다시 자신감도 가져 봅니다.

하지만 아직도 이 현실에 실감을 못 느끼겠습니다. 반년이 더 지났는데도 당신이 퇴근할 무렵이면 초인종 소리가 들려오고, 인터폰에서 "아빠다!" 하는 당신의 음성이 들리는 듯합니다. 이러한 착각이 언제까지 계속될지……. "아빠다!" 하는 그 목소리가 너무도 귀에 쟁쟁합니다.

* 1980년 5월 2일, 신군부의 비상계엄하에서 진행된 1심 재판에서 사형이 선고되었다.

아마도 시간이 흐르면 현실에 익숙해지겠지요. 그리고 살아갈 힘도 얻게 되겠지요.

당신의 구명은 저의 숙명. 계속하여 당신의 구명을 호소할까 합니다. 당신이 이제까지 쌓아 올린 학문과 학계의 자랑스러운 공적을 결코 헛되게 할 수는 없습니다. 2심에서는 변호사님과 호흡을 맞추어 더욱 분발하겠습니다. 허탈이나 체념은 금물이지요. 용기를 내어 이 정글을 헤쳐 나가야겠지요. 아버님, 어머님께도 안심하시라 말씀드리고 있습니다. 차차 힘을 내시겠지요.

밖에는 봄비가 내리고 있습니다. 어느새 밤도 깊었습니다. 소영이는 오늘, 홍릉에서 열리는 글짓기 대회에 다녀와 곤히 자고 있습니다. 세민이는 환경에 조금도 구애됨 없이 열심히 공부하고, 영민이는 학교 대표로 육상 대회에 나가기에 연습에 몰두하고 있습니다. 소정이도 고등학교 생활을 잘하고 있습니다. 이 위기가 아이들에게 충격이 아닐 수 없겠지만, 겉으로 보기에는 모두 다 대견합니다.

부디 건강 조심하시고, 늘 용기 내어 생활해 가시기를 바랍니다. 무엇보다 앞날의 일은 안심하시라고 말씀드리고 싶습니다. 다음에 또 쓰기로 하고 이만 그치겠습니다.

아내가

〔경북대 조 선생 주소를 보내드리니, 당신이 간략하게라도 도

움을 청해 보세요. 일간 대구에 또 내려가 만날까 합니다.)

1980년 5월 6일

아버지께

그간 안녕하셨어요. 여러 날 동안 편지 못 드렸어요. 이제부턴 자주 쓸게요.

아버지, 우리 집 화단은 참 아름다워요. 자주색 목련도 활짝 피었고, 보랏빛 라일락도 향기를 날리고, 저편 구석엔 진달래도 수줍게 피어 있어요. 할머니, 할아버지, 엄마, 언니, 오빠, 영민이 모두 건강히 잘 있어요. 물론 저도 공부 열심히 하려고 해요. 지난번 토요일엔 백일장에 나갔어요. 시 부분으로 나갔는데, 한 번도 시를 써 보지 않아서 힘들긴 했어요. 하지만 그냥 써냈어요. 국어 시간에 시를 썼는데, 선생님이 아주 좋다고 하셨어요. 그 작품을 소개하겠습니다.

중간고사가 얼마 남지 않았어요. 열심히 공부할게요. 이번엔 6등 했는데 다음엔……. (과연 1등을 할지?) 하여튼 노력할게요. 노력해서 안 되는 일이 있나요, 뭐.

아버지, 그럼 다음에 또 편지 쓸게요. 봄날에 아버지 건강도 유의하셔요. 그럼 이만.

소영 올림

추신: 다음 편지에 성적 이야기가 없으면 1등 못 한 줄 아시길······.

하늘

자신의 모든 것을 바쳐
파아란 비단 자락이 된 꿈나무를
우리는 그저 하늘이라 부른다.

세상 모든 것을 용서하며
새 생명의 탄생을 돕는 신비한 나무를
우리는 그저 하늘이라 부른다.

세상의 죄악 때문에
때로는 검게 변한 슬픈 나무를
우리는 그저 하늘이라 부른다.

이 세상의 모든 악을 빼앗기 위해
천사의 지팡이가 된 신비의 나무를
우리는 그저 하늘이라 부른다.

1980년 5월 18일

아버지께

그간 안녕하셨어요?

이곳도 할아버지, 할머니를 비롯하여 모두 별일 없이 잘 있습니다. 화단에 있는 목련, 라일락 꽃도 다 지고 푸르른 계절이 다가오고 있습니다.

요즘 저는 학교생활에 재미를 붙이고 있습니다. 경필 대회에 입상도 하고, 육상 연습도 꾸준히 하고 있습니다. 지난 일요일에는 친구 네 명과 서울운동장에 가서 야구 구경을 했습니다. 날은 찌는 듯이 더웠지만, 야구 경기는 무척 재미있었습니다.

요즘 형은 열심히 공부하여 1등을 했으며, 작은누나는 글짓기 대회에서 입상하여 학교에서 해바라기 배지를 받았습니다. 큰누나는 그림 공부를 열심히 하고 있습니다. 가끔 형이 기타를 치는 소리도 들려옵니다.

저는 오는 28일에 월말고사를 보는데, 이번 시험에서는 꼭 1등을 할 계획입니다.

지난번에 아버지 편지를 받고 참 반가웠습니다.

더워지는 날씨에 몸 건강히 안녕히 계셔요.

또 편지 드리겠습니다.

영민 올림

소영에게

오늘 아침 일찍 너와 영민의 편지를 받았다. 아버지는 언제나 너희들의 편지가 가장 반갑다. 얼른 내어 보니 소영의 예쁜 글씨와 아름다운 사연이 적혀 있어서 우리 집 화단이 손에 잡히는 듯, 네 목소리가 내 귀에 들리는 듯했다.

아버지 건강은 아주 좋다. 모두 너희들이 빌어 주는 덕인가 보다. 내가 제일 애를 쓰는 것이 건강이다. 자유를 얻게 될 날까지 튼튼한 몸으로 지내다가 너희들을 만나야지. 그리고 겨레를 위하여, 또 너희들을 위하여 힘껏 살아갈 날을 맞아야지.

네 말대로 노력해서 안 되는 일이 있나, 열심히 공부해서 아버지 딸답게 1등 한번 해 보지 않겠느냐? 노력하면 되는 것은 누가 모르겠느냐, 하는 것이 힘들지. 그러나 힘들게 노력한 뒤 나타나는 결과란 정말 보람찬 일이라고 할 수 있다. 학교 공부 외에도, 글 공부에도 함께 노력하여라.

편지 뒤쪽에 「하늘」이라는 시는 정말 수준이 높은 글이더구나. 나의 귀여운 딸 소영이의 마음이 이처럼 무럭무럭 자라고 있다는 것을 생각하니, 아버지는 정말 눈물겹도록 고맙게 생각한다.

네 말대로 모든 것을 희생하고 나면 곱디고운 비단 자락과 같은 꿈 나무만 남는다. 이것이 모든 사람이 가지는 소망인지도 모르지. 또 죄악이 성하면 세상도 추해져서 모든 것이 추한 빛을 가지게 되겠지. 그러나 하늘은 천사를 내려 지팡이로써 모든 악을 쳐 없앤다. 이것이 하늘이고 바로 진리가 아니고 무엇이겠느냐. 아빠가 가지고 있는 생각(사상)을 네가 잘 표현해 준 시라고 생각한다. 이런 생각을 지니고, 너처럼 하늘을 빌리어 글로 나타내는 재주는 정말 부럽구나. 아빠가 너의 글재주를 정말 부러워한다.

네 시처럼 글이란 깊은 생각을 담고 있어야 한다. 그리고 그것이 드러난 글이 여러 사람에게 감동을 준다. 많은 책을 읽고 많은 것을 느껴야 거기에서 참다운 사상이 이루어진다. 이러한 사상으로써 이루어진 글이 바로 참다운 글이다. 열심히 공부하여라.

영민에게는 별도로 편지하겠다고 하여라. 언니, 오빠에게도 안부 전하여라. 엄마를 잘 도와주길 거듭 당부한다. 이만.

아버지가

1980년 5월 24일

재구 보아라

다리팔에 힘 빠지고 마음이 텅 비어 흉격이 막막하니 무신 말을 할까.

일전에 편지 잘 보았다. 아무려나 건강한 몸으로 잘 있어 다오.

재구 보아라

다러진데에 피멍지고 살음이 덛비여
홍옥이 박힌여 묵산날을 할가
일천에 던지 잘보앗다
이미와 너의버지게서는 백안으로 잘보았다
오라단 이신다 나믄 목근하기박고 건강
에라 옥의 하여라 오라는 남내게 젹 원한
너를 보고십은 생각은 잔삭 생
각사 석으로 없는 잔구 생각한다
오멸 없시 너를 대할때 엄마가 잇지
잇는 자식 너울가 할것이나 네로란
시간은 고통하러나 첫재 너의 건강을 안
을해 칠가 열내려 엄마곤 옥 수슴
하기심조리러 롭구나 너의 머버지게 노
한작 눈아 영실병이 아글어온
큰지에나 걱정마라 라이 힘들 곤부
열심히 한것 잇는 네빙이 치통없시
옥동투등이 체중한 것특 힘업서
다못지 바하겟쓰나 아비야 너 진로
이잇쓰라 흑은 보아 주상나불런 부산군설
변 초근 복치로생 한 드 부산군설

아침만 먹으면 정아 어미와 너 아버지는 백방으로 생각하고 곳곳 돌아다니신다. 마음 푸근하게 먹고 건강에 유의하여라. 우리는 남에게 적원*한 일 없으니, 하늘이 무심치 않으실 것이다.

너를 보고 싶은 생각은 간절하나 생사 간 소식 없는 자식, 생사 기로에 있는 자식 생각할 때, 엄마가 어찌 오열 없이 너를 대할 것이냐. 너 또한 목석이 아닌 이상 쓰린 가슴을 안고 몇 시간을 고통하리니, 첫째 너의 건강 해칠까 염려되고, 엄마도 근력 수습하기가 심히 괴롭구나.

너의 아버지께서는 한쪽 눈이 영 실명이다. 근력은 근근 지내시니 걱정 마라. 아희들 공부 열심히 하고 있고, 넷이 차등 없이 우등, 특등이니, 귀중하고 기특함을 다 어찌 말하겠느냐.

아비야, 너만 돌아오면 초근목피로 살아간들 무슨 근심이 있으랴. 두 손 모아 조상님 전 무언 발원**이다. 험하고 메마른 세상인 줄 알았더니, 깊숙이 알고 보니 인정도 많고 동정도 많을 것이다. 이십여 년 경북대학 수학에 불철주야로 고난을 무릅쓰고 살아온 너의 공적이 그리 쉽사리 허물어지겠느냐. 부디 마음 너그러이 먹고 밝은 날이 올 때까지 건강으로 있어 다오.

반포, 묵동 다 별일 없고, 주야는 아직 질정***한 곳 없어 답답하

　＊ 적원(積怨): 오랫동안 원망을 쌓음.
　＊＊ 무언 발원(無言 發願): 말없이 소원을 빎.
＊＊＊ 질정(質定): 갈피를 잡아서 분명하게 정함.

다. 너는 아무 걱정 말고 잘 있거라. 그리움을 참다못하겠거든 너를 찾아가마. 네 엄마는 왜 이리 눈물이 많은지. 아는 게 없고 수양이 없는 탓일 게다.

일간 찾아가마, 재구야.

엄마로부터

1980년 7월 20일
당신에게

그저께 부친 편지 잘 받았을 줄 믿습니다. 그동안 아버님께서 면회하셨는지 궁금하군요. 마치 병원에 입원시킨 환자처럼 어쩌면 이리 신경이 쓰일까요. 세상의 남편들이 아내의 마음을 얼마나 따라올까, 어이없는 생각도 해 봅니다.

지금 대구에 와 있습니다. 친척과 친지 들의 불편한 마음을 모르는 바 아니나, 눈 감고 체면도 무릅쓰고 있습니다. 절박한 제 처지만 생각하렵니다. 피곤하군요. 어려운 현실입니다. 마음과 현실이 일치하지 못해서 안타까워하는 동료 교수들, 제자들을 만날 때, 저도 안타까우면서도 섭섭할 따름입니다. 당신의 구명 탄원을 위해 전체의 힘을 모으려 하나, 자꾸만 어긋나 어려울 것 같습니다.

기대하기가 힘이 듭니다. 이삼일 머무르다 최종적인 결정을 보고 올라가려 합니다. 그간 이곳 국립 경북대학교에 재직하면서 쌓아 온 당신의 학문 업적과 노고만 보아주면 좋으련만…… 큰 실수에도 정상 참작이란 한 번쯤 있는 법인데, 하물며 목숨이 걸린 일인데요.

재판부의 참작을 바라는 수밖에 없을 것 같습니다. 당신도 학자로서 20여 년간 쌓아 온 업적과, 다시금 학문으로 국가와 사회를 위해 일할 수 있게 되기를 간곡히 호소하셨으면 좋겠습니다. 저도 탄원서를 준비하고 있습니다. 어른들 사이에 오가는 이야기들을 들었는지, 소영이가 아버지에 대한 탄원을 하고 싶다고 해서 기특했습니다. 이제는 당신과 우리 가족의 노력을 기대할 뿐입니다.

사람은 그리 믿을 수 없는 존재인지 모릅니다. 그러니 담담한 자세로 이 현실을 이겨 나가야겠습니다. 오로지 하느님께, 여태껏 착하고 소박하게 살아온 우리 가정을 돌보셔서 우리 아이들의 가슴에 든 멍을 없애고 바르게 살아갈 수 있도록 기원해야겠습니다.

간곡한 새벽 기도의 청원이 헛되지 않도록, 저와 함께 마음 모아 기도하실 것을 부탁하고 싶습니다. 부디 당신의 탄원서에 신경 써 주시기 바랍니다. 간곡히 부탁드립니다.

건강을 빌면서 당신의 아내 씀

1980년 8월 13일

아버님께

그동안 안녕하셨습니까?

오늘 아침에 법정으로 가시는 아버지의 모습을 보았어요. 아버지는 나를 보셨는지요? 한 번도 저와 눈이 마주치지 않더군요.

차창 사이로 아버지의 모습을 보니까 옛날 우리 사 남매가 어리광을 부리던 생각이 났어요. 아버지, 자꾸만 보고 싶어요. 그래서 저는 틈나면 옛날 아버지와 함께 찍은 사진들을 많이 봅니다. 밀양에서, 경북대학교에서 영민이와 소영이가 재롱을 부리던 사진이 많이 있어요.

저는 3학년이 되어서 친구들과 함께 공부합니다. 모르는 것을 서로 묻고, 또 토의하고, 이렇게 공부합니다. 모두가 좋은 친구들이에요. 아마 평생 못 잊을 친구들일 것입니다. 우리는 같이 커서 사회에 나가면 서로 돕는 영원한 친구가 되기로 약속했습니다.

우리 학교에는 같이 모여서 공부하는 학생들이 많아졌습니다. 서로 토의하는 가운데 깊이 생각할 수 있고, 남의 의견도 존중하며 올바른 판단력을 기르기 때문에, 좋은 학습이 된다고 생각해요. 우리 학생들이 이렇게 열심히 공부할 때, 우리나라의 장래는 밝기만 합니다. 우리 세대에는 복되고, 잘 살고, 행복이 넘치는 나라가 건설될 것입니다.

모두가 열심히 노력하고 있습니다.

그럼 또 편지하겠습니다.

세민 올림

1980년 8월 14일

당신에게

어제는 비가 몹시 내려 몸도 마음도 더욱 초라하고 구슬프게 하더니, 이젠 비도 멎고 새벽의 정적으로 가득합니다.

천주님께 기도를 올리며 간곡히 애원했습니다. 2심에서는 재판부가, 그리고 하느님이 우리에게 절대로 가혹할 수 없을 것이라 확신해 봅니다. 당신이 그처럼 우직하게 학문을 해 왔고 심혈을 기울여 제자들을 가르쳐 온 것이 법정에서도 그대로 드러나기에, 재판부도 관용을 베풀 것입니다. 나도, 당신도, 우리는 할 수 있는 최선의 노력을 다했기에, 결과가 헛되지 않으리라 봅니다.

아이들이 대구에 갔다가, 공판정으로 가는 차창으로라도 당신을 보려고 전날 밤늦게 부랴부랴 올라왔습니다. 그런데 비가 심술을 부려 우산에 가리고, 차창에는 안개가 서려 당신을 제대로 볼 수 없었기에 다들 속이 상했답니다. 소영이는 비가 오는데도 긴 시간을 기다려 아버지가 탄 차를 보고 또 보는 모습이 참 애틋

했습니다.

이제까지 20여 년간 쌓아 온 학문의 공적과 학자로서 당신의 능력에 틀림없이 정상이 참작되리라 봅니다. 더구나 세계의 수학자들이 당신과 같이 뛰어난 학자의 희생을 우려해 구명을 호소하고 있으니,* 우리의 염원이 반드시 이루어지리라 봅니다. 변호사님들도 성의를 다하고 있으니 잘될 것입니다.

서소문 법원에서 공판이 끝나고 당신과 소영이의 애틋한 전송을 바라보다, 비를 맞으며 여느 때처럼 덕수궁 돌담길을 걸어 나왔습니다. 겨울의 1심 재판 때는 눈보라를 맞으며 광화문 버스 정류소까지 걷곤 했지요. 하염없이 걷다가 문득 말문을 잃고 말았습니다. 영화인가 소설인가에서 본, 처량한 표정으로 덕수궁 돌담길을 홀로 걷던 주인공이 생각나서였습니다. 딱 제 모습이 그러한 것 같았습니다.

새삼 둘러보니 퇴근 시간이라 집으로 가는 사람들로 거리는 몹시 붐볐습니다. 분주히, 자유롭게 거리를 오가는 저 많은 사람, 사람들……. 저들의 생활은 아무런 변함이 없을 테고, 세상도 그대로였습니다. 달라진 것은 당신과 저, 우리 아이들뿐. 그 많은

---

* 1980년 8월, 미국과 캐나다 등의 세계 수학자 300여 명이 당시 최규하 대통령과 법무부 장관 앞으로 탄원서를 보내왔다. 많은 논문을 발표하여 국제 수학계에 널리 알려진 학자를 희생하는 것은 부당하므로 구명을 호소한다는 내용이 담겼다.

사람 속에서 공연히 당신의 모습을 더듬어 보았지만, 찾을 수 없었지요.

이내 현실로 돌아왔습니다. 덕수궁 돌담길은 영화나 소설에서는 가슴 아프게 나오지만, 우리가 놓인 현실은 그와 다르기를 바랄 뿐입니다.

전능하신 천주님, 그리고 재판부의 관용을 기도하며 조용히 기다려 봅시다. 오후에 면회 가겠습니다. 건강을 빕니다.

새벽 4시, 아내 씀

1980년 8월 18일
당신에게

오늘 오전 당신의 면회로 이번 주일이 시작된 듯하오. 당신을 볼 때마다 너무 고생시켜 몹쓸 남편임을 자책한다오. 내가 곁에 있고 몸으로 하는 고생이라면, 언제나 그랬듯 우격다짐으로 큰소리치며 끝냈을 테지요. 하지만 나 없이 당신 혼자, 세상이 주는 두려움과 절망에 맞닥뜨려 더할 나위 없는 비극을 안고 지내게 되었소. 정말 면목 없고, 마음으로 용서를 비는 수밖에 없구려.

요즘 어떻게 지내는지. 남에게 모멸이나 당하지 않는지. 자주 아프던 당신이기에 건강은 어떤지. 아무 할 일 없이 책이나 보고 옥방에 뒹굴고 있는 처지로, 언제나 당신의 안부가 첫째로 생각되오. 집에 있을 때도 이렇게 지냈다면 세상에 다시없을 애처가일 게 분명하오. 당신, 살기가 얼마나 고되오?

당신의 첫 편지에, 내가 체포되었다는 소식을 듣고 제일 먼저 성당에 달려가 천주님을 찾았다고 하던 것을 영원히 잊을 수가 없구려. 당신과 그리고 내 아들딸들과 내가, 이처럼 감옥의 벽으로 차단된 상태에서는 서로 마음을 나누고 견딜 곳이 오직 하느님의 세계밖에 더 있겠소? 그래서 나는 신앙을 가지려고 결심하였소. 이왕 신앙을 가지려면 당신이 찾아간 천주님을 의지하기로 하였소. 천주님은 이 땅에 정의를 구현하여 그분의 세계로 우리를 이끌어 인도하실 것이오. 천주님께 당신과 나와 샛별 같은 슬기로운 사 남매를 든든한 밧줄로 맺어 주시기를 간구하겠소.

지금은 날마다 아침저녁으로, 또 당신과 아이들이 그리울 때마다, 그리고 내 사랑하는 조국과 겨레의 운명을 생각할 때마다, 벗들의 안위가 걱정될 때마다, 천주님께 기도하며 나의 소망을 간구하고 있소. 이러한 마음을 더 다지기 위해 열심히 성경을 읽고 그 속에 담겨 있는 천주님의 뜻을 알려고 공부하고 있소. 신앙을 가지고 성경을 대하니 지난날에 잘 깨닫지 못했던 것이 눈에 들어오고, 눈이 밝아지는 듯하며 내 앞에 또 다른 한 세계가 펼쳐지는구려. 지난날 내가 가지고 있던 신념과 아무 모순 없고, 오히려 그 신념이 더 넓게 펼쳐지는 듯하오.

그렇지만 아직 영세받지 못하여 몹시 초조하오. 구속된 상태에 어떻게 할 수도 없고, 일간 이곳 신부님을 면담할까 하오. 그러면 잘 인도해 주시겠지요. 당신도 빨리 영세받도록 하시오. 아이들도 천주교회에 나가도록 교육하길 부탁하오. 그러나 아이들의 자유의사에 맡기고, 교회에 나가도록 인도하기만 하오.

그럼 오늘은 이만하오. 당신에게 그리고 아이들에게 천주님의 따뜻한 평화가 깃들기를 비오.

남편이

1980년 8월 19일
아버지께

건강은 어떠하셔요? 오래도록 편지 못 하였습니다.

저번에 할아버지와 엄마 따라 면회하러 갔으나 아버지를 못 만나서 무척 섭섭하였습니다.

8월 13일, 마지막 공판 때는 세민이, 소영이, 영민이, 모두 갔으나 아버지를 못 뵈었습니다. 그날은 비가 와서 창밖으로도 뵙지 못하고 그냥 돌아왔습니다.

오늘부터 날씨가 완전히 갠 것 같아요. 어제까지는 계속 비가 왔답니다. 그래서 수해 지역도 많아요.

대학 입시 제도가 완전히 바뀌어서 어떻게 공부해야 할지 난감합니다. 저는 이과를 택했습니다. 그래서 2학년 때부터는 자연계 공부를 합니다.

개학이 일주일도 채 못 남았습니다. 개학 며칠 후에 시험을 봅니다. 이제는 내신 성적이 점점 많이 반영된다니까 학교 공부를 충실히 해야 할 것 같아요. 저는 요즘 영어 공부를 하고 있습니다. 영어가 많이 뒤떨어진 것 같아 보충하고 있습니다. 수학도 열심히 공부해야겠죠.

이제 여름도 거의 다 지난 것 같습니다. 조금 있으면 선선한 가을이 오겠죠.

10월에는 우리 1학년들이 수학여행을 간답니다. 경주로 간대요. 벌써 들떠 있는 애들이 많아요.

아버지, 너무 낙망하지 마세요. 모든 것은 정의롭게 끝날 테니까요. 아빠 말씀대로 하느님 그분이 하시는 일이니까요. 그리고 이러한 모든 고난은, 고난받는 사람을 하느님께서 나중에 긴히 쓰려고 하시는 일이라 굳게 믿고 있어요.

자주 편지 드릴게요. 건강 조심하세요.

소정 올림

1980년 8월 26일

나의 사랑하는 딸 소정에게

지난 8월 13일 공판 때, 너희 사 남매가 모두 나와 있을 것이라 어머니가 얘기하셔서, 너와 세민이의 자란 모습 보기를 은근히 기대하고 있었다. 그런데 주절거리며 내리는 비 때문에 제대로 보지 못했구나. 우산들에 가려 너희들 얼굴을 똑똑히 보지 못해 나도 몹시 속이 상했다. 그래도 빗물이 어리는 속에서 너와 세민이의 어른거리는 모습을 희미하게나마 보았다. 그사이 많이들 자랐더구나.

그저께 일요일 아침, 천주님께 기도드리고 있는데 너의 편지가 들어왔다. 네 편지를 보니 얼마나 반가운지. 아버지는 눈물 속에 너의 글발을 보고 하느님께 감사드렸다. 내 딸 소정이 이처럼 맑게 잘 자라고 있어서 감사하다고. 앞으로도 하느님이 언제나 너와 함께 계셔서, 너의 소망을 이루고 너에게 평화와 기쁨과 사랑을 흠뻑 내려 주시기를 기원하였다.

우리 소정이 벌써 대학 갈 준비와 그 걱정을 하고 있는 것을 보니, 지난 일 년이 우리 식구들에게 너무나 귀중한 시간이었음이 절실히 느껴진다. 이처럼 귀중한 때에 아빠가 집에 없고 너희들은 이러한 고난을 겪고 있으니, 모두가 애처롭다. 그리고 엄마에게만 커다란 짐을 안겨 주고 있는 내가 한없이 서글퍼진다.

그러나 우리 식구의 고난은 언젠가는 풀릴 날이 올 것이고, 그때는 더욱 소중한 기쁨이 되어 되돌아오길 믿는다. 너는 그동안 열심히 공부하여 장래를 위한 터전을 튼튼하게 닦기를 바란다. 그래서 이 나라와 겨레를 위한 훌륭한 일꾼이 되어다오.

또 편지하마. 하느님의 큰 사랑이 너에게 내리길.

아빠가

1980년 9월 3일
당신에게

이제 이틀 후면 항소심 선고가 있을 것이오. 오늘은 아침부터 나의 운명이, 또 당신과 아이들의 운명이 앞으로 어떻게 될까, 오가는 상념 속에 조용히 보냈소. 그리고 당신에게 편지 보내오.

나로서는 나 자신의 운명을 스스로가 만든 것, 누구를 원망하겠소. 하지만 당신이 너무나 가련하다는 생각만 드는구려. 단 한 번도 걱정 없이 편안히 지내도록 해 주지 못했고, 불같은 내 성격으로 고생만 시켰구려. 곁에 있으면 손잡아 위로해 주련만⋯⋯. 아니 무엇으로 당신을 위로할 수 있겠소. 다만 아이들과 함께, 아이들 커 나가는 재미를 보고 장래를 그리며, 그것을 위안으로 삼고 지내는 길뿐이라 생각되오. 낙심 말고 꿋꿋하게 살아갑시다.

조금 전에 이곳 스피커에서 드보르자크의 「신세계 교향곡」이 들려왔소. 그중 「고향길」의 테마, 유달리 구성진 그 가락이 대구 파동 집의 내 방 생각이 나게 합니다. 새로 방을 달아내기 전의, 가운데 방에서 당신과 아이들과 함께 포도 먹으면서 지내던 날 말이오. 밖에는 지금 포도 철이라 그런가, 더욱 그때가 생각나는

구려.

　사람이 너무 행복하면 누가 샘을 내어 고난을 준다는데, 나와 당신은 남이 샘낼 만큼 언제 행복하게 살아 보지도 못했소. 그러니 이 고난이 더욱 억울할 수밖에. 불같은 내 성미로 내 가족 편한 것은 나중으로 돌리고, 남 편한 것만 먼저 생각하여 학교 일에, 학생들 일에만 마음을 두고 살았지요. 그러다 보니 그 좋은 한세월이 어언 다 갔구려. 나중에는 이처럼 모진 고초를 당하고, 모든 것이 나를 떠나 의지가지없는 지경에 이르렀으니……

　그렇지만 내가 살아온 것, 후회는 안 해요. 남에게 죄 안 짓고 착하게 살아온 것, 나중에 떳떳하게 나설 때가 있으리라 믿고 있소. 내가 이 세상에서 이해받지 못한다 해도, 착하게 살아갈 내 아이들이 보답을 받으리라. 다만 당신에게는 한없이 죄송한 마음이 드는구려. 나중에 우리 아이들한테 당신의 세월도 꼭 보답받을 것이오. 나는 하느님께 당신의 착하고 어진 마음씨를 자랑하고, 당신을 행복하게 해 달라고, 그리고 평화와 기쁨이 넘치는 사랑을 내려 달라고 빕니다. 그리고 당신의 소망을 들어 달라고 기원합니다. 하느님은 내 소망보다 당신의 소망을 꼭 들어주시리라 믿소. 당신은 언제나 나를 위해 기도하고 있을 테지요.

　오늘은 이만하고 또 편지하겠소. 천주님의 은혜가 당신에게 가득하소서.

남편이

1980년 9월 13일

당신에게

이제는 다소 푸근한 자세로 당신을 마주 쳐다볼 수 있게 되었습니다. 마음을 잡지 못하고 동분서주하던 8월 말과는 달리, 다소 여유가 있어 높은 하늘을 바라볼 수 있으니 참으로 다행이지요. 선고 전후 두 차례 글 반가웠습니다. 하늘과 땅 사이의 비운을 앞에 두고, 심장이 조여들고 경련이 이는 듯한 고통 속에 전해진 오늘의 이 기쁨*은 두고두고 잊을 수가 없을 것입니다.

이러한 기쁨이 또다시 다가오기를, 당신에게 자유가 주어지기를 천주님께 다시 기도합니다. 구명만 되면 더는 욕심을 가지지 않겠다던 맹세가 흐려져 갑니다. 드넓은 천주님께서는 이 마음도 이해하시리라 믿어 봅니다. 세월이 약이 되어 지금의 멍도 가시고, 머지않아 당신과 함께할 수 있다는 희망과 용기 속에 살아가고자 합니다.

선고를 며칠 앞두고 위로의 글이라도 쓰려고 몇 번 마음만 먹다 말았습니다. 붓을 잡기가 두려웠습니다. 희망도 절망도 아닌, 참으로 무슨 말을 써야 당신의 마음이 다소나마 안정될까 자신이 없었습니다.

---

* 1980년 9월 5일, 2심 재판에서 세계 수학자들의 구명 탄원이 반영되어 1심보다 감형된 무기 징역형이 선고되어 있다.

너무도 엄청났던 그 모든 시간도 이제는 옛 추억으로 접어 두고, 기약 없는 세월이지만 희망을 간직하며 굳건히 살아가도록 해야겠습니다.

아이들과 의논하여 대구로 내려가려고 마음먹었는데 당신 뜻도 그러하고, 할 수 없이 이 서울에 눌러앉아 정을 붙여야겠습니다. 제게는 너무 낯설고 삭막한 곳이라 지치고 외로워서 해 본 생각이지요. 익숙한 곳에서 소박한 친지들과 정을 나누고, 생활의 부담도 비교적 적으리라는 단순한 판단으로 이사할 생각을 했는데, 그 또한 마음대로 되지 않는군요. 각오를 단단히 하고 이곳 생리에 적응할 수밖에 없겠습니다.

사람은 어디서든 어떻게든 살게 마련이라는 말이 진리일 것입니다. 저 또한 자신을 갖고, 결코 좌절하지 않겠습니다. 다행히 아이들이 꿋꿋하고 조금도 흐트러지지 않기에 기특하지요. 천주님께 감사하며 그래도 즐겁게 살아갑시다. 다음에 또 쓰지요.

아내 씀

1980년 10월 16일
아버지께

그동안 별일 없으셨는지요? 저희도 모두 잘 있습니다.

저는 서울시 산수 경시대회에 나갔는데, 참석한 1740여 명 중에서 제가 은상을 차지하였답니다. 좀 이상한 문제가 있어서 그것 때문에 금상을 놓쳤지요.

그리고 요즘에는 친구들과 어울려 탁구도 치고 있어요. 제가 제일 잘 치기 때문에 탁구를 가르쳐 달라는 아이도 있답니다.

그리고 아버지가 안 계시는 동안 제가 마을금고에 푼푼이 저금해 둔 돈이 5363원이나 된답니다. 앞으로 계속 모아서 꼭 필요한 경우에 긴요히 쓰겠습니다.

오늘 저녁 아버지께서 누나에게 보내신 편지 잘 받았습니다. 또 아버지께서 하신 말씀 잘 명심하고 있어요.

그럼 몸조심하십시오. 다음에 편지 또 쓰겠습니다.

영민 올림

1980년 11월 27일

당신에게

얼마 전에 당신의 글월 받았고, 오늘은 아이들에게 보내는 편지 보았습니다. 면회 때나 편지에서 당신이 집안 걱정을 많이 하고 있다는 것을 느낍니다. 나의 걱정을 당신에게 파급시키지 않았나 후회도 해 보았습니다.

무엇보다 우리는 당신의 구명에 만족하고, 육체와 정신의 건강을 찾는 길만이 서로를 돕는 길이라 생각됩니다. 앞으로의 긴

여정에 피로하지 않게, 마음 불편하지 않게, 하느님께 의지하여 성실하게 살다 보면 따사로운 햇볕이 비칠 날이 올 것입니다.

당신을 살리려는 일념으로 낯선 서울의 곳곳을 누비며 쫓아 헤매던 지난날을 생각합니다. 어디서 그처럼 강한 집념이 내게서 쏟아져 나왔던 것인지. 앞으로도 기필코 당신이 나와 아이들 곁으로 돌아오게 하고야 말 것입니다. 지성이면 감천으로, 천주님은 나의 신념에 관대한 은총을 베푸실 것입니다. 머나먼 곳곳에서 당신의 구명과, 학계 참여를 기원해 온 세계의 학자들에게 다시금 감사드립니다. 그들의 진정과 호소는 앞으로도 두고두고 도움이 되리라 확신합니다.

얼마 안 있으면 당신은 어디론가 알 수 없는 곳으로 떠나실 테지요.* 마음이 있는 대로 다하지 못해서 안타깝습니다.

정말 부부란 무엇인지요. 50을 바라보면서 새삼스레 모나고 둥근 것을 다시 느낍니다. 나를 절벽에다 밀어 던진 당신에게 미운 마음이 들다가도 어느새 깨끗이 가시고, 오직 아이들과 당신을 위해 헌신하게 됩니다. 그러다 또 문득문득 인생이 무엇인가 하는 회의를 갖게도 됩니다. 나를 위해 헌신해 온 당신도 아닌데, 당신이 옳다고 생각하는 일을 늘 먼저 하면서, 나를 괴롭게도 한 당신인데 말이지요.

* 최종 판결이 내려지기 전까지는 구치소에 수감되나, 재판이 끝나고 형량이 확정되면 대부분 전국 곳곳의 교도소에 수감된다.

당신에게

얼마전에 당신의 글을 받았고 오늘도 아버트에게 보내는 글을
받았습니다. 미안하나 글자를 통해서 깊은 걱정과 ◆상스럽◆으로 느껴져
내자신 나의 걱정을 당신에게 하공기고 우리를 해 맹렬하다는 곳과 있는
일에 고맙기고 혹시 그동안 비밀을 자꾸 ◆했◆단정한 근게에 당신이 서린
느끼 신경을 쓰게 되어 죄송했습니다.

마음이 있어면 도움에 잡근이 다를리 없고 나무도 초라한 우리생 앞에
무른 설명을 질문으로 하겠 줍니다 당신에게 의로한 우리해◆◆◆에
안고 ◆ 당신을 위해서도 여러가지 노력을 하겠습니다.

보작없고 들자않아도, 깊숙이 어려서 않게 당신의 신경을 더욱
어깗겜하기까 싫었으며 당신이 살아 우리에게 경혜하고 채도가 여문
가쟝◆◆으로 모든것이 해결하여가며 그대까지 참고 두고 못든 밝히
없으로, 우리들도 무엇보다 구인에 만죽하고 훅체나 깊은의 건강을
칭찬한 안기 서로◆◆오은는 경이라 생각 협었다, 긴의방에 치료하기많이
문제까지 않게 하나하께 인지가여 성을하며 산좌보면 더나오 첫맍이
우리를 머거러운 비쳐줄 보기 좋것입니다. 용기를 다게 봅니다.
당신을 믿으기도 念으로 ◆◆ 말리 곳곳을 누비며 묵와 히어린
자반스를 하상해서 고깊한 깊남◆◆◆한, 머리않아 나의 결으 잡◆◆◆
벅것심리다, 깊◆◆며 깊은으로 친구없는 나의 신가가 편약하신 도움을
베룰럴 것입니다. 우리를 위해 먼곳◆터에 여러온 학께기 친애를 걱고
우고 간밤 비로 그번 올에 여러온 접사하여 제가 제통을 단식◆앉
그들게 깊심으로 아버지 바라보◆ 두고우고 친직이 되더라 죄인◆◆입니다.
일가 있으면 비명과 보라없는 웃는 대부◆◆안데 ◆◆ 마음◆로 다껴치
묵게 받아 겁습니다. 비명한 무엇진지, 60 을 바라 보며 서서◆◆래

◆나요 동부것으 느게에 나온 친박에다 일여 단진 당신에게 비춘스
깨끗이 가산히 모계 ◆◆성◆을 위해 친선자이라가도 人보기 무엇을가 하고
가끔 보면 같게 되습니다. 고럴대로 나를 위해 친분해요 당신도
아보면 오직 자신을 작게 하로실로 읽는자에 나온 괴롭혀요 당신인지
◆너요 추게 온 덕아를 깊신데◆◆우리에게 크나큰 강절인자 그것에
친면령하게 싸우기 바라고, 특히 신경을 유민하셔트, 우리단몽 회◆◆◆◆라
여ম렸게 판기 이딩에 난지 유체령을 고려하며 우리가 같이 친구님게
어덨선한 기도로 종립시당 우리도 매사 인배가 주기가 대논 벌리요.
건강을 빕니다. 11월 27일 아내씀

앞으로 추위가 다가올 것입니다. 지금의 우리에게 크나큰 강적이지요. 현명하게 이겨 내시기를 바랍니다. 특히 신경통에 유념하세요. 두꺼운 솜옷 준비하겠습니다.

마지막 남은 대법원 판결이 어떻게 날지, 부디 기약 없는 무기형이 아닌 유기형을 고대하며 천주님께 애절한 기도를 올립니다. 우리에겐 매사 인내와 극기가 있을 뿐이라는 것을 명심합시다. 건강을 빕니다.

아내 씀

1980년 11월 28일
아버지께

벌써 1980년도 한 달밖에 남지 않은 겨울입니다. 지난여름이 그리 덥지 않았듯이 이번 겨울도 그리 춥지가 않습니다.

아버지의 건강은 어떠하신지요. 저희는 모두 성실히 학교생활을 하고 있으며, 아버지의 자랑스러운 아들딸이 되고자 노력하고 있습니다. 집안 일은 너무 걱정하지 마세요.

아버지께 보내드린 헤르만 헤세의 『知와 사랑』은 교내 백일장 차상의 상품이에요. 전교에서 장원 한 명, 차상 네 명(산문:2 운문:2)인데, 저는 '코스모스'란 제목으로 시를 썼어요.

코스모스

하늘은
말없이 꿈을 간직한 채
바람을 내려보내고
땅은
그 바람에
고요히 눈을 뜰 때

쇠잔해진 넌
파아란 비단 속에
가녀린 몸을 기댄다.

아련한 너의 소망은
바람이 부산스레 찾아옴도
빠알간 잠자리의 안식처도
아닐 게다

언젠가
너의 가녀린 허리에서
엷은 얼굴에서

자줏빛 응혈이 솟아날 것도 모르고

그저 널

코스모스라고만 부르는가 보다

오늘도 넌

알 수 없는 꿈을 품고

파아란 비단 속에

가녀린 몸을 기댄다.

요즘은 틈틈이 시도 짓고, 책도 읽고 있어요.

친구네 집에 '세계 명작' 30권이 있는데 계약을 맺었어요. 친구는 책을 안 읽어서 엄마한테 날마다 꾸중 듣는답니다. 그래서 제가 대신 읽어 주기로 했죠. 이번 겨울 방학은 '독서'로 보낼까 해요.

겨울 방학 때 세계 명작을 읽고, 그 뒤에는 역시 그 아이 집의 한국 단편을 읽고, 그리고 세계 단편도 좀 읽고, 집에 있는 고전 책도 볼까 합니다.

아버지께서도 좋은 책 있으면 알려 주세요. 지금은 『적과 흑』을 읽고 있어요. 줄리앙이 파리의 라 몰 후작댁으로 간 부분까지요. 그럼 시 지은 것 틈틈이 보내고 글 쓴 것도 자주 보낼게요.

금요일 소영 올림

그동안 몸 편히 계셨는지요.

집에는 가족 모두가 편안히 잘 있습니다. 어제 아버지의 편지를 받아 보았습니다. 아버지가 하신 말씀대로 용기를 잃지 않고 살아가고 있어요.

저는 요즘 CBS 방송국에서 하는 영어 강좌 방송을 열심히 듣고 있어요. 오늘로서 6일째 되는데, 무척 재미있답니다.

그리고 지난 9월에 본 서울 시내 4, 5, 6학년 평가 시험에서 평균 99점으로 서울시에서 35등을 차지했습니다. 자연에서 아깝게 한 개를 틀렸죠.

며칠 전 어머니가, 아버지께서 천주교 영세를 받았는데 그 이름이 '아우구스티누스'라고 말씀하셨어요. 그래서 그날 저녁에 아우구스티누스 전기를 읽었어요. 위대한 종교가이자 철학자인 그에게서 본받을 점이 무척 많았어요.

아버지! 저도 내년 2월이면 졸업을 하고 중학교에 입학한답니다. 그리고 오는 12월 4일과 12월 10일에 국민학교에서는 마지막 시험을 봅니다. 그에 대비해서 철저한 계획하에 열심히 공부하고 있습니다. 마지막 시험이라 그런지 시험 범위도 2학기 처음부터 끝까지이며 문제 수도 전 과목 306문제입니다. 이번 시험에 좋은 성적을 올려 아버지를 기쁘게 해 드리겠습니다.

요즘 날이 추워지는데 몸 관리 잘하셔야겠어요. 저희 걱정은 마시고…….

그럼 다음에 또 편지하겠습니다. 안녕히 계셔요.

영민 올림

1980년 12월 3일

영민에게

영민아, 이제는 가을도 다 지나가고 어젯밤에 잠 깨어 밖을 내다보니 흰 눈이 소담스레 쌓여 있더구나. 이제는 어김없이 겨울임을 알려 주는 듯하다.

아침에는 까치 우는 소리가 창 안으로 들어오더니, 무엇인지 몰라도 반가운 소식이 찾아오려나. 이달도 올해는 마지막 달, 새로운 1981년에는 자유의 종소리가 들릴는지 너도 나도 함께 기다려 보자.

영민이도 새해에는 국민학교를 졸업하고 중학교에 들어가서 늠름한 학생이 되겠구나. 교복이랑 모자랑 갖춘 너의 모습을 보지 못해 아버지는 몹시 안타깝다.

어머니의 면회 때 너의 소식 잘 듣고 있다. 언제나 건강하고 또 마음도 씩씩하여 어머니의 자랑이 되고 있다지. 너의 모습은 나의 눈앞에서 언제나 사라지지 않는다. 눈 감으면 너와 함께 사랑스러운 나의 아들딸들이 떠오르고, 너희들로 하여 내 심장이 뛰고 삶의 보람 속에서 세월을 기다리게 하는구나.

영민아, 아버지가 없는 지난 한 해 동안 집안이 많이 변했을 줄 알고 있다. 어린 너에게 참으라는 말 너무 가혹하나, 나의 처지보다 더 어려운 이웃이 있음을 항상 생각하고 참고 이겨 나가자. 아무 고난 없이 온실 속에서 그냥 자라는 화초가 되기보다는, 눈서리에 부대끼면서 자라는 남산의 소나무처럼 푸른 기상을 키우면서 청정하게 자라기를 당부한다.

영민아, 너는 남달리 슬기롭고 건강한 신체를 가지고 태어났다. 아마 천주님은 어떤 고난도 이겨 나갈 용기와 힘을 너에게 주시려나 보다. 마찬가지로 나에게도 단련을 주시는가 보다. 우리 이 단련에 꺾이지 말고, 두드리면 쨍쨍한 소리가 나는 강철 같은 사람이 되어 보자.

주여, 나의 막내아들 영민을 강복하고 보호하소서.

아버지

1980년 12월 5일

소영에게

그저께 너의 따뜻한 편지를 받았다. 편지의 사연이나 또 그 안에 써 보낸 시들을 보고, 우리 소영이가 이만큼 자란 것을 생각하니 그지없이 대견한 생각이 든다. 집안의 말할 수 없는 고난 속에서 조금도 구김살 없이 자라는 것에 대해 정말 하느님께 감사할 뿐이며, 얼마나 얼마나 기특한지 모르겠다.

너의 작품을 보고 아버지는 눈물이 흘러 입술을 깨물고 참느라고 무척 힘겨웠다.

가을이 되면 누구나 '코스모스'를 생각한다. 그런데 우리 소영이는 그저 가녀린 꽃이 아니라 푸른 가을 하늘에 꿈을 가득 담고 있는 것, 그것도 나와 모든 이웃의 이상을 담고 있는 것으로 본다. 이 땅 위에서 그것을 품고 기다리며 너와 나는 쇠잔한 채로 있다 하나, 그 기다림이 흔히들 생각하는 피로를 푸는, 그저 편하게 쉬고 있는 안일함은 아닐 게다. 바로 그렇다. "자줏빛 응혈이 솟아날 것"; 이것을 기다리는 것이다. 그를 위해 오늘도 나는 "파아란 비단 속에" 항상 꿈을 가진 채 지금도 쉬고 있다는 것이다.

이 「코스모스」를 읽고 너대로의 생각을 가다듬어 무엇인가 나(아버지)를 이해하려고 하는 너에게 얼마나 정이 가는지 모르겠구나.

참으로 고맙게 잘 읽었다.

무릇 글이란, 쓰는 사람이 가지고 있는 인생관과 세계관에 따라 내용이나 표현 방식이 달라진다. 그러므로 많이 알아야 하고 많은 것을 겪어야 한다. 글재주만 있는 사람은 제 주변에 보이는 것을 곱게만 나타낼 뿐 많은 사람에게 공감을 주지 못한다. 글 쓰는 목적도 많은 이웃, 설움과 괴로움 속에 고통받는 이웃에게 길을 비추고, 평화와 정의의 길에 함께 나아가도록 하는 데 있다고 본다.

이를 위해서는 독서를 많이 해야 한다. 아버지는 어릴 때 톨스토이의 작품, 투르게네프의 작품을 많이 읽었다. 구하기는 힘들다만 막심 고리키의 작품도 매우 감명 깊게 읽었다. 집에 있는 『창작과 비평』에 나오는 시와 단편 소설은 상당히 좋으니 틈틈이 읽도록 하여라.

또 우리는 한국 민족임을 잊을 수 없기에 우리 겨레가 현재 놓여 있는 분단 민족의 괴로움, 그리고 한국 현실의 부조리 등은 문학에서 지울 수 없는 커다란 과제임을 알아야 한다. 시야를 넓혀서 공부하도록 하여라. 또 편지할게.

주여, 나의 사랑하는 작은딸 소영에게 강복하시고 보호하소서.

아버지

1980년 12월 26일

당신에게

지난 23일에 내려진 대법원 판결에서, 당신이나 아버지가 기대하시던 감형이 이루어지지 못해서 죄송하오. 나는 별로 큰 기

GREETINGS

Merry
Christmas

아빠,
크리스마스 즐겁게 보내시고
새해에는 행운이 찬 해가 되길
빌겠읍니다.

90. 12. 22.

소영이 올림.

대를 하지 않았기에, 당신에게 전해 듣고도 그저 담담할 뿐이오.

너무 섭섭하게 생각 마오. 이제는 정해진 운명대로 살면서 그저 세월을 기다려야 하겠지요. 이곳의 나는 꿋꿋하게 넘길 자신이 있으니 아무 걱정 마오. 당신이야말로 정말 어린 사 남매 데리고 얼마나 고달프겠소. 나로서는 그저 미안하다는 말밖에 할 수 없구려.

형이 확정되었으니 이 편지도 언제 제한을 받게 되는지 모르겠소. 어쨌건 마지막 재판 결과가 나왔으니, 기약 없는 세월이지만 정신적으로 육체적으로 꿋꿋하게 이겨 가야 할 것이며, 이겨낼 자신 또한 나는 가지고 있소. 나에 대한 걱정보다도, 당신이 이 고난을 잘 이겨내 주어야 사랑하는 우리 아들딸 사 남매가 바로 자랄 수 있을 것이오. 아무쪼록 부탁하오.

이곳 감옥살이 해 보니 정말로 어렵고 딱한 이웃들이 많습니다. 가족도 사랑도 무엇인지 모르고, 그냥 바람 부는 대로 물결치는 대로 사는 인생이더군요. 이들 속에서 나는 지나온 삶과 앞으로 살아야 할 인생을 비추어 보오. 이곳에서 나의 신앙과 세계가 오히려 더 넓어지고 있다고도 하겠소.

한편으로는 이제 살면 얼마나 많은 햇수의 삶을 가질 수 있겠나 서글프기도 하오. 그 햇수 속에서 기약 없는 이 감옥살이를 빼면 과연 얼마나 남을까⋯⋯. 하지만 어떤 처지에서도 믿음과 소망을 버리지 않고 살아가면, 그도 알찬 인생이 되리라 생각해 봅니다. 이것이 나의 작은 바람이오.

그렇지만 나에게도 못다 한 소망이 어찌 없겠소. 지난번 2심 선고 재판이 있기 전까지 조용히 나의 인생을 돌아보았소.

남에게 못 할 짓 하고 산 인생은 아니나, 정말 당신에게는 면목이 없소. 물론 당신과 사랑 없이 살지는 않았지만, 애틋하고 절절하게 책임감을 지니는 사랑이 못 되었음을 솔직하게 깨우쳤소. 다른 모든 삶은 한 될 것 없었어요. 그러나 당신과, 아직 아버지의 사랑을 받아야 할 우리 아들딸들에 대해서는 너무나 모자란 인생이었음을 깨달았소. 다시 우리 식구 여섯이 만나게 된다면 모자란 사랑을 다하며 살고 싶구려. 이것이 나의 크나큰 소망이오. 이런 소망이 무어 그리 대단한 것이냐고 할지 모르나, 그간의 나의 인생에서 너무나 하지 못한 것이기 때문이오. 내 가족 외에 내 이웃에게 한 것은, 그야말로 내 생명을 바치었으니 무엇을 더 말하겠소.

이제 나는 주님의 아들이 되어 그 가르침을 따라 다시 이웃을 위하여 살 것이며, 당신과 나의 아들딸에게 모자라게 주었던 사랑을 주면서 살고 싶구려. 공연한 군소리이오만 지난 일 년을 정리하면서 당신에게 하는 말이오.

당신과 나의 못다 한, 그리고 애틋한 소망을 주님께서는 반드시 들어주실 것입니다. 그리고 이러한 소망이 이루어지도록 우리도 노력하면서 살아갑시다.

당신의 건강을 빌면서 오늘은 이만하오. 주여, 나의 사랑하는 아내 모니카에게 강복하시고 보호하시며 바위가 되어 주소서.

남편 아우구스틴

당신에게

어제 당신의 편지를 잘 받았습니다. 비록 우리가 고난 속에 있긴 하지만, 마음은 흐트러짐 없이 하나의 같은 줄로 이어져 있음을 깨달을 수 있었습니다. 마음은 멀고 가까운 곳, 험하고 화려한 곳을 가리지 않고 하나로 통해 있기 마련이지요.

이젠 당신에 대한 원망이나 미움도 세월의 흐름에 씻겨 가고, 오직 애간장만 남아 마음이 쓰입니다. 생각하면 커다란 암벽에 가로막힌 듯 갑갑하고 숨 막히지만, 당신이나 나나 강한 집념으로 살아가노라면 머지않아 우리 가족이 한자리에 모이게 될 것입니다. 반드시 당신의 석방이 이루어지게 할 것입니다.

올해는, 너무도 어려운 항해 끝에 저 멀리 보이는 등대를 바라보며 살아갈까 합니다. 안도하며 희망을 지니고 생활의 안위를 찾겠습니다. 당신의 구명을 보며 "지성이면 감천"이란 옛말에 자신을 얻었습니다. 다시 당신의 석방을 위해 지성을 다하노라면, 하늘은 이를 헛되이 돌리지 않으실 것입니다. 사람에게는 아예 기대하지 않게 된 것도 배움이라면 배움일까요? '기대를 하지 말자'하는 마음부터 먼저 먹고 사람을 대해야 할까 봅니다.

한시라도 빨리 집이 팔리면 지금 같은 경제적 장벽에는 덜 부딪힐 것입니다. 주님께 매일 우리 가정의 경제적 안정을 기원하는 기도를 올립니다. 아마 들어주실 것입니다.

5일쯤에는 바람도 쐬게 할 겸 아이들을 번갈아 대구에 보낼까 합니다. 늘 당신의 손님과 제자들, 친지들로 북적대던 집 안에 사람들의 발길이 끊긴 지 오래라, 사람 접촉을 좀 하게 말입니다. 그래도 아이들에게는 마음 써 주시는 대구의 친지들이 계시니까요. 겨울 추위의 고비도 잠시나마 피할 수 있겠지요. 그렇게 교대해 가며 월동을 해 볼까 합니다. 방방이 불을 땔 수 없으니 겨울 연료비를 더는 고육지책이기도 하지요.

건강을 빌며, 다음에 또 쓰겠습니다.

아내 씀

1981년 1월 13일
아버지께

추운 겨울 날씨에 몸 건강하신지요?

영하 20도를 오르내리던 추위도 이제 가시고 날씨가 약간 풀린 듯합니다. 그러나 그곳은 많이 춥겠지요? 아버지 생각을 하니 춥다는 불평도 안 하게 됩니다.

요즘 집에는 엄마와 저, 둘이 있어요. 누나들, 형이 모두 대구에 내려갔지요. 오늘 저녁쯤 올라올 것입니다.

저는 한 달 후면 국민학교를 졸업합니다. 이제는 어린이라는 말 대신 청소년이라는 말을 듣겠지요.

이번 방학 동안 영어, 수학, 국어, 한문 등 중학교 공부를 조금씩 해 나가고 있어요. 형도 이제 중학교를 졸업하고 고등학교에 입학하죠. 누나들도 열심히 공부하고 있어요. 특히 작은누나의 시 솜씨, 큰누나의 그림 솜씨는 일품이에요.

얼마 후면 누나들이 올 것입니다. 오늘 저녁은 대구에서 있었던 재미난 이야기를 들으며 보낼 것 같아요.

그럼 아버지, 추운 날씨에 몸 건강하게 지내십시오.

영민 올림

1981년 2월 1일

당신에게

추운 날씨에 몸 성히 잘 계시는지 마음이 쓰입니다. 27일에 전주로 이감되었다는 소식을 들었습니다.* 언젠가는 그리되리라

---

* 1981년 1월 27일. 서울 서대문 구치소에서 전주교도소로 이감되었다.

예측한 일인데도 무척 섭섭하더군요. 서대문 부근을 지나칠 때는 서글프긴 해도, 저 담 안에 당신이 계시겠거니 생각하면 마음이 든든하기도 했는데 말이지요. 그런데 이제는 그마저도 할 수 없는 일이 되고 말았군요.

그곳에서 여러 가지로 불편한 점이 많으리라 봅니다. 속옷도 불편할 것 같고, 영치금도 넉넉하지 않을 테지요. 거리도 한층 더 멀어졌고, 몹시 애가 쓰입니다.

이곳은 별일 없습니다. 아이들도 모두 잘 지내고, 얼마 안 있으면 졸업식과 입학식이 있을 것입니다. 신학기 개학을 하면 씀씀이에 다급한 일들도 많을 것입니다. 학교는 아직 배정되지 않았습니다. 올해 집이 매매되면 아이들 학교 때문에라도 부근으로 이사하게 될 것이고, 다급한 은행 대출을 갚은 다음에 생활 대책을 현명하게 세워 나가려 합니다.

대구에서 돌아와 심한 감기 몸살로 고통을 받고 있습니다. 외출하는 것도 아직 무리입니다. 지난해 묵은 골병이 한꺼번에 덮친 듯합니다. 이것으로 모두 땜하고, 다시 몸과 마음이 굳어지기를 바랄 뿐입니다.

그곳의 생활은, 서울에 있을 때와는 이질적인 것이 많으리라 짐작됩니다. 음력설이 지나고 건강이 좀 나아지면 최석진 씨 가족이랑 함께 갈 계획을 세우고 있습니다만, 여의케 될지……. 어디에서건 감형에 대한 희망을 저버리지 말고, 건강에 유념하면서 잘 적응하시기 바랍니다. 이제는 50대도 머지않은 나이라, 마음과 달리 몸이 쉽게 말을 듣지 않을 것입니다.

어느 곳에나 주님이 계시옵고 우리 가정에 구원을 내리고 계십니다. 혹여 제가 아이들과의 생활에 급급해 당신의 수발에 다소 소홀함이 생기더라도, 우리 가정을 위해 항상 기도하는 자세를 잊지 않아 주시기 바랍니다.

그럼 다음 만날 때까지 안녕히 계십시오.

아내 씀

2장

일기 예보가 나오면

전주 날씨를

꼭 본답니다

(1981년 3월~1983년 2월)

7 1/18

1 2 2 - □□

520

서울시 은평구
역촌 아파트
3동 301호

안 소 영 에게

---

1 2 2 - □□

81/12

10

서울시 은평구 갈현동
275-105

장 수 향 귀하

520

전북 전주시 팔회동3가 99
□□□-□□ 안재구

1981년 3월 13일

아버지께

저는 이제 2학년이 되어서 하루하루 즐겁게 지내고 있습니다. 언니, 오빠, 영민이도 잘 지내고 있어요. 그러니까 저희 걱정은 너무 하지 마셔요. 항상 밝게 웃으면서 건강하게 살고 있으니까요.

엄마도 요즘은 건강하십니다. 엄마를 슬프게 하면 아버지도 슬퍼하실 테니, 될 수 있는 대로 엄마 말씀을 잘 듣겠어요. 그리고 정말 부끄럽지 않은 아버지의 딸이 되도록 노력하겠습니다.

저희 담임 선생님은 1학년 때 한문 선생님이십니다. 이제는 국어를 배우고 있는데, 참 좋은 분이십니다. 저는 특별 활동 부서가 해바라기 문예반입니다. 백일장 등에서 입상할 때 받은 해바라기 배지 소지자만 들어올 수 있고, 배지를 받은 사람은 의무적으로 신청해야 합니다. 2학년에는 8명밖에 없어서, 전교에서 제일 인원이 적습니다. 선생님도 좋으시고, 친구들 모두 글 쓰는 데 관심이 많아서 재미있어요.

2학년이 되니까 배우는 것도 새롭고 모든 게 신기합니다. 세계사와 국사를 더 깊이 배우는데 참 재미있어요. 세계사는 요즘 중국의 춘추 전국 시대, 국사는 단군 신화에 대해서 배우고 있습니다. 그리고 국어는 공자, 맹자의 말씀과 사서삼경에 대해서 배우고 있는데 아무튼 정말 재미있는 요즈음의 생활입니다.

아버지, 저희한테 너무 마음 쓰지 마시고, 모쪼록 마음 편하게 생활하셔요. 언젠가 우리 가족은 꼭 다시 만나게 될 테니까요.

그리고 아버지, 이광수에 대한 아버지의 의견은 어떠하신지요? 요즘 『일제시대의 항일문학』을 읽고 있는데, 거기에서는 이광수를 매국노라 말하고 있어요. 이광수의 전기를 보면 어쩔 수 없이 그렇게 되었다는데, 어떻게 생각하시는지요?

그럼 다음에 또 편지 띄울게요. 안녕히 계셔요.

소영 올림

1981년 4월 1일
아버지께

그동안 몸 건강히 안녕하셨는지요?

어머니, 형, 누나들 모두 잘 있답니다.

이제는 날이 무척 따뜻해요. 완전히 봄 날씨인가 봐요.

제가 그동안 편지 못 드린 것은 중학교 생활이 눈코 뜰 새 없고, 또 얼마 후면 중간고사라 그 준비로 바빴기 때문입니다. 이 편지도 공부하다가 문득 아버지 생각이 나서 쓰는 거예요. 편지 못 드렸다고 너무 섭섭하게 생각하지 마셔요. 앞으로는 자주 편지할게요.

중학교에 입학한 지도 어느덧 한 달이 되어 가는군요. 처음에는 분위기가 익숙지 않아 서먹서먹했는데, 이제는 학교생활이 제법 재미있고 친구들도 많이 사귀었어요. 학교 공부도 무척 많아졌어요. 아침 7시 50분에 학교 가서 토요일을 제외하고는 언제든지 5시가 되어서야 온답니다.

　이제 시험이 닷새밖에 남지 않아 친구들과 학교 도서관에서 열심히 공부하고 있어요. 과목 수는 6과목이지만 문항 수는 219문제예요. 주관식이 많이 나오기 때문에 틈만 있으면 책을 보고 외워야 하죠. 그간 조금씩 공부하다가 3/29부터 4/6까지 9일 동안, 공부 시간 28시간을 목표로 열심히 노력하고 있어요. 그동안 29일, 30일, 31일, 그리고 오늘, 이렇게 나흘 동안 9시간~10시간에 가까운 공부를 했어요.

　요즈음 집에서는 모두 시험공부에 여념이 없어요. 작은누나, 큰누나는 어제 월말고사가 끝났지만, 형과 저는 중간고사가 며칠 안 남았어요. 하지만 공부만 하는 것이 아니라 틈틈이 책도 읽고 있어요. 펄 벅 여사의 『대지』, 윤동주 시집 『하늘과 바람과 별과 시』, 진 웹스터의 『키다리 아저씨』 등…….

　그리고 얼마 전에 어머니와 명동성당에 가서 안 니콜라 수녀님을 만나 보았어요. 무척 좋은 분이시더군요. 수녀님과 이야기를 나누고 있으니 불안, 초조함이 일시에 없어지는 것 같았어요. 앞으로 종종 찾아가 뵈어야겠어요. 다음에는 형, 누나와 같이 인

아버지께

그동안 몸 건강히 잘 계셨는지요

어머니, 형, 누나 모두 잘 있답니다

이제는 날이 무척 따뜻해요. 완전히 봄날씨가 봐요.

제가 그동안 편지를 못 드린 것은 중학교 생활이

눈, 코 뜰새없이 바쁘고 또 얼마후면 중간 평가고사

시험을 보기 때문에 그 준비로 편지를 쓰지 못했어요.

이 편지도 공부를 하다가 문득 아버지 생각이나서

쓰는 거예요. 편지 못 드렸다고 너무 섭섭하게 생각지

마세요. 앞으로는 자주 편지 보내 드릴께요.

중학교에 입학한 지도 이제 어느덧 한달이 되어

가는 군요. 처음에는 분위기가 익숙하지 않아 서먹서

먹 했는데 이제는 제법 학교 생활이 재미도 있고

친구들도 많이 사겼어요.

중학교에 들어가니 학교 공부가 무척 많아졌어요

아침 7시50분에 학교에 가서 토요일을 제외하고는

언제든지 5시가 되어서 온답니다

요즈음은 시험이 닷새밖에 안남아 친구들과 학

교 도서관에서 열심히 공부하고 있어요. 비록 과목

수는 겨우 6과목이지만 문항수는 219문제예요. 주관

식이 많이 나오기 때문에 틈만 있으면 책을 넣고 외

워야 되죠. 그동안 조금씩 공부하다가 3/29 부터 4/6

까지 9일 동안 공부시간 28시간을 목표를 열심히 노

사를 드려야겠지요.

며칠 후의 시험 결과와 함께 또 편지 드릴게요. 그럼 안녕히 계셔요.

4월 1일 밤, 영민 올림

추신. 작은누나의 국어 성적이 예일여중에서 전교 1등이래요. 누나가 뽐내는 꼴 정말 못 봐주겠어요. 그래서 저도 이번 시험에 꼭 좋은 성적을 올리겠어요. 큰누나는 요즘 자기 손으로 바지 만들기 숙제에 여념 없어요. 이제는 웬만큼 모양이 잡혀 가고 있는데, 성공하면 저의 바지도 만들어 주겠다고 해요.

1981년 4월 12일

당신에게

지난 월요일에 아버지, 어머니, 허실이, 그리고 두 꼬마가 함께 면회 왔어요. 정말 오랜만에 아버지, 어머니 뵈오니 한편 반갑기는 하나, 그동안 많이 늙으신 듯하오. 아버지는 근력도 지난번보다 못하시니 모든 게 나의 탓인 듯 몹시 마음 아프오. 우리 육 남매 중 자유로이 만나는 자식은 삼 남매뿐. 우리는 그래도 언젠가 반드시 만날 수 있을 것이지만 아버지, 어머니는 과연 어떠실지……. 아무쪼록 오래 사셔야 할 터인데.

당신이 그동안 여러 번 편지를 보내 주었고(3월 10일, 3월 23일, 4월 2일), 또 소영이(3월 13일), 소정이(3월 22일), 영민이(4월 1일) 각각 한 번씩 보내어 반갑게 받았소. 그러나 나는 한 달에 한 번밖에 쓸 수 없어, 이처럼 한데 모아 한꺼번에 편지하오.*

당신이 보낸 처음 두 번의 편지에서 아이들 먹일 것, 학비 걱정으로 고생이 말이 아닌 줄 알고, 아무 용맹 없는 나로서는 고민도 되었소. 세 번째 편지를 보고 마음을 좀 놓아 보오. 아마 나의 기원을 천주님께서 외면하시지 않는 듯. 주님께 감사드리오.

다음 달인 5월에는 당신이 면회 온다기에 기다려지오. 이곳에 와서 특별 면회를 신청해 보시오. 그때 당신의, 우리 가족의 생활에 대해 의논해 봅시다. 영치되어 있는 한복과 책도 찾아가시오.

『소립자론』과 『양자론』, 그리고 서가에 있는 책 몇 권 당신이 알아서 보내 주시오. 그 밖에 소설도 많이 보내 주시오. 보고 싶은 책은 『세계철학사』 상·하 권(임석진 역, 바오로출판사) 『제2차 바티칸 공의회 문헌집』이지만, 돈의 여유가 있다면 부탁하오. 잡지는 『경향잡지』를 매달 부탁합니다.(책값 1000원)

너무 주문이 많아 미안하오. 여기서는 책 읽는 것밖에 할 일이 없소. 양해해 주오. 오늘은 이만하고 천주님의 가호가 당신에게

* 구치소에서와 달리 당시의 교도소에서는 면회와 편지가 엄격히 제한되었다. 양심수에게는 더욱 가혹했다. 면회는 직계 가족 4인 이내로 한 달에 한 번만 가능했고, 편지도 가족에게만 한 달에 한 통 쓸 수 있었다.

있기를 비오.

남편

소영에게

  너의 편지 잘 받았다. 사연에서 너의 착한 모습이 눈에 선하다. 글 공부 열심히 하기 바란다.

  이광수에 대한 너의 물음에 답하자면 첫째, 처음에는 민족 개조론을 내세워 주제넘게도 민족의 지도자인 양하였다. 그 가운데 나타나는, 같은 민족을 멸시하는 사상은 일본 제국주의를 우러르는 사대주의자의 태도이다.

  둘째, 일제 총독부의 밀정으로 상해에 가서 임시 정부의 사정을 정탐해 자기 상전에게 바친 반역자이다. 셋째, 이른바 계몽 운동을 하겠다는 그의 소설은 민중을 아래로 보며, 돈 많고 권세 있는 처녀에 기대어 지내는 자신의 안일한 생활을 그대로 담고 있다. 따라서 아무 가치도 없고 해독만 주는 사이비 문학가라고 나는 단정하고 싶다.

  너에게 하고 싶은 말은, 글을 쓴다는 게 얼마나 조심스러운 것이며 자신의 겨레에 얼마나 큰 영향을 미치는가에 대한 것이다. 이는 『친일문학론』(임종국)이란 책을 읽어 보면 뼈아프게 느낄 수 있을 것이다. 이 책을 꼭 구해서 읽도록 하고, 편지 자주 하여라.

천주님의 가호가 너에게.

아버지

너의 편지 잘 받았다. 공부 열심히 한다니 반갑다. 따로 편지 못 해 간단히 쓴다. 어머니 일을 잘 돕기를 당부한다. 콩나물, 두부 광주리를 가지고 다니는 심부름이라도 컸다고 남에게 부끄럽게 생각할 필요는 없고, 어머니를 돕는 것에 체면을 차리면 곤란. 남들은 그것을 볼 때 너의 사람됨을 우러러본단다. 작은누나의 성적이 좋아서 나도 기쁘다. 사나이답게 아량으로 보아주기를. 형에게 아버지한테 편지 좀 하라고 충고하여라. 따로 편지 못 쓰는 변명도 해 주고. 형과 누나들의 일도 잘 협력하기를 바란다. 자주 편지하여라. 천주님의 축복이 너에게.

아버지

1981년 7월 10일
아버지께

무더운 여름에 그동안 몸 건강히 잘 지내시는지요?
저희 사 남매 모두 몸 건강히 잘 있답니다. 누나들, 형은 요즈음 학기말 고사 기간이라 열심히 공부하고 있어요. 형은 어제 시험을 끝냈고, 누나들도 오늘 시험을 모두 끝냈답니다.

저는 이제 학기말 고사가 시작됐는데, 오늘은 음악, 수학, 미술 시험을 보았습니다. 모두 무난히 잘 치렀지요.

이제 토요일, 월요일, 화요일, 사흘간의 시험을 남겨 두고 있습니다. 그동안 준비를 잘해 놓아 모두 무사히 치를 것 같습니다.

요즘은 저녁 늦게까지 학교 도서관에서 공부하기 때문에 식욕이 왕성하답니다. 하루에 5그릇 정도는 먹죠. 그래서인지 몸도 많이 자랐어요. 키가 161cm, 몸무게 47kg으로 이제 누나들, 엄마보다 더 크답니다.

방학도 보름 정도 남았어요. 방학 때는 아버지를 한번 뵙고 싶은데 그것이 잘될지 모르겠군요. 이젠 저희도 다 자랐으니, 너무 걱정하지 마셔요.

장마도 끝나고 무더운 날씨가 계속되는데, 몸 건강히 계십시오.

영민 올림

1981년 8월 1일

당신에게

그날 무사히, 밤 12시 9분 차를 타고 새벽에 도착하니 다들 기진맥진하였습니다.

밤차를 타 보기는 저도 처음이었습니다. 몰랐기에 타지, 알고는 타지 않을 고된 차였습니다. 이름은 특급이지만, 어려운 인생들이 생존에 시달리며 타는 차라는 느낌이 들었습니다. 아이들의 자리를 좁혀, 어린아이를 업고 입석에 시달리는 젊은 여인에게 자리를 내어 주었습니다. 그랬더니 원래 자기 자리인 양 아이들을 마구 밀어 혼자 편한 자세를 취하는 것을 보고, 또 한번 의아했습니다. 참으로 구석구석, 인생철학을 많이 배우는 것 같습니다.

면회를 마치고 시내 성당에 들러 신부님을 뵈었습니다. 당신이 고해 성사 및 영성체를 받지 못해 애태운다는 말씀도 드렸습니다. 8월 휴가철이 지나면 교우들과 당신을 찾아가겠다고 약속하셨습니다. 여러 가지로 신앙에 도움이 되시리라 봅니다.

아이들과 전주 시내를 구경하고, 유명하다는 비빔밥을 먹었습니다. 방학 때 아이들을 즐겁게 해 주라고 오빠가 경비를 내어 주셨지요. 그래서 당신에게 가는 길에 아이들에게 더욱 인색하고 싶지 않았습니다.

하지만 아버지를 보이는 제 마음은, 집을 나설 때부터 착잡했습니다. 근 2년 만에 당신을 만나는 데다가, 더구나 그곳은 아이들에게 생소한 환경일 테니까요.

전주가 다가오자 딸아이들의 표정이 심각해 보였고, 점심으로 준비해 온 빵도 제대로 먹지 않아 걱정했습니다. 그러나 당신을 만나고 돌아올 때는 구김 없이 밝은 표정들이라, 면회하기를 잘했다고 생각했습니다. 영민이가 무척 좋아했습니다. 그곳에서 만난 아버지의 모습에 아이들이 그래도 큰 충격을 받지 않은 듯해 다행이었습니다.

영민이는 IQ가 반에서 으뜸이라 합니다. 참으로 잘 이끌어 주어야겠다는 생각이 들었습니다. 제가 바라는 것은, 당신에게는 미안하지만, 인생에서 평범한 삶과 행복을 자식들이 누리도록 해 주고 싶다는 것입니다. 너무 비범해도 싫은데, 아이마다 다 명석해 어떨 때는 도로 걱정이 되기도 합니다.

오늘은 집의 명의 이전 수속을 마쳤습니다. 이제 은행 대부가 되면 급한 것을 정리하고, 생활에도 다소 안정이 오리라 봅니다. 등기 이전비가 70~80만 원 들기에 망설이기도 했지만, 그 길밖에 없어 용단을 내었습니다. 현명한 판단이었다 위안하고 있습니다. 집의 매매는 아직도 요원하고, 지금으로서는 명의를 바꾸어 다시 대부를 받는 이 방법이 유일합니다.

오늘이 소영이 생일입니다. 어제 할아버지가 주신 차비로 세민이가 콜라 파티를 베풀었습니다. 운동화를 사서 생일 선물을 대신했습니다. 벌써 사 달라는 것을 오늘까지 미루었지요. 이래 저래 인색한 엄마의 모습입니다.

이번 방학 때는 아이들에게 교리 공부를 시켜 영세받을 준비를 해야겠습니다. 신앙으로 성실하고 모범 된 가정을 이끌도록 노력해야겠습니다.

아이들을 지도하는 것도 여간 힘이 들지 않습니다. 한창 사춘기인 데다 너무도 급변한 환경에, 여러 가지 면에서 소외된 외로움, 경제적인 어려움 등이 충격이 되었을 테니까요. 저마다 개성이 강하고 고집도 세어, 혼자 감당하기에 어렵다는 생각이 들기도 합니다. 너무도 큰 십자가가 저의 등에 얹혀 있는 것 같아 때로는 땅이 꺼질 듯한 피로감을 느끼기도 합니다. 하지만 주님의 보살핌이 있으리라 믿고, 거기에 의지해 봅니다.

우리가 바라는 것은 가족의 건강입니다. 정신과 육체의 건강을 지킨다면, 어떻게든 살아지겠지요. 부디 건강에 유의하시고, 가족 곁으로 돌아오리라는 생각을 한시도 놓지 말고 지내시기 바랍니다. 그리 머지않을 훗날, 이 악몽이 가실 그날에, 예전처럼 우리 가정을 다시 지켜 주시기를 바랍니다.

8월에 다시 찾아갈 것을 약속하고, 시일이 결정되면 다시 편지하겠습니다. 부디 여러 가지에 귀 기울여, 자신과 가족을 위하는 일념으로 살아가시기를 바랍니다.

아내 씀

※러닝셔츠, 팬티, 양말, 책 등을 받았으리라 믿습니다. 『백범일지』는 소영이가 상으로 받은 책이라 더욱 의미가 있습니다. 종업식 때 아이들마다 타 온 많은 상장과 상품 들에 잠시나마 즐거

운 마음이었습니다. 저와 함께 즐겨 주시기를 바랍니다.

1981년 8월 2일

당신에게

그저께 거의 반년이 되어 당신을 만나니 할 말이 태산처럼 많을 줄 알았으나, 무슨 말을 먼저 해야 할지 가슴이 막혀 어려웠소. 또 소정이, 소영이, 영민이, 한시도 잊지 못하는 샛별처럼 영롱한 나의 자식들의 귀여운 눈동자를 보니 눈에 안개가 서리고 쏟아지려는 눈물을 감당하기 힘들었소.

몇 달이고 못 본 당신 얼굴, 마음속에서 더듬기로는 가난과 고난에 지쳐 애처로운 모습으로만 그려졌지요. 하지만 생각보다 담담하고 굳센 당신을 보며 든든했고, 천주님께 감사드렸습니다. 또 아이들이 모두 건강한 것과 눈에서 뻗쳐 나오는 영롱한 정기를 볼 때, 매일 아침저녁으로 올리는 나의 기원을 천주님과 성모님께서 그대로 받아 주신 듯하오.

지난 7월 10일 자로 보낸 당신의 편지와 영민의 편지도 잘 받았어요. 아이들이 모두 제가끔 공부 열심히 한다기에 마음이 놓이오. 특히 영민이의, 우리는 다 자랐으니 걱정하지 말라는 편지 구절이 눈물 나게 반가웠소. 하지만 아직은 이 말을 할 수 있을 만큼 자라지 못한 영민에게 듣게 되니, 자식들에게 못다 한 나의 소임을 무엇으로 대신할 수 있을지 마음 아프기만 하오. 모든 것을 연약한 당신 어깨에 메어 둔 매정한 남편임을 가슴 치며 한탄하오.

하지만 언젠가는 지난날을 이야기하면서, 이 고난을 꿋꿋하게 이겨 냈음을 자랑할 때가 우리에게 반드시 올 것입니다. 나의 소망 속에 깊이깊이 새겨 두겠소. 염치없지만 그날까지 모든 것을 또다시 당신에게 부탁하오.

남편

소정이, 소영이, 영민에게

그저께 엄마와 함께 온 너희의 힘찬 모습을 보고 아버지는 얼마나 반가웠는지 모른다. 그날 밤을 선잠 속에 보냈구나. 특히 소정이와 소영이는, 이처럼 아버지와 가까이 만난 것이 거의 2년이다 되었구나. 2년 전 추석에 너무 경황없이, 아무 말도 없이, 글썽한 눈물 속에서 너희들을 바라보고 집을 떠난 것이 한 몇십 년이나 되는 듯 아득하구나. 영민이는 어머니와 형과 함께 서울에서 면회한 뒤로 일 년이 채 못 되었는데, 몰라보도록 자랐구나. 엄청나게 자란 키에 아버지는 깜짝 놀랄 지경이다. 이제는 헌헌장부가 되었구나.

아버지는 이런 모든 귀한 것, 어머니, 그리고 너희 사 남매를

뒤에 두고 집을 떠나 ▓▓▓▓▓▓▓▓▓▓▓▓▓▓▓▓▓▓▓▓▓▓

▓▓▓▓▓▓▓▓▓▓▓▓▓▓▓▓▓▓▓▓▓▓▓▓▓▓▓▓▓▓▓▓▓▓*

너희를 떠나올 때는 너무나 처량하였으나 천주님께 의지하여 기도하며, 용기를 잃지 않고 살아간다. 다행히 천주님께서 지극하신 사랑으로 나의 생명을 지켜 주시고, 이처럼 건강하게 살 수 있도록 보살펴 주시고 있다. 이렇듯 연단 속에서 강철처럼 만들어 주시니, 다시 한번 더 훌륭한 삶을 살아갈 수 있으리라 여긴다. 주여, 나의 샛별 같은 사 남매에게 강복하소서.

아버지

1981년 9월 21일

당신에게

그저께 영민이와 보낸 서신은 아직 도착하지 않았겠지요. 그간에라도 무고하시기를 빌며 건강에 유념하시기를 바랍니다. 이곳은 별고 없습니다. 세민이도 차차 감기가 나아 가고, 모두 시험 준비를 열심히 하고 있습니다.

이사를 앞둔 심란함이 큽니다만 시간이 해결해 주리라 믿습니다. 작년 겨울에 이 집에서 너무 고생했고 오랫동안 매매 문제로

---

* 당시에 교도소를 오가는 편지는 미리 검열되었다. 이 부분의 내용이 문제가 되어 굵은 선을 그어 삭제하고 보냈다. 지금도 어떤 내용이었는지 알 수 없다.

시달렸기에 미련이 없을 줄 알았는데, 막상 떠나려 하니 구석구석 애착이 가기도 합니다.

새로 이사 갈 아파트가 좁아서 살림을 많이 줄여야 합니다. 당신 책상도 너무 커서 망설였습니다만, 당신이 가까이하고 손때 묻은 것이라 아무리 비좁아도 가져가기로 했습니다. 대대로 내려오던 제상과 책장이며 서안 등을 아버님께서는 모두 과감하게 처분하라고 하시지만, 조상님들의 유품이라 보관치 못하는 죄스러움이 커서 망설이게 됩니다.

이삿날은 10월 3일이나 10일로 확정될 것 같습니다. 10일이 잔금 치르는 날인데 좀 당겨질 듯합니다. 3일과 4일이 연휴니까 더 좋을 것 같습니다. 오히려 그날(3일)에 분주한 것이 더 좋겠지요. 작고 비좁아도 새로 지은 아파트로 이사하니까 의미 없는 것은 아니리라 애써 좋게 해석해 봅니다.

또 쓰겠습니다. 금 2만 원 송금합니다. 책(『경향잡지』 11월호 및 집에 있는 책 4권)도 내일 함께 부치겠습니다. 『경향잡지』가 다행히 차입된다면 계속 보내겠습니다.

이사하고 나면 대구에 내려가 볼까 합니다. 그곳에도 정리할 것이 있고, 명절 지나 두루 인사도 할 겸 다녀오겠습니다. 생활에 관한 여러 조언과 도움도 필요하긴 합니다.

앞으로 지낼 일들을 생각하면 너무도 근심됩니다. 집을 어떻게라도 잡고 있어야 하지 않았나, 막막한 생각도 듭니다. 아, 당

당신에게.

그렇게 거의 반년만에 또 당신을 만나니, 만나면 할말은 태산처럼 많건만 막상 만나니 무엇을
말해야 할지 가슴이 먹먹 말하기가 어려웠소. 또 초경이, 소영이, 영민이 한시도 잊지 못하고 섰었지만 늠름한 너의 자식들의 귀여운 눈동자를 보는 순간 나는 일개 억제
못할 눈물로 감상하기 힘들었소. 맑은 가을 하늘, 마음속에서 가난라 그 어려운 생각속에서 의젓한 모습을 보니 천주님께 감사를 드리며,
또 아이들 모두 건강하고 눈속에서 비빨처럼 나오는 영롱한 정기를 볼때, 새벽 아침 저녁으로 신공속에서 사는 나의 기원을 천주님과 성모님께서 그대로 받아 주시는 듯 하오.
지난 7월 10일자로 보낸 당신 편지와 영민의 편지도 잘 받았어요. 아이들이 모두 제가끔 공부 열심 한다기에 마음이 몹시 놓이고, 특히 영민의 편지에서 우리글을 다 자랑스
럽게 경력하지 못하나 말 눈물 나게 반가웠으나, 아직 이 엄마 한숨이 못지는 영민에게 이 말을 들으니 나의 부족한 자식들에 대한 소임을 다 하루도 해줄수 있을까 모든 것을
염려된 당신 어깨에 매어 두게 해결한 당신의 답답함을 가슴치며 한탄하오. 하지만 언제인지 반드시 지난 말을 하면서 그 고난을 꿋꿋하게 이겨 냈음을 자랑할 시절이 우리에게
빠르게 올것을 나의 소망속에 깊이 깊이 새겨 두겠소.

나의 이 반 가운 하여 후배의 여러 사람이 많음 리윤들속에서 지나눈을, 특히 윤의에게 감사의 말 전하여 주시오. 지난 날 한 분이나 여럴이 한 노동을 주지 못한 것이
되오. 이 적막한 곳에서 잡혀 받고 격려받는 무슨 오믈이 맞겠소. 모든 것은 당신에게 부탁하오. 몇가지 부탁할 말 적어 보내오. (지난 편지때 영치한 2000원 잘 받소오)
① 영치에서 부탁한 국문의 의학 (민본책, 책장에 있는 비번면에 꼭 부탁 주시오.
② 경향잡지 (영치시켜 준다고 하니 꼭 부탁 하오. (집에 있는 턱 안에는 청을 가져다 보내오)
③ 다른 영치 때에는 이곳에 영치 보난될 책을 모두 내어 닫어 해서 찾아가기로 싸났소. 양이 많도록 하니 멀리 때는 가지로 간 춘히 해서
오시도록 하시오. 이후 보난이 신통치 못한듯 하오. (영치 소것도 부탁하오)
가능하면 8권 만 아버지 면회 보실때로 오사오. 그때에도 잡은 주변에 소영을 받아 주시오. 그리 이약하오. 편지 자주 부탁하오. 건강에 조심하시오.
천주님의 도움이 당신에게 항상 내리시기를 비오.   8월 2일 낭편

초경이, 소영이, 영민에게.

그렇게 너희들이 엄마와 함께 힘찬 모습을 보니 아버지는 얼마나 반가웠는지. 그 반 넘은 을 선감속에서 지났구나. 초경이와 소영이는 이럭쳐 아버지와 가까이서 만
난 것도 2년이 거진 다 되었구나. 2년전 추석날 경향잡(?)이 아무 반 있이 건강한 눈물속에서 너희들을 보지 보고 집을 떠났던 것이 아마 몇 10번이나. 된듯 하구나.
영민이도 작년에 너의 형과 함께 어머니 따라 서울에서 멀리 본주 일면이 채 못 자랐는데 선뜻 물라 보도록 자랐느 그리고 엿청나게 크게 자란 키로 아버지로 건약 놀란 지경이다. 이제로 헌헌 장부가 되었구나.

아버지도 이런 ───── 모든 귀한 것, 어머니 그리고 너의 여러 남매를 ───── 집을 ───────
─────────────────── 너 이들을 대나 못 때나 너무나 취약 하단다. 천주님께 빌지하여 기도속에서 산아 가겠어서 몸이나 튼실 잘 살아 간다. 다행이 천주님의 지극하신 사랑이 빼이 나나 섬명로 지켜 주시리 이려면, 건강하게 ──── 살록 판드룩 보살려 주시어 알란속에서 건강 ──── 건강 만족에 주시리
있다. 다시 한번 너 훌륭한 삶을 가진 두 있다.

신은 내게 너무도 잔인한 사람. 당신뿐 아니라 주변도 그렇습니다. 하지만 지금이라도 당신이 우리 가족을 위해 최선을 다해 주신다면 지난날들을 탓하지 않겠습니다. 주님의 가호가 항상 당신에게 함께하시기를 바라며.

아내 씀

1981년 10월 20일
아버지께

어느덧 더운 여름이 지나고 제법 서늘한 가을이 되었습니다. 차가워지는 날씨 속에 건강은 어떠신지요? 저희는 모두 잘 있습니다.

10월 10일(토요일)에 이사했어요. 이곳은 152번 버스 종점 근처에 있는 자그마한 아파트랍니다. 대문도, 마당도 없지만 그래도 별 불편함은 없어요.

이제는 어느 정도 정리되었습니다. 방이 세 개인데 아주 작은 방은 오빠가 쓰고, 그다음 방은 언니와 제가 쓰고, 안방은 영민이와 엄마가 쓰기로 했습니다. 이곳에서는 저희 모두 학교에 걸어 다닐 수 있어 편해졌어요. 새집에서 다 하루하루 충실히 보내고 있답니다.

저는 지난 9월 30일에 불광 지구 백일장에 나갔고, 10월 8일에는 불광 지구 대표로 다시 서울시 백일장에 나갔습니다. 그날은 마침 학교 소풍날이라 아쉽기도 했어요.

그런데 열흘하고도 이틀이 지난 오늘 담임 선생님께서 무척 기뻐하시며, 제 시가 장원으로 뽑혔다고 하시지 않겠어요. 저는 좋다기보다는 놀랐습니다. 전혀 기대하지 않았고, 별로 자신 없었기 때문이었어요.

백일장 제목은 '풍선'이었습니다.

풍선

모두가 가을빛에 싸여
더욱 찬란히 피던 날
기나긴 침묵을 깨고
풍선은 날아오른다.

떨어지다 다시 추슬러 오르며
온몸으로 채워 올린
우리의 소망을 싣고서,
흩어진 마음들을
싣고서.

더럽지 않은 시간을 담고
저기
푸르름이 있는 곳으로
더 높이
더 높이 솟아오르려는
떨리는 몸부림.
풍선은
희망에 찬 푸르름이 된다.

절망의 한가운데에서도
아직
다 그리지 않은 너의 소망을
그렇게 피게 하렴
우리의
부끄러운 곳을 향해,
거짓된 침묵을 향해!

흩어져
끝내 돌아오지 않는 바람에
나도 따라, 따라 올라
하나의

풍선이 되리라.
거짓 속을 헤쳐 오르리라.
나를,
나의 이웃들을 부드럽게 하리라.

풍선은
우리의 소망을 싣고
높이 오르고 있다.

  백일장은 제목도 주어지고 시간도 제한되어, 써서 제출하고도 아쉬움이 많이 남았습니다. 그런데 이 글이 장원했다니 얼떨떨하기도 하고, 아무튼 정말 고마운 일입니다. 엄마가 무척 좋아하시니 저도 참 기뻐요. 엄마에게 더욱 기쁨이 되는 착한 딸이 되고 싶어요.

  영민이는 여전히 반에서 일등이고, 모두 공부 열심히 하고 있어요. 언니도 이제 대입 고사가 일 년 반도 못 남았는지라 열심히 하고 있어요.

  아버지, 이제 겨울이 오면 건강 유지에 힘드시지 않겠는지요? 부디 건강히 지내세요. 그것만이 저희 모두가 아버지께 바라는 것이니까요. 또한 더욱더 굳세어지시고요. 철없던 소영이가 어느새 이만큼 자라서 아버지께 이런 말씀도 드리게 되었어요.

비록 아버지는 전주에 계시고 저희는 서울에 있지만, 언제나 서로서로 생각하니 떨어져 있다고 할 수는 없겠지요? 우리는 항상 같이 있어요, 언제나. 그리고 이 편지가 아버지께 도착할 때쯤 이면, 그 이튿날 정도가 아버지의 생신날이 될 거예요. 이 글이 훌륭한 생신 선물이 되었으면 좋겠어요.

우리 사 남매 모두 튼튼히 잘 자라고 있어요. 앞으로 누가 봐도 자랑스럽게 자라날 거예요. 아버지, 저희를 꼭 지켜봐 주세요. 지금 우리가 겪고 있는 고통은 옛 우리 조상님들이나 가까이는 아버지, 할아버지의 고생에 비하면 아무것도 아니겠죠. 우리는 집이 있고, 밥이 있고, 아버지가 있고, 엄마가 있으니까요. 아버지께서는 항상 저희의 주춧돌이 되어 우리를 받쳐 주고 계신다는 것, 잊지 않도록 할게요.

아버지, 그럼 건강에 주의하셔요.

소영 올림

1981년 10월 25일

소영에게

그저께 너의 편지와 어머니 그리고 언니의 편지 한꺼번에 받아 보았다. 한동안 소식이 없어서 이사가 어떻게 되었는지 몹시 궁금했는데, 이젠 마음이 놓이는구나. 아버지 없이 이사하느라고 엄마와 너희들이 무척 고생하였나 보다. 어머니 편지에 해익, 수익 외삼촌이 와서 거들었다니 참말로 고맙다.

아버지는 까맣게 모르고 있다가 너의 편지를 받고, '참 그렇지, 내일이 내 생일이지.' 하고 생각나더구나.

무엇보다도 네가 보낸 시는 더할 수 없이 큰 생일 선물이 되었다. 더구나 "더럽지 않은 시간을 담고 / …… / 떨리는 몸부림. / 풍선은 희망에 찬 푸르름이 된다."는, 바로 아버지의 노래를 네가 대신 읊고 있는 듯하다. 아버지는 이제껏 "더럽지 않은 시간을 담고, 푸르름이 있는 곳으로" 나아가며 살았고, 지금도 그렇게 살고 있다. 풍선이 우리의 소망을 싣고 푸른 하늘 높이 오르게 되는 날, 과연 이날이 나에게 올까. 하지만 적어도 너희들에게는 오게 하리라 생각하면서 살아왔고, 앞으로도 그렇게 살아갈 것이다. 장원도 좋지만, 너의 노래는 정말로 더욱 좋구나.

소영아, 겨울이 온다고 걱정하지 말아라. 아버지는 이처럼 아직도 마음이 뜨겁다. 마음이 더우니 추위야 걱정 안 한다. 우리는 비록 한집에서 살지는 않을지라도 영혼은 항상 함께 있으니, 기다리면 언젠가 자유의 날이 오리라. 자주 편지하여라. 오늘은 이만 줄인다.

아버지

1981년 11월 4일

아버지께

그동안 안녕하셨어요. 오랫동안 편지 드리지 못해 죄송합니다.

이제까지 저는 많은 것을 생각해 보았습니다. 앞으로의 진로에 대해서, 그리고 학업과 친구 관계 등 모든 것에 대해서요. 그리고 이사하고 집 안 정리도 새로 하고, 주어진 여건 속에서 최선을 다해 보려고 합니다. 아버지께서는 우리 사 남매에 대해서 너무 걱정하지 마셔요. 모두 똑똑하고 슬기로운 형제들이기에, 서로 돕고 살아가면 어떠한 난관이라도 극복할 수 있다고 믿어요.

그리고 지난번에 아버지의 편지를 받아 보았는데, 어머니가 아버지께 너무 지나친 말씀을 하신 듯합니다(편지 내용에서).

저는 아버지가 우리 사 남매와 어머니에게 잔인하다고 생각하지 않습니다. 아버지가 잔인하다면, 지금은 재물의 노예가 되어 돈에 묻혀 사는 사람이 되었을 것입니다. 그러나 아버지는 인생을 깊이 있게 사시려고 노력했어요. 이 점에서 저는 아버지를 가장 존경합니다.

아버지, 저희 걱정은 너무 하시지 마세요. 이제부터 5년만 지나면 모두 어엿한 청년이 되어 있지 않겠습니까?

그리고 아버지께 한 가지 상의드릴 것이 있습니다. 고등학교 1학년도 이제 거의 끝나 가고 2학년 때는 문과반과 이과반, 계열

별로 나누게 돼요. 저는 문과를 택하고 싶은데, 어머니는 이과(의예과, 공대) 쪽을 원하시는 것 같아요. 지금 이 점을 가지고 깊이 생각하고 있는데, 아직 결정을 내리지 못했습니다. 역사나 철학에 대해 깊이 있게 공부하고 싶습니다. 그런데 앞으로의 취직이나 진로를 고려해 본다면 이과반에 들어가는 게 나을 것 같아요. 학교에서 한 적성 검사에서는 문과와 이과 모두가 높게 나왔어요.

최종 결정은 제가 내리겠지만, 아버지의 의향을 알고 싶어요. 앞으로의 인생 방향을 크게 좌우할 문제인 것 같아서 여러 사람의 의견을 종합해 보고, 저의 적성도 종합적으로 고려해 봐서, 조만간 결정을 내려야겠습니다.

그럼 아버지, 건강히 지내세요. 아버지에게 빨리 자유의 날이 다가오기를.

아들 세민 올림

1981년 11월 18일
세민에게

이달 초순에 너의 편지 반갑게 잘 받았다. 너의 힘찬 사연으로 아버지는 큰 격려를 받았다. 어머니가 나에게 한 이야기에 대해 너무 마음 쓰지 말기를 바란다. 내외 사이에는 원래 그런 말로써 서로 위로하는 것이니, 너희들이 마음 쓸 일이 못 된다.

너의 진로 문제에 관해 나에게 조언을 부탁하고 있구나. 벌써 이만큼이나 자라서 장래에 대해 본격적으로 생각하고 결정도 내려야 된다니, 흐뭇하면서도 곁에서 많은 이야기를 해 주지 못해 마음이 아프다.

몇 가지만 이야기하마. 아버지가 너희 사 남매를 키우며 중요하게 생각하는 것은, 무엇보다 건강하고 건전하게 자라게 하는 것이다. (지금은 이것을 제대로 못 하고 있지만.) 내가 아침저녁으로 너희를 위해 기도드리는 사연은 "천주님의 뜻을 크게 펴고, 나라와 겨레에 훌륭한 일꾼이 되게 하소서." 이것뿐이다.

네가 장차 의사가 되건, 엔지니어가 되건, 훌륭한 학자가 되건, 네 한 몸의 영화나 안락을 위해 살지 말고 천주님의 뜻(이웃을 위해 너의 몸과 마음을 다하는 것)을 펴며, 나라와 겨레를 위해서 훌륭한 일꾼(겨레에 군림하여 마구 힘을 휘두르며 사는 사람이 아닌, 봉사자)으로 살아가기를 바란다. 이런 마음으로 너의 장래를 너 스스로가 주체적으로 결정하여라. 다만 어머니와 여러 형제와도 의논하여, 너의 소질에 잘 맞추어 앞길을 정하기를 바란다.

나는 너를 볼 때 학자의 자질이 있다고 여긴다. 이왕 학자가 될 바에는 커다란 학자가 되었으면 한다. 너의 편지에 역사 공부를 하고 싶다고도 했지. 만일 그쪽으로 결정한다면, 너의 시대에는 우리 민족의 근대사와 현대사가 정리되어야 할 것이다. 이때

야말로 옛날 우리 집안의 순암공(順庵公) 안정복(安鼎福) 선생과 같은 훌륭한 학자가 될 수 있고, 되었으면 하며, 시기를 보아도 그러한 학자가 나올 때가 될 것이다. 만일 우리 일가의 선조처럼 훌륭한 학자가 되려면 너의 말대로 했으면 한다.

역사학자가 되건 과학자가 되건 크게 포부를 가지고 굳세게 자라기를 바란다. 나라와 겨레는, 앞으로 너희들이 무대에 나설 수 있도록 지금은 한창 진통을 겪고 있다. 앞으로는 너희들의 세계이다. 21세기는 바로 너희들의 것이다.

자주 또 편지하여라. 영민이의 편지도 받았으나 여백이 부족하여 더 쓰지 못하겠구나. 항상 집안 소식 자상하게 전해 주어서 기특하다. 누나와 소영에게도 건투하기를 빈다고 전해 다오.

천주여, 샛별처럼 영롱한 우리 사 남매의 앞길을 환하게 비추어 주소서.

아버지 씀

1981년 11월 25일
당신에게

그동안 몸 성히 잘 계실 줄 믿으며, 11월 18일 자 편지는 잘 받아 보았습니다. 아이들은 공부 열심히 하고 있으며, 별고 없이 잘 지내고 있습니다.

오늘은 갑자기 아파트의 수도 배수관이 고장 났는데, 제가 없음에도 아이들이 물을 길어 식수 준비를 해 놓았더군요. 이제 다 컸다는 생각에 흐뭇했습니다.

겨울이 다가오고 아이들과 당신 걱정을 하지만, 어쩔 수 없는 현실이지요. 건강을 비롯하여 매사에 더욱 신경을 써야 하겠습니다. 양말부터 준비된 것 한 켤레 짜서 보냅니다. 모사가 많이 섞여 따뜻할 것입니다.

면회가 너무 늦어져 당신에게 송구함을 금치 못합니다. 기다림에 지쳤을 당신을 생각하면 애가 타지만, 이곳 사정이 여러 가지로 급급해서 아마 12월에나 가게 될 것 같습니다.

당신도 건강에 자신을 갖기만 할 것이 아니라, 현명한 생활 관리로써 건강을 지키겠다는 집념을 가지시기 바랍니다. 비타민도 잘 복용하세요. 그곳에서 병이 생기면 얼마나 심각한 상황이 될지, 항상 잊지 마시기 바랍니다.

그리고 놀라지 마시고, 애통하시더라도 참으시기 바랍니다. 이내 아시게 되는지 모르겠지만, 이재문 선생께서 지병인 위병으로 지난 22일(일요일)에 옥중에서 돌아가셨습니다.* 그동안

---

* 이재문(1934~1981): 『대구매일신문』, 『민족일보』 기자. 1961년의 5·16 군사 정변 이후 본격적으로 민족 통일과 반독재 민주화 운동에 헌신해 왔다. 1979년 함께 구속되어 1980년 12월의 최종심에서 사형을 선고받았으며, 모진 고문의 후유증에다 지병 치료마저 방치되어 옥사했다.

병고에 많이 시달렸나 봅니다. 가족들도 회복 불가능하다는 것을 알고 있었는지 오히려 담담했습니다. 24일(화요일) 10시에 발인했습니다. 떠나는 고인에게 깊은 애도를 표했습니다.

부디 건강에 유의하시기 바라며 다음에 또 쓰겠습니다.

아내 씀

1981년 12월 14일
당신에게

이제 올해도 마지막 달 12월이오. 조금 있으면 우리 구세주 탄생하신 날이 다가옵니다. 거리에는 한창 크리스마스 캐럴이 흘러나오고 있겠지요. 나는 이곳에서도 건강하고, 이 시련을 굳건하게 이겨 나가고 있으니 안심하기 바라오.

지난 11월 25일 자와 12월 5일 자, 영민의 편지와 동봉한 편지 잘 받았소. 당신이 손수 짜서 보낸 양말과 장갑, 그리고 책 네 권도 잘 받았소.

그런데 11월 25일 자 편지에서 너무나 뜻밖의 소식을 들어서 한동안 슬픔 속에 지냈소. 이제는 어느 정도 슬픈 마음을 추스르고 또다시 용기를 내어 살아가려 하니 걱정 마시오. 지난 1월 초에 서로 격려하면서 헤어진 것이 마지막이 되었군요. 정말 내게는 훌륭한 친구였는데……. 너무 일찍 하직하였어요. 아무쪼록 당신이 자주 원준이 어머니를 만나 위로해 주시오. 여러 가지 궁금한 일이 많기는 하지만, 당신 면회 시에 묻기로 하겠어요.

지난 11일은 할아버지 제삿날인데, 이곳에서 천주님께 기도를 드리면서 보냈어요. 이번 면회 때는 여기에 영치되어 있는 책이 많으니 꼭 찾아가도록 하오. 작은집 우규 결혼식이 어제였던 것 같은데, 나로서는 마음속으로 축복하고 있다고 전해 주시오.

당신이 편지에서마다 건강 관리에 힘쓰라고 했는데, 지금 건강 상태는 아주 좋습니다. 아침마다 냉수마찰로 피부를 단련시켜 추위를 이겨 나가며, 또 두꺼운 솜옷으로 추위를 막고 있으니 걱정하지 마오. 이런 말 하기에는 아직 이르겠지만, 이곳 생활에도 어느 정도 익숙해져서 미리미리 병을 예방하면서 건강 관리에 힘쓰고 있소. 또 당신이 보내는 영치금으로 매일 비타엠 한 알씩 복용하며 영양 관리도 잘하고 있으니 마음 푹 놓길 바라오.

세상이 너무도 야박하여 늘 아이들이 마음 쓰이오. 당신과 나의 사랑 이외에는 친척도, 친구도, 아이들이 푸근하게 다가갈 만한 곳이 없겠구려. 주변의 어디든 사랑이 메마른 곳이니 이 점을 유념하여 하느님의 사랑을 알게 합시다. 겨울 방학 동안 될 수 있는 대로 시간을 많이 내어 성당에 가게 하고, 교리 공부에 힘써 주오. 면회는 크리스마스가 지나야 올 수 있을 것으로 생각하오만, 이해의 마지막이니 이달에는 한번 보고 싶소. 아무쪼록 그곳 다섯 식구 모두 몸과 마음이 함께 건강하기를 비오.

천주님, 나의 사랑하는 아내와 어린 사 남매와 항상 함께해 주시어 이들을 보살펴 주옵소서.

남편 씀

1981년 12월 26일
아버지께

23일, 아버지를 뵙고 무사히 서울에 도착했습니다. 아버지가 웃으시는 얼굴이 너무 보기에 좋았습니다. 전에도 그런 생각을 했는데 그날은 더욱 그랬어요.

요즘은 그래도 날씨가 따뜻한 편이죠? 뉴스에서는 부산이 9~17℃라나요? 서울은 최고 15℃고요. 아버지가 계신 전주도 따뜻하겠지요? 일기 예보가 나오면, 그전에는 서울을 먼저 보고 대구, 부산이나 위로 올라가 중강진 정도만 봤는데, 지금은 전주도 꼭 본답니다.

어제는 25일, 성탄절이었지요. 올해는 나라 안팎에서 대체로 조용히 보낸 듯합니다. 세계적으로는 폴란드 노동자의 파업이 심각해져 계엄이 선포되고 혼란해졌다고도 하는데, 그래도 예년에 비해 조용한 성탄절이라 합니다.

TV에서 성탄절 특집으로 아주 좋은 영화를 보여 주었습니다. TBC가 없어진 후* 채널을 두 개나 가지게 된 KBS에서 「나자렛 예수」를 방영해 줬어요. 이탈리아와 영국 BBC의 공동 제작에 유명한 프랑코 체피렐리(이 감독은 영화를 만든 후에 천주교 신자가 되었대요.) 감독 작품입니다. 400분짜리 4부작(21~24일)이었는데, 종전의 종교 영화에는 예수님의 얼굴이 나오지 않는 게 관례였다죠. 하지만 이번에는 로버트 파월이 예수님 역으로 나왔어요. 음악은 「닥터 지바고」에서 「라라의 테마」를 작곡했던 모리스 자르였고요.

연기와 연출과 음악이 모두 훌륭했어요. 예수님이 십자가에 못 박히는 장면에서는 얼마나 눈물이 났는지 모릅니다. 예수님이 "하느님, 하느님, 어째서 저를 버리셨나이까?" 하고 소리칠 때는 가슴이 찡했어요.

이제 조금만 있으면 1982년이 되겠죠? 저는 중3, 언니는 고3. 저야 아직 걱정 없지만, 언니는 무척 신경 쓰일 것입니다.

그리고 지난번에 서부교육구청 주최 독후감 쓰기 대회에서 교육감상을 받은 염상섭의 『삼대』 독후감을 동봉합니다. (아버지께 넣어 드린 영한사전과 국어사전, 옥편을 상품으로 받았지요.) 읽어 보시고, 제가 생각하고 있는 것이 바른지 봐 주세요. 『삼대』를 안 읽으셨다면 넣어 드릴게요. 많은 것을 생각할 수 있는 책이

* 1980년 전두환을 중심으로 한 신군부는 언론 통제를 위해 언론사를 통폐합하고 저항적이거나 반정부적인 언론인을 강제 해직시켰다. 이 과정에서 동아방송(DBS)과 동양방송(TBC)이 KBS에 통합되었다.

에요. (그러고 보니 편지가 매우 두툼하네요.)

이런 얘기, 저런 얘기 쓰다 보니 편지가 무척 길어졌어요. 아버지, 앞으로도 여전히 건강하시고, 또 명랑히 지내세요. 그럼 이만. 안녕히 계셔요.

소영 올림

1982년 1월 1일
당신에게

새해에는 무엇보다 당신의 건강과 행운을 빕니다.

올해에는 우리에게 여러 가지 은혜가 있을 것을 확신하며, 희망 속에 굳건히 살 것을 다짐합니다.

어젯밤에는 한 해의 마지막을 보내면서 당신의 꿈을 꾸었습니다. 그리고 새해 첫날인 오늘은 차례를 모시기 위해 일찍 일어났습니다. 맑은 새벽 공기를 마시며, 아직은 어둡지만 드넓은 하늘에 묵은 근심을 날렸습니다. 조상님께 우리 가정이 다시 단란했던 지난날로 돌아갈 수 있게 해 달라고 빌고 또 빌었습니다. 틀림없이 조상님들의 영험이 있겠지요.

참으로 세월은 빠르고 빨라, 당신의 자리를 비워 둔 채 벌써 세 번째 맞는 설날인가 봅니다. 이젠 아이들도 어느 정도 적응되었기에, 심한 고통 없이 보낼 수 있어 다행이군요.

설이라 친척들이 많이 모일 것입니다. 그만큼 당신의 빈자리도 크겠지만, 서글픈 생각에 오래 젖어 있지는 않겠습니다. 부디 당신도 굳은 의지로 세월을 잘 이겨 내 주길 바랍니다. 새해를 맞아 주님의 은혜와 가호가 당신께 가득하기를 간구합니다. 안녕히 계십시오.

새해 첫날 새벽에 아내 씀

1982년 2월 1일
아버지께

그동안 몸 건강히 지내셨는지요?

이곳 다섯 식구 모두 잘 있답니다.

따뜻하기만 하던 날씨가 며칠 전부터 많이 차가워졌어요. 올겨울의 마지막 추위인 것 같아요. 하지만 이제는 추위도 한풀 꺾여 평년 기온을 되찾고 있지요.

요즘은 저희 사 남매 모두 시험공부에 열을 올리고 있어요. 큰누나는 오늘부터, 형과 작은누나, 저는 개학 날인 2월 8일부터 기말고사가 시작되지요. 모두 비장한 각오로 열심히 하고 있어요. 특히 형은 중간고사 때의 다소 부진했던 성적을 만회하기 위하여 매일 새벽 2시까지 공부하고 있어요.

큰누나도 오늘 본 국어, 체육 시험을 잘 치른 모양이에요. 기분

나쁜 얼굴이 아니거든요.

작은누나는 그동안 놀며 지내다가 어제부터 시험공부에 들어갔지요. 그런데 그렇게 열심히 하는 것 같지는 않더군요.

저는 열흘 전부터 조금씩 해 나갔기 때문에 시험 걱정은 별로 하지 않는 편이에요. 하루에 3~4시간 하는 것으로 만족하고 있어요.

엄마는 몸살이 나신 것 같아요. 얼마 전부터는 조금씩 거동하시며 몸조리하고 있지요.

요즘은 공부 외에는 별로 하는 것이 없어요. 책을 보려고 해도 눈에 들어오지가 않고, 밖에 나가려고 해도 귀찮기만 하고…….우리 식구가 모두 그런 증상이어요. 방학이 되면서 많이 게을러졌나 봐요.

작은누나는 시험공부 틈틈이 뜨개질로 시간을 보내는데, 뜨고 있는 모자가 거의 완성 단계에 들어섰어요. 완성되면 날 준다고 했는데, 그렇게 마음에 드는 작품은 아니에요.

이제 얼마 후면 입춘이고, 또 얼마 후면 저희는 한 학년씩 진급하게 되지요. 세월은 참 빨라요. 벌써 제가 중학교 2학년이라니…….

추운 겨울이더라도 희망찬 봄을 생각하며 살아야겠지요. 지금 저는 언제나 봄을 기다리며 살아가고 있답니다. 그러니 아버지께서는 저희 걱정을 하지 마셔요. 저희는 추운 겨울 속에서도 소나무와 같이 잘 자라니까요.

그럼 이만 줄이겠어요. 추운 날 아버지 건강 조심하셔요. 다음에 또 편지 드리지요.

영민 올림

1982년 2월 20일
당신에게

그저께 아버지께 편지하고, 어제는 갑자기 광주로 이감하라기에 이곳에 당도하였소.* 마침 우수(雨水)라 그런지 희부연 비안개 속에서 남으로 남으로 내려오니 감회가 그지없소.

전주보다 차편으로 왕복 두 시간도 더 걸리는 거리라, 당신이 한번씩 다녀가려면 고생만 더하겠구려. 어디 가나 감옥살이 별다를 게 있겠소만, 그래도 여태 있던 곳에서 갑작스레 떠나고 보니 섭섭한 생각이 드는구려. 얼음장같이 차가운 감방살이지만 사람 간의 인정은 어쩔 수 없는 듯, 교도소 직원들이 잘 가라는 인사와 편안한 차편을 내주어서 무사히 도착하였소.

---

* 1982년 2월 19일, 전주로 온 지 일 년 만에 광주교도소로 갑자기 이감되었다. 교도소의 비인간적인 처우 개선과 환자(급성 신우염으로 고통받던 같은 사건 관련자 최석진)의 치료를 요구하는 단식 투쟁이 벌어지자, 분리 이감시켜 버린 것이다.

이제 겨울도 다 지나가고 견디기 좋은 봄이긴 하지만, 새 학년을 맞는 아이들의 학비를 마련하느라 당신의 고생이 이루 말할 수 없이 크겠구려. 하루속히 화해와 평화의 세상이 되어, 당신과 아이들과 함께 지난 고생 잊고 따뜻하게 살아갈 수 있는 날이 기다려지오. 머지않아 그러한 날이 다가오리라 굳게 믿고 살아갑니다.

지금 당신의 건강이나 형편이 어떤지는 모르겠으나, 될 수 있는 대로 이른 시일에 한번 다녀갔으면 하오. 오게 되면 먼저 광주교구의 신부님께 찾아가서 영성체할 수 있도록 말씀 전해 주오. 오는 수요일(24일)은 재의 수요일이라 금식이며, 이날부터 사순절이 시작되오. 그리고 영광스러운 부활절이 기다리고 있을 것이오. 부활절 전에 영성체를 했으면 하니, 어렵겠지만 신부님께 부탁드려 보오. 그리고 올해 천주교 축일표를 꼭 보내 주시오. 축일표 없이 지내니까 마치 교회에서 멀리 떨어져 있는 기분이 들어 몹시 불편하오. 이번에는 꼭 부탁하오.

얼마 전 영민이의 편지에, 요즘 식구들이 바깥출입을 잘 안 하고 명랑한 기분이 별로 없다고 걱정하던데, 별일 없는지요. 당신의 건강이 안 좋은 데다가 제각기 일과 공부에만 몰두하느라 그런 듯하니, 자주 한데 모여서 재미나는 얘기도 나누고, 그리 값비싸지 않은 음식을 장만하여 아이들의 기분을 풀어 주는 데 마음을 써 주오. 무엇보다 당신의 건강이 제일 중요하니, 살기 어려운 형편에 오죽하리오만, 건강에 마음 써 주오.

별로 달갑잖은 이감이라 마음이 내키지 않아, 오늘은 아이들에게 몇 자 적는 것도 그만두겠소. 하지만 어떠한 시련이나 고난일지라도 모두 이겨 나갈 결심은 변함없으니, 나에 대해서는 격정하지 마오. 오늘은 이만하리다. 곧 편지 답을 바라오. 천주여, 나의 사랑하는 아내에게 힘을 돋우어 주시어 그 무거운 짐을 이기게 해 주소서.

남편 씀

1982년 4월 1일
아버지께

그동안 몸 건강히 지내셨는지요?

저희는 모두 잘 있답니다. 이제는 완전히 봄이 되었어요. 그저께는 봄비도 내렸지요.

2학년이 된 지도 한 달이 다 되었군요. 새 생활에도 익숙해졌고, 친구도 많이 사귀었답니다.

요즘은 시험 때라 모두 공부하느라 바빠요. 저도 4월 6, 7일이 시험이랍니다. 그래서 얼마 전부터 학교 도서관에서 시험공부에 들어갔지요. 형은 어제부터, 작은누나는 그저께부터, 큰누나는 오늘부터 시험이랍니다.

아버지 소식은 할아버지로부터 전해 들었답니다. 건강하시다니 무척 기쁘군요.

어머니는 요즘 건강이 조금 좋아졌답니다. 이제는 외출도 자주 하시고 있어요.

누나와 저는 교리 교육을 받고 있답니다. 이제는 성당 생활에도 제법 익숙해져서 미사 순서와 방식도 많이 이해하고 알게 되었습니다.

그리고 얼마 전에는 어머니에게서, 대구의 국민학교 1학년 때 담임 선생님이 저희 성당에 나오신다는 이야기를 들었습니다. 대구에서 배운 선생님을 서울의 같은 동네에서 다시 만나게 되다니, 세상은 참 좁은가 봐요. 만나 뵙고 인사드려야겠어요.

이제는 완전한 봄, 새로운 계절이 한창인 때여요. 이런 계절일수록 희망찬 생활을 해야겠지요.

계속 건강하게 지내시길 빌겠습니다.

이만 줄이겠어요.

영민 올림

1982년 5월 18일
아버지께

어느새 라일락 향기가 그윽한 오월이 되었습니다. 오랜만에 펜을 들게 되어 무척 죄송합니다. 자꾸만 마음뿐이고 잘 써지지 않습니다. 이제는 좀 더 자주 편지를 쓰도록 할게요.

아버지, 지금은 밤 12시 15분입니다. 저는 책상에 앉아서 고개만 돌리면 되는 창문 밖을 보고 있답니다.

이곳은 원래 산을 깎아서 만들었기 때문에, 아파트 입구에는 정말 산에서나 자라는 키가 큰(4층까지나 돼요.) 나무들이 무척 많아요. 더구나 제 방은 보기에 가장 좋은 위치여서, 무척 아름다운 풍경이랍니다. 또 창밖으로 고개를 내밀고 숨을 들이쉬면 아카시아 향기가 가득 밀려옵니다. 오늘 학교에서 오다 보니 뒷산이 거의 하얗게(정말은 녹색＋흰색) 되었어요. 그리고 아카시아 향기가 동네 어디에나 다 배어 있었어요. 정말 5월은 무척이나 좋은 계절입니다.

방금 또 창문 밖을 내다보니 차가운 수은등의 불빛이 보입니다. 불 켜진 집도 별로 없어요. 지금은 아주 이상한 새가 울고 있어요. 딱따구리보다는 좀 더 부드러운 소리인데 밤마다 운답니다.

학교 다니기는 재미있습니다. 3학년이 되니까 매일 한 시간씩 체력장도 하고 공부도 더 해야 합니다. 공부는 열심히 하겠지만, 역시 과학(특히 물상)은 싫습니다. 국사 시간에는 동학에 대해 배우고 있어요. 그리고 지금은 대원군의 정치에 대해 공부하고 있습니다.

요즘은 영세를 앞두고 교리 공부를 열심히 하고 있습니다. 그리고 저희 세례명도 지었어요. 엄마와 이야기하면서 영민이는 토마스 아퀴나스(Thomas Aquinas)로 하는 게 어떨까 했는데, 니콜라 수녀님의 편지에서도 토마스 아퀴나스로 하면 어떻겠느냐는 의견이 있었습니다. '성교회 박사'라는 칭호를 받으신 분으로 『신학대전』을 완성하신 분입니다. 저도 수녀님이 정해 주셨는데 율리안나(Juliana)입니다. 처음으로 여자 수도원을 세우신 분이라고 해요.

저희 영세일은 29일(토) 오후입니다. 첫영성체 때 하는 기도는 하느님께서 꼭 들어주신다고, 수녀님이 말씀하셨어요. 저는 우리 식구가 아버지와 함께 지낼 수 있게 해 달라고 기도드릴 것입니다.

오빠는 20일에 경주로 수학여행을 떠난답니다. 언니도 잘 지내고 있어요. 영민이는 키가 무지무지 커서(170cm 초과) 반에서 제일 끝 번호인 69번이에요. 저는 잘 안 자라고 있답니다. 체육 시간은 너무 싫고, 체육 선생님 막대기만 보면 질린답니다. 모두 체육을 잘하는데, 저만 아니에요. 언니와 오빠랑 영민이가 제게, 자꾸만 주워 왔다고 놀립니다.

'스승의 날'이 새로 부활되어서, 선생님께 손수건과 양말과 엄마 편지를 함께 드렸어요. 1학년 때도 담임이셨는데 3학년 때도 또 담임이십니다. 수학을 가르치시고, 저희 집에 무척 신경을 많이 써 주시고 고맙게 대해 주십니다. 2학년 때 담임 선생님은 제가 제일 좋아하는 분이랍니다. 국어 선생님이신데 많은 이야기를 주고받고, 지금 선생님보다는 젊으셔서 언니 같은 기분이 들기도 한답니다. 친구들도 많이 사귀었고, 생물을 가르치시는 교무부장님, 무서운 학생부장님 등 모든 선생님이 무척 잘해 주셔요.

엄마도 요즘은 편안하세요. 모두 잘 지냅니다. 저희 걱정은 조금도 마세요. 그리고, 부디 건강에 유의하세요. 여름철이라 음식 조심도 하시고요. 이제 여름 방학에나 뵙게 되겠지요. 그럼 다음에 편지 또 띄우겠어요. 안녕히 계셔요.

소영 드림

1982년 8월 5일
당신에게

새벽 공기가 무척 맑습니다. 하나둘 켜지는 아파트 건너편 동의 불빛을 바라보며, 아침밥을 안쳐 놓고 몇 자 써 봅니다. 새벽 고요를 깨뜨리는 이름 모를 새들의 지저귐, 차츰 밝아 오는 가운데 드러나는 녹음은 마음을 한결 푸근하게 해 줍니다. 아이들과 면회 다녀온 후 곧 편지한다는 게 며칠 늦어졌습니다.

소정이가 5시 50분에 집에서 나가는지라, 4시 반에는 일어나 서로 고된 하루를 시작합니다. 체력이 달리는데도 제대로 먹이지 못하는 마음이 안타까울 뿐이지요.

그날은 3년 만에 우리 식구가 처음으로 함께 앉아 본 자리. 너무나 중요한 시간에 괜히 분위기를 흐린 것 같아, 돌아서며 후회되었습니다.

착잡한 마음으로 담양성당에 들렀다 왔습니다. 신부님은 최선을 다해 당신의 신앙생활을 돕겠다고 하셨으나, 상황의 어려움도 덧붙이셨습니다. 광주 대주교관 방문은 시간이 맞지 않아 다음으로 미루고, 6시 고속버스를 타고 무사히 귀가했습니다. 아이들의 표정이 며칠간 너무 밝아 면회하고 오기를 잘했다 싶습니다. 봐서 8월에도 계획해 보려 합니다. 아무리 어려워도 당신 면회에 중점을 둬야겠습니다. 워낙 오랜만에 긴 이야기를 나누어서 그런가, 왠지 거리감이 생긴 것도 같았어요.

돌아와 31일의 제사에 아이들을 참례시키고, 아버님께 다녀온 보고를 드렸습니다.

대구로 내려가는 문제는 좀 더 두고 계획할 일이나, 내 마음속에서는 어느 정도 굳힌 계획입니다. 물심양면으로 더욱 각박한 곳이 서울이며, 얻는 것보다는 잃는 것이 더욱 많은 곳입니다. 아이들이 서울의 우수한 학교에서 공부할 수 있으리라는 미련을 완전히 떨쳐 버리지 못하겠지만, 이제는 그마저도 고민이 흐려집니다.

대구로 내려가겠다고 생각한 것은, 아무래도 나는 크게 돈 벌

능력이 없으니 생활비라도 덜 드는 곳으로 가는 게 낫겠다 싶어
서입니다. 어디에 간들 또 다른 암벽에 부딪히게 될 것이라는 각
오는 하고 있습니다. 친지나 동료 들도 예전 같지 않을 것이며,
서울보다 좁은 곳에 들어가 사는 데에 어려움도 따르겠지요. 하
지만 당장 생계가 위급한데 그러한 것들은 부수적인 문제이니
참아야지요. 당신의 반대 의견에 한참 머리가 착잡했지만, 현실
은 자꾸만 그리로 몰아가고 있습니다. 제가 그리 실책은 안 하는
편이니 심려는 하지 마세요.

그날 아이들은, 왜 아버지가 싫어하는 말을 되풀이하여 마음
을 심란하게 했느냐고 저를 공박하더군요. 저의 소견으로는 답
답한 것이 많았고, 안타까움이 쌓여서 그랬나 봅니다. 마음이 불
편하셨다면 이해해 주기 바랍니다.

내가 당신에게 바라는 점은, 희생이나 의협심 같은 것은 젊은
사람들의 기백에 맡기고, 이제 당신은 오직 가족만을 생각해 주었
으면 하는 것입니다. 그만큼 큰 희생을 했으면 되었지 않습니까.

그래도 그날, 당신의 건강한 모습을 보아 다행이었습니다. 예
전과 다름없이 내게 보여 준 고집스러운 태도로, 잠시나마 우리
가 처한 현실을 잊게 해 주었지요. 지나고 보니 당신의 여전한
모습에 안도하는 마음이 들기도 합니다. 부디 건강 조심하시고,
우리 걱정은 너무 하지 마세요. 당신의 현명한 태도를 바랄 뿐입
니다.

그럼 또 쓰겠습니다. 매사 극기하시기 바라며 마음 편안히 가지세요. 반드시 주님의 은혜가 당신을 찾을 것입니다. 우리의 기도는 헛되지 않을 것입니다.

아내 씀

1982년 8월 10일
소정에게

3년 만에 너희 사 남매 모두의 손을 잡아 보니 감개무량하다. 너희들 모습이 눈에 가물거려 밤늦도록 잠들지 못했다. 마치 꿈속에 있다가 깨어난 듯하다. 이처럼 잘 성장해 주어서 얼마나 고마운지 모르겠다. 하루속히 너희들 곁으로 돌아가 함께 살고 싶지만, 때가 너무 늦게 오는구나. 우리 인내하며 기다리자. 모든 것을 잘 부탁한다. 어머니 잘 보살펴 주기 바란다. 지아비인 나의 처지로 상한 마음은 너희들만이 다독거릴 수 있다. 부탁한다. 공부 열심히 하여 우리가 다시 만날 때는 모두가 알찬 사람이 되어 있기를 바란다.

세민이, 그날 너무나 의젓하여 고맙고, 신뢰감이 든다.

그리고 소영이, 영민이, 모두 다 슬기로운 아이들인데, 아버지의 고난으로 너무 어려서부터 고생하며 지내게 해서 마음 아프다. 하지만 우리 모두 이 고난을 이겨 나가자. 언젠가는 영광의 날에 환호하면서 다시 모이기로 하자. 모두 하나같이 우애롭게 서로 도와서 알찬 사람으로 성장하기 바란다. 너희들 편지 기다린다.

아버지

1982년 9월 28일

아버지께

그동안 몸 건강히 지내고 계시는지요?

저희는 모두 잘 있답니다. 이제는 완전히 가을 날씨인 듯하군요. 하긴 9월 말이니 계절도 완연한 가을이 되는군요. 계절이 바뀌는 때가 되어서인지 감기 환자가 무척 많이 눈에 띕니다.

아버지는 어떠하신지요. 건강하게 지내시겠지요.

작은누나는 얼마 전 서부 지구 백일장 운문부에서 또 장원이 되었답니다. 벌써 몇 번째인지 모를 정도로, 참가하였다면 입상하는 것이 신기하더군요.

큰누나는 대입 시험공부의 막바지에 다다른 듯 열을 올리고 있답니다. 하지만 일상생활에서는 너무 여유만만한 태도여서 전혀 수험생이라는 분위기가 풍기지 않는답니다. 여유 있는 것도 물론 좋겠지만, 앞으로 두 달 남짓 남았는데 총점검에 열을 올리는 것이 바람직하다는 생각이 들어요.

형은 여전히 말없이 꾸준하게 생활하고 있답니다. 자기가 알아서 틈틈이 공부도 열심히 하고 있어요.

어머니도 몸이 요즘은 많이 좋아지셨답니다. 아프시던 다리도 많이 좋아지셨고요. 역시 사람에게는 건강이 제일인 것 같아요. 건강이 있고 그다음 자신의 생활이 있어야겠지요. 저야 평소 튼튼히 건강을 유지하고 있지요.

날씨가 쌀쌀해져서인지 여러 가지 병을 조심해야겠더군요.

아버지께서도 건강에 특히 유의하시길 바랍니다.

그럼 이만 줄이겠어요. 다음에 또 편지 올릴게요.

영민 올림

1982년 10월 24일

당신에게

건강이 궁금하여 곧 간다는 것이 아직 못 가 초조합니다. 들려오는 그곳 소식에 더욱 애가 탑니다.

오늘이 당신 생일이라 때맞춰 갈까 하고 송금도, 편지도 미루었는데 여의치가 못했습니다. 당신의 건강이 궁금합니다. 당신도 단식을 했을까 염려됩니다. 젊은 사람과는 이제 몸이 완전히 다르니, 첫째로 내 몸을 위해서라도 자신의 건강을 해치는 일은 그만두세요. 먹는 것도 부실한 감옥 안에서 더구나 굶는다는 것은, 건강을 더욱 해치는 지름길이기에 삼가야만 할 것입니다. 지금 그곳 상황이 몹시 궁금합니다.*

이곳 사정이 여의치 못해서 아버님께 의논드렸습니다. 건강이 좋지 않다고 하시기에, 제가 무리를 해서라도 이삼일 내에 갈까 합니다. 담당 교도관에게도 부탁하여 특별 면회가 허용되었으면 합니다. 이달에 면회했으니 규정에 어긋난다고 할지 모르겠지만, 횟수를 초과하는 경우도 있었다 하니 믿고 가겠습니다.

갑자기 추위가 다가와 걱정입니다. 부디 무리하시지 말기 바라며, 건강을 해치는 일은 하지 마세요. 건강을 지켜 가며 요구 조건을 시정시키는 방법을 강구하세요. 그럼 남은 이야기는 면회 때 하기로 하겠습니다.

이번 생신 때 축일 미사를 올리려 했는데 여의치 못했습니다. 지났더라도 당신의 건강을 위한 미사를 기회 보아 올리겠습니다. 아이들 별고 없습니다. 소정이 시험이 끝나야 부담이 좀 덜할 것 같습니다. 크게 기대하지는 않으려 합니다. 주님, 우리 가족에게 건강의 은총을 주소서.

아내 씀

---

* 1982년 9월부터 교도소 내의 가혹한 폭력과 고문, 부정과 비리, 부패한 음식 배급, 독서 방해(독서를 못 하도록 전구 개수를 줄여 버렸다.) 등에 항의하는 대대적인 단식 투쟁이 벌어졌다. 이때 전남대 총학생회장 박관현이 옥중 투쟁 끝에 사망하였다.

1982년 11월 19일

당신에게

지난달 24일 자 편지와 이번 편지(아마 15일?) 잘 받았소. 이곳 일로 걱정이 많았던 듯한데 너무 걱정하지 마시오.

지난달 중순, 그리고 이달 중순에 모두 4일씩 단식하였고, 그뒤에 교도소 당국과도 교섭이 잘 진척되어 이젠 정상으로 돌아왔소. 소장이 새로 바뀌어 더 큰 일 없이 지나간 것을 다행스럽게 생각하오. 이러한 곤경 속에서도 건강에는 별 지장이 없는 듯하오. 회복도 정상적이니 안심하기 바라오. 앞으로 이런저런 불상사가 없기를 충심으로 바라지만…….

어쩔 수 없는 처지에 놓여 있긴 하나 항상 집안 걱정이 안 될 수가 없소. 너무나 연약한 당신의 어깨에 무거운 짐을 지웠으니, 나의 생명이 있는 한 한시라도 마음 쓰지 않을 수 있겠소. 하지만 그런 중에도 곧 소정이 고등학교를 마치고 대학 시험이 면전에 있다니, 내외간에 고맙다는 말 쑥스러우나, 당신에게 갚지 못할 빚을 지는군요. 장차 인생이 끝나고 하늘에 가면 아마 당신에게는 천주님의 한없는 상급이 있으시리다. 소정이 수학 공부를 하겠다 하니 아주 깊게 생각한 듯하며, 그 애의 깊은 생각을 고맙게 여기오.

소정의 소질로는 미술이나 수학이 가장 적격이라 여기고 있었는데, 소정의 현명함이 대견하오. 아무 능력 없는 나로서는 주님께 열심히 기도드리겠소. 여태껏 한 번도 빠짐없이 소정의 합격과 공부할 수 있는 길이 열리기를 청원하고 있소. 대학에서 열심히 공부하면 외국 유학도 쉽게 이루어질 수 있을 것이오. 그것은 내가 설사 이곳에 있다 하더라도 가능할 것이오. 아마 그때는 나의 자유를 얻을 것이라 굳게 믿고 있소만……

당신이 보낸 돈 2만 원, 그리고 책 잘 받았소. 겨울 준비에 필요한 것은 양말 몇 켤레만 보충하면 되오. 돈 들이고 시간 들여 털내의 짜려 하지 말고 전에 등산 다닐 때 입던, 청색에 붉은 무늬 있고 목이 둥근 스웨터가 있을 터이니 그것을 보내 주오. 지금 있는 털내의 한 벌은 아직도 괜찮으며, 다른 한 벌은 상의가 낡아 기워서 입고 있으니 그것과 바꿨으면 하오. 될 수 있는 대로 돈 들이지 않도록 하오. (그 비용은 애들 옷에 쓰시오.)

당신이 면회 못 와 마음 쓰고 있는 것 같은데, 너무 애쓰지 마오. 형편 닿는 대로 하오. 다만 12월에 방학이 되거든, 여름 방학 때처럼 아이들과 함께 한번 보았으면 하오.

연달아 아이들 시험에 당신이 얼마나 애를 많이 쓰고 있는지 알고 있소. 혹시 몸져누울까 걱정이니 너무 과로하지 마시오.

그럼 오늘은 이만하오. 편지 자주 부탁하오. 소정이, 소영이 시험이 끝나면 편지하라고 하시오. 천주님께 열심히 기도하오. 주여, 나의 아내를 지켜 주시고 강복하소서.

남편

1983년 1월 8일

아버지께

그동안 안녕하셨는지요?

날씨가 겨울답지 않게 매우 포근해서인지 저희 식구 모두 별 탈 없이 지내고 있답니다.

물론 아버지께서도 그러하시겠지요.

이제 해가 바뀌어 1983년이 된 지도 8일째가 되는군요. 저도 나이를 한 살 더 먹어 열여섯 살이랍니다. 그리고 3월에는 3학년 이 된답니다.

큰누나의 학력고사 성적이 어제 발표되었는데, 이번 시험이 무척 쉽게 출제되어서인지 전국적으로 300점 이상의 고득점자 가 8배나 늘어 학과와 대학 선택이 무척 어려운가 봐요.

아버지께는 아마 큰누나의 원서 접수가 끝나고 모두 갈 예정 인데, 17일이나 18일쯤 될 것 같아요. 자세한 것은 며칠 후 어머 니가 편지를 보내실 거예요.

그리고 안 니콜라 수녀님께서 얼마 전인 1월 3일, 로마로 떠나 셨답니다. 저희를 만나지 못하고 가셔서 무척 섭섭해하셨답니 다. 저희도 그랬습니다.

요즘은 날씨가 포근해서인지 생활하기가 무척 편한 듯해요. 아버지 건강에 대해서도 한결 마음이 놓이는군요.

건강하게 지내시길 바라며 이만 줄일까 해요.

영민 올림

1983년 2월 14일
아버지께

지금 밖에는 눈이 오고 있어요. 함박눈은 아니지만 조그만 눈덩이들이 바람에 날리며 옵니다. 목욕 갔다 오면서 보니 무척 많이 왔어요. 까만 밤이 회색빛(너무나도 아름답고 멋진)이 되었습니다. 아파트는 조용하고, 지나다니는 사람은 없고, 눈은 오고, 가슴은 벅차고……

제가 아는 눈 노래는 다 불렀어요.(물론 조그맣게) "펄─펄 눈이 옵니다"에서 샹송 「눈이 나리네」까지. 거기다 「닥터 지바고」의 「라라의 테마」, 「나자리노」 주제까지 흥얼거리다 「쉘부르의 우산」으로 빠져서……

아무도 밟지 않은 눈길이 아까워서 제가 다 걸어 다녔습니다. 30분쯤 계속 걸었어요. 두 번밖에 넘어지지는 않고요. 넘어져도 기분이 좋아서 한참을 그러고 앉았습니다. 눈이 오자마자 가게 앞길을 쓰는 아저씨들이 원망스럽기도 했는데, 내일 사람들이 다니기 편하게 하기 위해서라고 좋게 생각했습니다. 눈이 오면 다 좋게만 보이는 모양입니다.

제발 내일도 눈이 오길 두 손 모아 빕니다. 눈사태까지는 말고요. 밖에 나가서 눈사람을 만들면 좋겠는데, 영민이를 좀 꾀어 봐야겠어요.

이제 눈 얘기는 그만하고요.

저는 언니가 다니던 성정여고에 배정되었어요. 선생님들이 언니만 따라다니느냐고 그러셨어요. 어쨌든 가까워서 좋고, 예일의 학원장님 연설(했다 하면 1시간 30분) 안 들어서 좋아요. 독어반과 불어반이 있는데, 저는 불어를 선택했어요.

오늘 국어 선생님이 무슨 과를 갈 거냐고 물으셔서 '국문과'라 대답해 뒀어요. 불어를 배워 보고 재미있으면 '불문학'이나 '사학'을 했으면 좋겠어요. 고등학교에 가면 진짜 공부합니다.(글쎄!)

오늘은 졸업 축제를 했어요. 포스터도 제가 그렸죠. 축제 제목은 서울대 보컬 그룹 '갤럭시'의 노래 「우리끼리 얘긴데」입니다. 저희 반은 '모의재판'을 했는데 피고가 TV예요. 극본을 제가 썼는데 TV의 영향에 대해 이야기하는 거예요. 저도 출연했죠, 판사로.(재판장 옆에 있는 판사, 대사 하나도 없음.) 아무도 하려 들지 않아서 눈물 머금고 했어요.

이제 내일 졸업 예행연습하고, 16일에 졸업합니다. 저는 이번에도 개근상 못 받아요. 하긴 개근상을 받은 역사가 없지요. 실수로 받은 2학년(국민학교) 때 빼곤. 특별상을 준대요. 대표로 받는 것도 시켜 주고요.

앞으로는 교복 입을 날도 이틀밖에 남지 않았어요. 교복 자율화가 되어 내년부터 교복이 폐지되거든요.* 신나기도 하지만 섭섭하기도 해요. 그렇지만 아직은 선생님들 말씀—교복 입을 때가 좋다—은 이해가 안 가요. 더 철들면 이해 가겠지요.

제 손에는 졸업 반지가 끼워져 있어요. 자주색 플라스틱 반지에 회색 글씨로 '83. 예일'이라 새겨진 것이지요. 방학 땐 빨리 졸업했으면 좋겠다고 생각했는데, 지금은 안 그래요. 시간이 아까워요. 숨겨 놓은 과자를 조금씩 조금씩 먹어 가는 기분이에요. 학창 시절을 아껴야겠어요.

요즘은 친구들과 많은 이야기를 해요. 3학년 초만 하더라도 가수 얘기, 탤런트 얘기, 옷 얘기 등이었는데, 지금은 그렇지 않아요. 시도 이야기하고, 아주 첫걸음이나마 인생도 이야기하고, 자아(自我)라는 것도 조금 이야기한답니다.

졸업이라 생각하니 지금부터 막 억울하고, 아까워요. 고마웠던 선생님도 다시 생각나고, 친구 생각도 나고……. 초등학교 때와는 달리 무척 섭섭하네요. 아주 심란해요.

그럼 졸업한 후 또 편지 드릴게요. 인사가 늦긴 했지만, 건강에

* 1983년부터 중·고등학교 교복의 자율화 조치가 시작되었다. 교복은 1898년 이후 85년간 지속되었는데, 1969년부터는 검은 양복과 치마로 획일화되었다. 교복 자율화 시행 3년 뒤에는 다시 보완해 학교장의 재량에 따르도록 했다.

주의하세요.

소영 올림

1983년 2월 14일
당신에게

지난 초하루에 만난 당신과 삼 남매, 꿈에 본 듯 그만 지나가 버렸군요. 아이들이 모두 건강하고 제자리를 굳게 지키며 자라나는 것을 볼 때, 당신에게 감사하는 마음 가없소. 당신과 내 사랑하는 아이들이 미덥고 자랑스럽소. 소정이 입학에 관한 일들을 무사히 마쳤다고 하니, 오직 당신에게 고마운 생각뿐이오. 말 없이 당신의 고생을 생각해 봅니다.

나는 건강하고 꿋꿋하게 잘 지내고 있으니 마음 놓으시오. 어제는 음력 설날이라 모두 떡국을 사 먹고, 갇힌 속에서나마 하루를 즐겁게 지냈소. 이제 추위는 다 갔나 했는데 영하 10도나 되는 강추위가 몰려와서 올겨울 들어 가장 추웠소. 하지만 서울이나 전주 추위에 비해서는 따뜻한 편이오. 이것으로 겨울 추위는 다 지나간 것이겠지요.

지난 토요일에 당신이 보낸 모스웨터 잘 받았어요. 아마 명절 선물인 듯싶소. 하지만 자라는 아이들 입히는 것도 힘들 텐데, 나는 아직 입을 것이 있으니 이곳까지 신경 쓰지 마시오.

이제 3월이면 진학할 두 아이에 진급하는 두 아이, 학비 걱정에 당신이 또 애쓸 것을 생각하니 마음 아프오.

세월은 이래저래 가는가 보오. 하루속히 당신과 아이들에게 돌아가, 당신의 고생을 덜고 아이들이 자라는 것을 보며 살아갈 날이 오기를 기대하오. 머지않겠지요. 그날까지 나는 건강하게 지낼 것이며, 몸도 마음도 튼튼하게 하여 당신에게 돌아갈 것을 다짐해 보오.

요즘은 천주교 집회에 매주 참석하고 있소. 이곳 사목을 담당하는 담양성당의 노신부님은 옮겨 가시고, 다른 신부님이 오실 것이라는 소식을 들었소. 또 이곳 우리들의 신앙생활을 돕고 있는 데오도라 수녀님에게 많은 도움을 받고 있으니, 언제 당신이 감사의 인사를 드려 주었으면 하오. 이제는 한 달에 한 번 있는 전체 미사에도 참가할 수 있게 되었소. 갇힌 속에서나마 교우들과 함께 기도드릴 수 있어서 한결 마음에 위로가 되오.

3월 초에는 당신과 세민이 함께 면회 온다고 했는데, 기대하고 있소.

그럼 건강하게 지내길 바라오. 주님의 축복이 당신에게 내리기를.

남편

1983년 2월 18일

아버지께

지난번에 보내신 편지 잘 받아 보았습니다.

그동안 안녕하셨는지요? 저희는 모두 잘 있답니다.

지난 1일 면회 때 아버지의 건강하신 모습, 밝은 표정을 보고 무척 기뻤습니다. 한편으로는 마음도 놓였고요.

이제 3일 후면 종업식, 2학년도 며칠 남지 않았답니다. 3월 2일 이면 신학기가 시작되어 3학년이라는 최고 학년으로 생활하게 되지요.

3학년이 되면 먼저 몸도 마음도 건강해야 하겠고, 그다음으로 2학년 때 조금 떨어진 공부에 신경을 써야겠지요. 올해에는 연합 고사라는 관문이 기다리고 있으니 차분한 마음으로 계획성 있게 공부해야겠습니다.

개별적으로 1학기 동안 국, 영, 수를 모두 끝낼 생각입니다. 작은누나도 중학교 때 부진한 공부에 한창이랍니다. 큰누나는 요즘은 영어 회화 공부에 열을 올리고 있습니다.

그리고 지난 10일에는 큰누나가, 지난 16일에는 작은누나가 졸업했습니다. 큰누나 졸업식에는 엄마만 참석했으나, 작은누나 졸업식에는 식구 모두 참석하여 축하해 주고 조촐한 파티도 열었답니다.

어제부터 추위가 기승을 부려 온도가 많이 떨어졌습니다. 아마도 마지막 추위인 것 같은데, 2월 말부터는 완연한 봄이 시작된다고 하더군요.

새로운 봄이 시작되면 생활도 새로워지겠죠. 신학기와 새봄이 시작되면 또 편지 드리겠습니다.

며칠 남지 않은 추위에 몸 건강히 계셔요.

그럼 이만 줄이겠습니다.

영민 올림

1983년 2월 20일

아버지께

날씨가 아직도 쌀쌀해요. 조금만 더 추웠다가는 '꽃샘추위'라는 예쁜 이름 대신 욕을 먹을 것 같아요. 제발 꽃샘추위란 예쁜 이름을 잃지 않고 물러가 줬으면 좋겠어요.

오늘은 일요일이라 미사에 참례했어요. 엄마와 영민이와 아침 7시, 첫 미사에 갔어요. 어스레한 새벽길을 걷는 것도 좋고, 새벽 공기도 맑고, 또 주일의 첫 시간을 좀 더 경건하게 보낼 수 있어 좋은 것 같아요.

오늘 강론은 본당 신부님 대신에 손님 신부님이신 프랑스 신부님이 하셨어요. 사순절 동안 자기를 희생하며 이웃을 사랑해 보라는 말씀이셨어요. 가만히 앉아 듣기에는 쉬웠지만, 자기희생이라는 건 무척 어려운 것 같기도 해요. 어쨌든 아침 첫 미사를 보고 나니 종일 기분이 좋네요.

새 학년 준비를 위해 공책들을 샀어요. 한 30권쯤. 공책을 사서 책꽂이에 꽂고 나니 벌써 고등학생이 다 된 것 같아요.

요즘은 이육사의 시를 자주 읽고 있어요. 「광야」는 제가 무척 좋아하는 시고, 육사는 제가 무척 존경하는 시인입니다. 이육사는 윤동주와 같은 시기에 활동했고, 비슷한 시기에 감옥에서 순국했습니다. 모두 '일제 말기의 저항 시인'이라 불리고 있지요. 하지만 육사와 윤동주는 시에서도 나타나듯이 성격도 좀 다른 것 같아요.

윤동주의 시는 맑고 깨끗하며 마치 피아노 독주곡을 듣는 듯한 기분입니다. 이에 비해 육사의 시는 굳세고 웅장한 교향곡을 듣는 것 같습니다. 특히 「광야」는 베토벤 5번 교향곡 「운명」을 듣는 듯 웅장합니다. 그의 굳은 의지가 엿보이는 듯해요. 거친 붓자국이 살아 있는 빈센트 반 고흐의 그림에다 비교해도 될까요?

오늘 밤은 어제보다 더 추운가 봐요. 별이 있나 보려고 창문을 열었더니, 아니 열려고 했더니 꽁꽁 얼었어요.

라디오에서 이런 얘기를 들었어요. 반쯤 마셔 버린 포도주를 앞에 둔 두 사람의 마음에 관한 이야기입니다. 한 사람은 벌써 반을 마셔 버린 것에 대해 슬퍼하고, 또 한 사람은 아직도 반이나 남은 것에 대해 무척 기뻐한다는군요.

곰곰이 생각하니 저는 아직은 두 번째예요. 그렇지만 좀 다르게 보아서, 반이 남은 것에 기뻐하고 슬퍼하기보다는 그것을 인정하며, 어떻게 나머지 반을 아깝지 않게 활용할까 생각할래요. 어쨌든 나머지 반을 유용하게 쓸 수 있다 생각하면 기쁠 거예요.

내일은 또 뭐 할까 고민입니다. 공부를 해 볼까요? 아니면 책을 읽기로 할까요? 이미 마음먹은 대로 이달이 다 가기 전, 아니 사순절이 다 가기 전에 성경책을 한번 읽어 봐야겠습니다. 천천히 음미해 가면서요. 그리고 기쁘게 부활절을 맞이하고 싶습니다.

그럼 아버지, 이만 줄일게요. 건강히 지내시고 안녕히 계셔요.

소영 올림

3장

벌레 울음에도

가을이

스며드나 봐요

(1983년 3월~1986년 2월)

8/16

122. 서울 은평구 갈현동 은하 APT 3동 3미호.
안 소영 드림.

8/15

122.
서울 은평구 갈현동 은하 A.P.T 3동 3미호.
안 소영 드림.

1983년 3월 4일

아버지께

그동안 새 학교 새 학년이 되느라 소식을 못 드렸어요.

저는 어제(3일) 입학식을 하고, 오늘 첫 수업을 했어요. 입학 바로 다음 날인 오늘부터 7시 30분까지 등교입니다. 5시까지 자습이고요. 고등학교의 첫 생활이 너무 살벌하지나 않은가 걱정 돼요.

공부도 중학교 때처럼 선생님 말씀만 들으면 되는 게 아니고 스스로 찾아서 해야 할 것 같습니다. 아무래도 공부를 좀 하긴 해야겠지요.

저희 학교에서 마음에 드는 것은 운동장이 무척이나 크다는 사실입니다. 예일여중의 2배, 아니 3배쯤 될 거예요. 산 중턱에 있기 때문에(바로 뒤가 산이에요.) 중앙 현관에서 아래의 운동장을 내려다보면 가슴이 탁 트이는 것 같아요. 하지만 체육 시간에 이 넓은 운동장을 누벼야 할 것을 생각하면 아찔하기도 합니다.

저희 담임 선생님은 가정 과목 담당이신데, 무척 털털하고 수수하신 분입니다. 대학을 갓 졸업하셨다고 해요.

오늘 6교시 수업 중에 마음에 드는 분은 국어 선생님밖에 없었어요. 교련, 체육, 무용은 No!(가장 못하는 과목이므로.) 수학, 영어 선생님은 그런대로 괜찮으신 편이에요. 친구들도 중학교 때부터 친한 아이들이 무척 많아요. 그런데 공부를 워낙 많이 시키는 학교인지라 그것만은 좀……

저희는 1학년 가을에 수학여행을 간답니다. 빨리빨리 그때가 오기를 바란다면 너무 성급할까요? 어쨌든 저는 지금 만족하고 있긴 합니다.

참, 그리고 제 짝은요, 베트남에서 온 아이예요. (번호가 가나다순) 이름이 엔티 트린인데 월남 전쟁 후에 피난 왔나 봐요. (발음이 힘들어서 저희는 안티푸라민이라 부르지요. 물론 트린이라고도 해요.)

1975년에 와서 지금 8년째 된대요. 형제가 7명이래요. 부모님은 뭐 하시는지, 어디에서 살았는지, 고향은 기억나는지, 그런 것은 못 물어보겠어요. 한국말은 무척 잘해요. 하지만 아직 사투리는 알아듣지 못해 경상도 출신의 영어 선생님 시간에는 무척 힘들어했어요. 점심때 김치를 먹는 것을 보고 무척 신기했답니다. 월남 사람이 매운 김치를 먹다니요.

처음엔 그저 가무잡잡하고 예쁜 한국인이라는 인상을 주지만, 그런 이야기를 듣고 다시 보니 또 이국적인 면이 있는 것 같아요. 왠지 무척 잘해 주고 싶어요. 이런 말 해도 될지 모르지만, 안된 것 같아요.

내일은 중3 때 담임 선생님을 뵈러 가기로 했어요. 선생님께서 환경 미화(말이 환경 미화지 예일은 굉장해요. 색칠하고, 물감으로 그리고, 못을 박고, 붙이고……) 도와 달라고 하셨거든요. 지금 생각하니 졸업한 중학교에 갈 일이 걱정도 돼요. 새삼 서먹하고 창피해지네요.

내일은 시간표가 화학, 영어, 국어, 가정이에요. 화학 시간에는 남자 선생님이 들어오시겠죠? 오늘은 6교시 몽땅 여 선생님이어서 아이들의 불평이 많았어요. 저희 반 분위기는 별로 낯설지 않고 중학교 때와 비슷해요.

아버지, 그럼 다음에 또 학교 소식 자세히 전해 드릴게요.

안녕히.

소영 드림

1983년 4월 6일
아버지께

드디어 시험 끝!

기분이 날아갈 듯합니다. 그렇지만 5월 5일(=어린이날=공휴일=신나는 날) 다음인 6일부터 중간고사래요. 정말 너무합니다.

오늘 교장 선생님께서 그만두셨어요. 별명이 압력솥(너무 학생들을 꾸욱- 꾹- 누르셔서요.)이세요. 담담합니다.

다음 교장 선생님은 예전처럼 체육 대회도 하고, 개교기념일 행사도 했으면 좋겠어요. 수학여행은 1학년 때 가도 되지만요.

오늘은 한식이래요. 이맘때면 그렇듯이 '성정 교향악'이 웅장한 연주를 했어요. ('성정 교향악'이란 우리 성정여고의 무지무지 넓은 운동장 위로 불어오는 바람 소리랍니다.) 하루 종일 굉장했어요. 정말 바람 불어 좋은 날이에요.

참, 시험 이야기를 해야죠. 처음 보는 불어는 순전히 발음 문제였는데 다 맞았어요. 한문도. 수학도 생각보다 무척 잘 봤고, 다 그럭저럭 봤어요. 어쨌든 며칠 실컷 놀 거예요. 책도 읽어야겠죠?

요즘은 하얀 목련이 절정을 이루는 시기입니다. 학교 가는 길마다 개나리와 함께 청초한 모습을 자랑하고 있어요. 어제는 식목일이라 산에 심은 어린 소나무들의 연둣빛이 무척 정답고, 좀 있으면 진달래도 온 산 가득 필 거예요.

정말 4월은 너무너무 아름답습니다. 가슴속에 들어오는 공기의 내음까지 새롭습니다. 오늘 하굣길에 저희는 '여고생'이라는 엄연한 사실과 지위와 체면을 무시하고 고무줄을 했습니다. 저도 했냐고요? 물론 했죠. 초등학교 때는 매일 잡아 주기만 했는데, 이번에는 깍두기였어요. (이쪽저쪽 편에 다 속해서 하는 사람. 일반적으로 아주 잘하는 사람이나 못하는 사람이 하는 것.)

시험이 끝나니 너무너무 여유 있고 이렇게 즐거울 수가 없어요.

참 좋은 하루, 좋은 밤입니다.

이만 줄일게요. 또 편지하겠어요.

소영 드림

1983년 4월 15일

소영에게

네가 이달에 보낸 다섯 번의 편지 잘 받아 보았다. 너의 편지로 해서 겨울이 지나가고 봄이 어느 만큼 다가왔는지 알 수 있겠구나.

너도 알다시피 이곳은 세상에서 아주 메마른 곳이니까 계절의 느낌은 그저 춥다, 그리고 덥다는 것뿐이다. 그중에서 춥다는 것이 일 년의 4분의 3쯤 되겠다. 아마도 주님은 장차 나를 크게 필요로 하셔서 찬 것과 뜨거운 것, 두 가지만으로 담금질하여 강철로 만드실 작정인가 보다.

네 편지에 학교 얘기를 많이 하던데, 내가 보기론 참으로 좋은 학교야. 아버지가 해야 할 "공부하여라, 얌전히 있어라, 까불지 말거라, 너무 놀지 말고……"의 잔소리를 몽땅 해 주니, 얼마나 고마운지 모르겠다.

아버지가 너에게 하고 싶은 얘기는 참으로 얼마나 많은지 모른다. 옛날 인도의 네루 수상이 딸 인드라(이분도 인도 수상)에게 보낸 옥중 편지를 모아서 『세계사 편력』이라는 책을 만들었다. 그런데 나는 우리 식구에게 편지를 한 달에 한 번밖에 쓸 수 없으니 좀 답답하구나. 나중에 나가서 한꺼번에 몽땅 이야기하도록 하자. 하여튼 너의 편지 얼마나 고마운지. (아빠가 딸에게

고맙다는 건 좀……?) 공부 열심히 하고 어머니 잘 도와주기를
바란다.

아버지

1983년 5월 11일

아버지께

요즘 날씨가 너무 덥죠? 오늘 같은 날은 덥다는 말을 넘어 뜨겁
기까지 해요. 거리에 오가는 사람들은 이제 거의 반팔 옷을 입었
어요. 골목골목엔 물까지 뿌려져 있는 모습이 제법 정답고, 장미
봉오리도 맺혔답니다.

바야흐로 우리 동네는 상쾌한 아카시아 내음으로 가득합니다.
집 안까지 밀려들어요. 바로 옆 산에 아카시아 나무가 많아, 온
아파트가 아카시아 내음을 풍기고 있는 듯해요. 파란 밤공기를
타고 오는 노란 아카시아의 향기가 참 좋아요.

앞으로 국어 시간에 배울 이조년(李兆年, 고려 말의 학자)의
시조 한 수 써 봅니다.

이화(梨花)에 월백(月白)하고 은한(銀漢)이 삼경(三更)인 제,
일지춘심(一枝春心)을 자규(子規)야 알랴마난,
다정(多情)도 병(病)인 양하여 잠 못 들어 하노라.

이 시조는 고려 시조 중에 문학성이 가장 뛰어난 작품이라고 합니다. 한밤중을 배경으로 배꽃과 달과 은하수(=은한), 두견새(=자규)의 소리가 조화를 이루고 있습니다. 그야말로 봄밤의 애상이 감미롭게 흐르는 것 같습니다. 굳이 다정다감한 사람이 아니라 해도, 꽃이 지는 밤에 두견새 소리를 들으며 창가에 넘치도록 흐르는 달빛을 보면, 누구나 가슴 설렐 거예요.

지은이는 고려 충혜왕 때 사람으로, 충심을 다해 훌륭한 정치를 베풀 것을 왕께 아뢰었으나 소용없자 벼슬을 내놓고 물러났다고 합니다. 이 시조는 그의 만년의 심경이 담긴 것이랍니다.

이제 시험도 끝나서 여러 행사가 많아요. 저희 학교는 개교기념일이 5월 22일(무척 슬픈 사실입니다.=일요일)이어서, 그 앞뒤로 장티푸스와 뇌염 접종에서부터 백일장, 미술 대회, 합창 대회, 체육 대회 그리고 미술전, 시화전에 이르는 다양한 행사들로 꽉 찼어요. 참, 지능 검사, 적성 검사도 있어요.

그럭저럭 5월을 바쁘게 보내고 나면 틀림없이 이 얄미운 학교는 6월 7일경(현충일 다음 날)에 시험 볼 거예요. 그리고 또 기말고사, 그 뒤에 방학합니다. (거기까지만 생각하기로 하지요. 그다음은 괴로우니까요.)

아버지, 그럼 즐거운 생각들을 가득 안고, 이만 줄일게요.

소영 드림

P.S.

1. 곤란한 일이 생겼어요. 제가 미화부장인데 화초 키우는 데
   는 소질이 없어 화분 하나가 말랐어요. 화분이 살았으면 좋
   겠어요. 학교에 물이 안 나와서, 아침마다 집에서 물을 들고
   가 화분에 주긴 합니다. 그런데 영 살고 싶은 생각이 없나 봐
   요. 꼭 살아나게 빌어 주셔요.
2. 저 불어 다 맞았어요. 한문도.

1983년 5월 18일

당신에게

요즘 이곳은 추위가 물러가 그래도 지내기 좋은 계절이라 하
겠소. 바깥 날씨는 햇볕이 따끈하게 더운 정도이나, 방 안에서는
아직도 내복을 입어야만 하지요. 봄과 가을은 아예 모르고 지내
는 곳이며, 일 년의 4분의 3은 이렇듯 겨울이라오.

현재 나의 건강은 괜찮으니 걱정하지 마시오. 장염도 요즘은
좀 나은 듯하며, 신경통도 환절기가 지나고 나니 뜸하게 오는 것
같소.

영민이와 소영이는 편지를 자주 해서 생활이 손에 잡힐 듯한
데, 소정이, 세민이는 어떻게 지나는지. 아래 두 남매의 편지로
느긋하게 지나는 것이 눈에 선하기는 하나……. 위의 두 남매의

편지를 기다리고 있으니, 편지하라고 권해 보오.

그럼 다음 달에 또 소식 전하리다. 아무쪼록 주님께 의지하여 우리들의 이 고난을 훌륭히 이겨 나가도록 합시다. 당신의 건강을 비오.

주여, 나의 아내의 건강을 지켜 주시고 힘을 주소서.

남편

소영에게

어제, 이조년의 시조와 함께 시험 끝났다는 편지 잘 받았다. 자주 보낸 너의 편지마다 아버지도 회답했으면 얼마나 좋겠느냐. 하지만 이곳 형편이 그렇지 못해서…….

5월은 성모님의 달, 정말 맑고 푸르고 아름다우며, 육신도 영혼도 안락하게 해 주는 달이다. 그런데 우리 역사에서는 고난의 달이기도 하였다. 성모님께, 겨레의 아픔을 온몸으로 겪은 이들에게 아름다운 기도의 꽃다발을 엮어 주시기를 부탁할까.

또한 5월은 어느 학교이건(아버지의 대학인 경북대학교도) 축제로 들썩거리는 달이다. 이 속에서 젊음이 익어 가고 낭만이 가득하여 겨레의 꽃이 피어오르는가 보다. 우리 어른들이 할 일은 여기에 거름을 주고, 물을 주고, 김을 매 주는 것인데…… 화분도 잘 돌보지 않으면 꽃이 피지 못하고 시들해져서 네 말대로 살고픈 생각이 없어지기 마련이란다.

아버지의 고난, 그리고 겨레의 많은 고난도 장차 너희들의 앞날을 위한 밑거름이 되리라 생각한다. 네 화분의 소생을 위하여 "아베 마리아" 세 번을 바친다. 물을 줄 때 수돗물을 바로 주지 말고 이삼일 정도 가라앉혔다가 주면, 소독약이 분해되어 식물에 해를 주지 않을 것이다.

너의 편지를 다시 기다리면서, 주님께 너의 고운 성장을 위하여 기도드린다.

아버지가

1983년 6월 2일
아버지께

오늘 날씨는 그래도 견딜 만해요. 31일은 남쪽 지방 기온이 34℃나 되었대요. 올여름은 무척 더울 건가 봐요.

저는 이 편지를 교실에서 쓰고 있어요. 지금은 7교시 자습 시간이거든요. 공부는 왠지 하기 싫고, 교생 선생님이 뒤에 계시니 약간 딴짓을 해도 괜찮아요. 제 짝은 지금 책상을 옆으로 돌려놓고 공부해요. 아이들이 두런두런 떠들기도 하는데, 그 소리도 적당히 기분 좋아요.

행사들로 가득했던 5월이 지나고 이제 6월이에요. 얄미운 학교는 예상대로 5일, 6일의 황금 같은 연휴 뒤인 8일에 9과목이나 월말고사를 본다는군요. 심란합니다. 하지만 지금은 괜찮아요. 편지를 쓰는 동안만은 기분이 좋아요.

6월 말에 적성 검사를 하고, 방학 전까지 문과, 이과를 정한대요. 여학생들은 이과가 별로 많지 않은데, 요즘은 점점 늘어나는 추세예요. 언니 때까지만 해도 이과반이 2개 반이었는데(10개 반 중), 작년부터 3개 반이에요(12개 반 중). 올해는 5반 정도 만들 거래요. 물어보면 이과 간다는 아이들이 무척 많아요. 하지만 전 문과 가야겠죠. 수학 II 나 물리, 지구 과학이 없는 세계니까요.

요즘은 고등학교에 와서 처음 배우는 불어가 참 좋아요. 불어는 상당히 듣기 좋은 말이에요. 그리고 한문도 재미있어요. 한시를 간간이 배우는데 좋습니다.

그중에서 공감이 가는 두 시를 소개해 드릴게요.

농사를 근심스러워하다(憫農, 민농)

이신(李紳)

鋤禾日當吾하니 汗滴禾下土라.
誰知盤中飧고. 粒粒皆辛苦를.

논을 매다 보니 해는 한낮이 되었고
땀은 방울방울 벼 밑 논에 떨어진다.

소반 위에 차린 밥을 누가 알겠는가?
하나하나가 모두 농부의 노력인 것을.

누에 치는 아낙네 (蠶婦, 잠부)

작자 미상

昨日到城郭하니 歸來淚滿巾이라.
遍身綺羅者는 不是養蠶人이라.

어제 성에 갔다 돌아오는데,
눈물이 수건에 가득하였소.
몸에 비단을 두른 사람들은
모두 누에 치는 사람들이 아니었기에.

　한문 시간에 선생님이 말씀하셨어요. 우리가 놀라운 경제 성장을 이룩했다고들 하지만, 그 혜택을 누리는 데만 급급하지 말고 일하는 사람들의 노고를 잊지 말아야 한다고.
　내일은 체육이 들었네요. 매트 위에서 구르는 거예요. 정말 지겨운 과목이라니까요.
　이제 그만 떠들래요. 다음에 또 편지 쓸게요.
　기온이 높으니 건강에 유의하셔요.

소영 드림

1983년 6월 30일

당신에게

새벽 뻐꾸기 소리가 구슬프게 퍼져 옵니다. 아침밥을 하다 몇 자 적습니다. 지난밤 꿈이 퍽 어수선하기에 마음이 개운치 않군요. 부디 심신의 건강과 안정이 함께하기를 바랍니다.

24일, 당신을 만나고 무사히 이곳에 도착했습니다. 곧 글을 쓴다는 것이 오자마자 여러 가지 분주했습니다.

당신의 진찰 결과 심각한 증세는 아닌 것 같아서 우선 마음을 놓아 봅니다. 그러나 장의 모든 발병이 설사에서 오기 때문에 여전히 걱정되긴 합니다.

다음 진료일인 7월 6일 아침 9시에도, 전날에 광주로 가서 전남대 병원에서 기다리겠습니다. 장의 투시, 관절의 X선 검진이 있을 것입니다. 이 기회에 세밀한 진찰을 받고 싶습니다. 그곳 생활 환경에서 가장 어려운 병을 지녀 더욱 걱정입니다. 치료에 최선을 다하시기 바랍니다.

이곳은 아이들이랑 별고 없습니다. 세민이가 시험 준비에 고전을 겪고 있지요. 내일은 아버님 생신이라 오랜만에 모두 보게 될 것입니다.

그럼 매사 자중자애하시기 바라며 만날 때까지 안녕히 계십시오. 항상 주님의 가호가 당신과 함께하시기를 기원합니다. 이번 당신의 외부 진료에 소장님 이하 여러 분들의 협조와 수고에 감사드립니다.

아내가

아버지께

오랜만에 보는 맑은 하늘이에요. 지금은 무척 덥지만 시원한 매미 소리가 이 더위를 조금은 식혀 주고 있어요. 아이들 함성과 웃음소리로 8월이 폭 젖습니다.

그동안 별일 없으셨겠죠?

저희도 엄마도 다 잘 있답니다. 지금 집에는 오빠와 저밖에 없어요. 언니는 도서관 갔고, 영민이는 항상 바쁘죠. 오빠는 공부하고 있어요. 한가한 오후랍니다.

1일은 제 생일이었습니다. 그날 문예반 모임이 있었기 때문에 2일에 친구들이 왔어요. 저녁 먹고 집 뒷산으로 산책 갔어요. 다들 우리 동네에 감탄을 하더군요.

어쨌든 저는 많은 축하를 받았습니다. 내가 태어난 것을 사람들이 기뻐해 준다는 것은 확실히 행복한 일이에요. 두 권의 일기장과 책 한 권, 두 개의 인형과 온도계 하나, 성모 마리아상, 십자가가 있는 종을 받았답니다. 특히 인형들이 참 귀여워요. 표정이 어찌나 순진한지요.

옛날 저희가 살던 153번 종점에서 밑으로 내려가면 연신내가 있는데, 그곳엔 헌책방이 네 군데 있어요. 그래서 요즘은 더운데 광화문 교보에 가기보다는 오후에 슬리퍼를 끌고서 산책 겸 들르곤 한답니다. 눈치도 안 보이고, 뭘 찾느냐고 물어보지도 않아서 좋아요. 그저 책 좀 보다가 마음에 들면 아주 가끔 사곤 하지요. 지난번엔 카프카의 『변신』을 샀습니다. 오늘도 바람이 시원하면 한번 나가 보려 해요.

어느새 8월인가 했더니 또 어느새 나흘째네요. 어린 나이지만 세월이 빠른 것(?)을 느껴요. 8월에 결심한 것도 많고, 해야 할 것도 많은데 아직 그대로예요. 이번 방학은 그냥 지나가는 방학이 아니라 의미 있는 방학이 되고 싶은데…….

나흘만 더 있으면 8일은 입추입니다.

그동안 더위에 지쳐서 가을을 기다리는 마음조차 남겨 두지 못했어요. 이 더위 속에서도 가을을 기다리며, 또 겨울을 기다리며 여유 있게 살고 싶어요.

창을 가득 메운 저 하늘과 나뭇잎들. 가을이면 그 아래 무수히 많은 도토리와 낙엽이 떨어져 뒹굴 거예요. 이른 아침 발밑에 떨어져 구르는 도토리를 줍는 것도 상쾌합니다. 가을 이야기를 하니까 오늘은 왠지 하늘이 더욱 높아 보이네요. 바람도 더욱 시원한 것 같고요.

이 동네는 가을이면 더욱 멋진 곳이랍니다. 가을밤의 새 소리, 귀뚜라미 소리, 그리고 까치 소리. 특히 어린 까치는 얼마나 사랑스러운지요.

오늘만은 가을을 생각하며 사랑과 감사로 가득한 마음으로 지낼래요. 언제까지나 그랬으면 좋겠어요. 그리고 항상 모든 것을 느끼면서 살겠습니다.

떨어지는 낙엽에서 이듬해 풍성한 열매들을 그려 보겠어요. 지는 꽃잎에서는 다음 봄을 기다려 보죠.

눈이 왔으면 좋겠습니다. Merry Christmas! 라 이야기하고 싶네요. 이 한여름 참 멋진 상상을 하죠? 무척 시원하지 않으신가요? 그래도 "새해 복 많이 받으셔요!"까지는 너무하죠?

어쨌든 시원하게 지내시기를 바랄게요. 그럼 오늘은 이만 쓸게요. 안녕히 계셔요.

사천삼백십육 년 팔월 입추 나흘 전 (우리 역사는 길기도 하죠?)

소영 드림

1983년 8월 5일

아버지께

그동안 안녕하셨는지요?

날씨가 무척 더워 건강을 해치실까 염려됩니다.

진찰받으신 장은 많이 좋아지셨는지요? 아버지께서 병원 진료 받으실 때 저희 모두 무척 걱정하였답니다. 무사히 진찰받으시고, 또 건강이 많이 회복되셨다니 무척 기쁩니다.

누나, 형, 저 모두 보름 전에 방학하여 지금은 집에서 공부에 충실하고 있답니다. 특히 형은 아침저녁으로 계획에 따라 무척 열심히 공부하고 있어요. 꾸준히, 그리고 성실하게 공부하는 태도는 저도 본받아야겠다는 생각이 들더군요.

작은누나는 방학 때 책을 많이 읽더군요. 가끔은 좋은 시를 노트에 옮겨 쓰기도 하면서 자기의 취미와 특기를 잘 살려 가고 있어요.

지난 1일에는 작은누나 생일이었는데, 어머니가 누나 친구들을 초대하게 하여 조촐한 잔치를 벌여 주셨습니다. 누나가 무척 기뻐하더군요.

큰누나는 8월부터 학교 도서관에 나가 무척 열심히 공부하고 있어요. 지난 학기에 부족한 것을 보완하려나 봐요. 더운 날씨에도 공부에 전념하는 것이, 놀랄 만큼 전과는 다른 태도더군요.

저는 방학 동안 취미와 특기를 살리기 위해 기타를 배우고 있어요. 이번에는 영, 수 공부를 할까 했는데 먼저 특기 하나를 살리고 겨울 방학에 고등학교 과정을 준비하기로 계획을 짰습니다.

막내 삼촌이 올해는 노총각 신세를 면하게 되려나 봐요. 요즘

사귀는 분이 있다는데 올가을 내로 결혼할 예정이라더군요. 늦결혼인 만큼 잘 살아야겠지요.

계속되는 장마와 폭염으로 무척 짜증스러워요. 이런 때일수록 건강에 유의해야 하는데, 아버지는 요즈음 건강이 어떠하신지요? 날씨 때문에 건강이 나쁘신 것은 아니겠지요?

건강하게 생활하시길 저희 식구가 기원하겠습니다.

이만 줄일까 해요. 안녕히 계십시오.

영민 올림

1983년 9월 18일

아버지께

꽤 여러 날 소식이 없어 죄송해요. 수학여행을 다녀오고부터는 몹시 기다리던 것이 지나가서인지, 일없이 짜증 나고 바쁘기만 했어요.

이제는 추석을 기다리고 있어요. 마치 또 하나의 방학이 눈앞에 있는 듯합니다. 이 추석이 지나고 나면 10월 1, 2, 3일의 연휴가 또 기다리고 있죠. 그렇게 생각하면 이래저래 즐거운 나날들입니다.

지금부터 신나는 수학여행 이야기를 들려 드릴까 합니다. 다시 생각해 보는 것도 무척 즐거운 일입니다.

9월 8일, 정확히 09시 02분에 서울역에서 경주행 기차를 타고 출발했습니다. 경주까지 6시간이 어쩌면 그리 길게만 느껴질까요? 그래도 즐거웠어요. 모두 서울, 집을 떠나온 '허락받은 가출자'였으니까요.

굴이 나올 때마다 불을 끄고 서로 때려 주기 바빴습니다. 선생님들까지도요. 꼬집히는 선생님들의 애처로운 비명이 간간이 들려왔고요. 굴을 벗어난 뒤의 선생님들의 모습은 정말 웃지 않고는 견딜 수가 없었어요. 온몸은 밀가루투성이이고 거기에 물총으로 쏘기까지 해서 밀가루 반죽이 되었어요. 얼굴에는 빨간 립스틱 자국이 그대로 남았고요. 아무튼 굴이 나올 때가 제일 신났습니다. 보통 때는 게임을 하고 포커도 했습니다. '판돈'은 사탕이고요. 제일 크게 진 사람이 오징어를 사기도 했답니다.

그렇게도 무섭던 학생 주임 선생님도 저희가 해 놓은 얄궂은 모습을 하신 채 그냥 웃고만 계셨어요. 어쨌든 그러다가 좀 자고 (간밤에 누가 편히 잤겠어요?) 또 놀고…… 그렇게 6시간이 눈 깜짝할 동안에 흘렀습니다. 천년 고도(千年古都) 경주에 도착한 거죠.

역 앞, 나무 그늘에 앉아 소일하시던 할아버지들이 손을 흔들어 주셨습니다. 저희도 신나게 마주 손 흔들었지요. 버스를 타고 경주 근교를 대강 둘러본 다음에 여관으로 갔습니다. 불국사 근처의 여관인데, 생각보다는 깨끗해서 좋았어요.

4시쯤 도착했는데 씻고, 좀 쉬다가 저녁을 먹고 단체 오락을 했어요. 그런데 웃지 못할 일이 벌어졌어요. 반마다 하나씩 장기 자랑을 하는데, 9시 30분쯤에 거의 마지막 순서인 1반에서 귀신 분장을 하고 나타났거든요? 머리 풀고 소복 차림을 한 처녀 귀신, 아기 도깨비, 드라큘라, 게다가 휴지로 몸을 둘둘 감은 미라까지 등장했어요. 거기까지는 좋았는데, 이 귀신들이 무대에서 내려와 가까이 다가오기 시작한 거예요. 도망가고, 비명을 지르고, 울고……, 수라장이 되었죠.

웃을 수 있는 담 큰 아이들도 있었어요. 제 친구는 드라큘라와 악수까지 하더군요. 저는 태연한 척(?)했지만, 진짜 무서웠어요. 어떤 아이는 미라가 뽀뽀하자고 오는 바람에 기절했어요. 결국 대여섯 명이 기절해, 너무 지나쳤다는 선생님의 꾸중을 듣고 방으로 들어갔습니다.

10시 30분까지는 자라는 명령을 들었지만, 친구들과 난생처음 자는 밤을 그냥 보낼 수 있어야죠. 선생님들이 다 잠드셨을 거라 여기고, 11시쯤에 불을 켜고 라디오까지 틀어 놓고 이야기하고, 트럼프도 하고, 신나게 놀았습니다……마는, 창문으로 얼굴을 불쑥 내미신 학생 주임 선생님 말씀, "마당으로 다 나왓!"

별도 달도 없는 하늘을 바라보며 모두 나왔습니다. 처음에는 크게 야단치지 않으시고, 그만 자라는 충고만 하셨습니다. 그러나 저희는 그럴 수가 없었습니다. 왠지 좀 억울하고, 분하기까지 했어요. 그래도 수학여행인데……. 그래서 들어가 잘 사람 손 들어 보라는 선생님의 말씀에 아무도 손을 들지 않았습니다. 수학여행 중 가장 기억에 남을 만한 일이 거기에서 벌어진 것이지요.

새벽 한 시, 저희는 토끼뜀을 뛰었습니다. 지금 생각하니 저희가 지나친 것 같고, 또 그것도 추억이라 생각되지만, 어쨌든 토끼뜀은 너무나 힘이 들었습니다. 또다시 몇 명이 쓰러진 뒤에 방에 들어와서 "이럴 수가 있나?", "진짜 너무하다!"라며 잠깐 불평하고는, 너무 피곤해서 잠 속에 빠지고 말았습니다.

이튿날, 9일이죠.

준비해 간 물감(자는 아이 얼굴에 그림 그릴 도구)을 써 보지도 못했음을 못내 아쉬워하며 "기상!" 소리와 함께 6시에 일어났습니다. 마당에서 체조하고 (어제 토끼뜀을 했기에 다리가 아파 혼났습니다.) 아침 식사하고, 관광할 준비를 했습니다.

먼저 분황사에 들렀는데, 그때부터는 비가 오기 시작하더군요. 자세히 보지는 못했고, 기억에 남는 것은 태종 무열왕릉 앞에 있던 거북이였어요. 정말 국사 시간에 배운 대로 사실적이었습니다. 천년을 그 자리에 있던 거북이 앞에 고개를 숙일 수밖에 없었답니다.

그리고 버스를 타고 울산으로 향했습니다. 현대자동차 공장을 견학했는데, 하나하나의 부품들이 모여서 자동차가 되어 달리는 것이 참으로 놀라웠어요. 별 호감이 없었던 과학이란 것에 조금은 관심이 간 순간이었어요. 여관으로 돌아와 점심 먹고 불국사로 가려 했는데, 비가 너무 많이 와서 그냥 여관에서 지냈습니다. 그날 밤은 좀 시끄럽게 놀았는데도 선생님들이 그냥 봐주시더군요. 그러나 전날 밤에 너무나 못 잤으므로 잠시 후에 다 자 버렸어요.

그다음 날, 10일입니다.

여전히 구석에 얌전히 놓인 물감과 밀가루를 보면서 '우리는 왜 잠이 많은가?'에 대해 진지하게 토의한 후, 일어났습니다. 새벽에 토함산에 가서 일출을 보고 석굴암을 보러 가기로 했는데, 역시 비가 왔어요. 가장 아쉬운 일이었습니다.

이번에는 포항으로 갔습니다. 버스 안에서 포항제철을 견학했지요. 불기둥이 무서웠지만 든든하기도 했습니다.

포항 송도에서 바다를 보았습니다. 저는 처음 보는 바다였기에 감격이 더욱 클 수밖에 없었어요. 비 오는 바다는 정말 좋았습니다. 이따금 보이는 갈매기, 섬, 수평선……. 파도 때문에 신발에 바다 냄새가 배었지만, 마음은 즐거웠어요. 모래성도 쌓아 보고요. 바닷가 사람들이 거칠다고 하는 것도 알겠고, 그러면서도 넓고 따스한 이유도 알 것 같았습니다. 그때 본 바다가 강렬했던지, 집에 와서 황석영의 『삼포 가는 길』을 다시 한번 읽어 보았습니다.

여관으로 돌아가 잠시 쉬다 다시 불국사로 향했습니다. 역시 비를 맞으면서요. 불국사는 정말 좋았어요. 반별로 기념 촬영을 하고 흩어졌는데, 먼저 대웅전으로 가 봤습니다. 법당 안에도 들어갔어요. 부처님을 믿지는 않지만, 그 앞에 가만히 앉아 있었습니다. 향불도 붙여 보고요. 종교로 먼저 대하기보다는, 그 인자한 미소 속에 천년 전 우리 조상님의 손길이 있었으리라는 생각을 하니 왠지 친근한 마음이 들었습니다.

다보탑과 석가탑을 보니 '탑돌이'가 생각나서, 친구들과 탑돌이를 했습니다. 아이들이 점점 모여들더니 나중에는 선생님 몇 분도 같이 해 주셨습니다. 여전히 비는 내렸지만, 불국사 마당에서 정말 뜻깊고 신나게 보냈습니다.

그리고 여관에 돌아왔는데 마지막 밤이라 거의 잠자지 않았어요. 하지만 저는 뻗어 버렸어요. 여기저기서 나오는 캔 맥주(그래야 모두 3개 정도이지만)를 주는 대로 받아 마셨는데(그래야 반 잔 남짓이지만요.) 얼굴이 빨개지더니 조금 어지러웠어요. 아이들이 이불을 펴 주며 자래요. 그래서 푹 잤습니다. 하지만 다음 날 일어나 보니 얼굴엔 온통 물감칠이었어요. 밀가루까지요.

이젠 11일, 오는 날입니다. 왠지 떠나기 싫었어요. 괜히 아쉽고 다들 '지금이 첫날이라면……' 하는 생각뿐이었습니다. 기차 안에서는 모두 잤죠. 그래서인지 너무 빨리 서울에 도착한 듯했습니다. 혓바늘이 다 돋고 피곤하기는 했지만, 이번 여행은 정말 잊지 못할 거예요.

경주에는 무덤이 참 많습니다. 그래서인지 경주에는 어디에나 신라인이 누워 있어요. 아니 살고 있죠. 논 한가운데에도, 고속도로 옆에도⋯⋯. 경주에서 아쉬운 점도 있었어요. 천년 고도임을 보이기 위해 건물마다 기와를 얹어 놓은 것은 특이했는데, 시멘트로 기둥을 만들어 놓고 거기에다 나무색 페인트를 칠한 게 엉뚱했어요. 너무 억지 같았습니다.

쓰다 보니 천마총과 박물관 견학을 빼먹었어요. 박물관은 너무 피곤해서 대강 봤고, 천마총은 정말 굉장했습니다. 한 인간의 무덤을 세우기 위해서 흘린 많은 사람의 피땀에도 경의를 표했지요. 무덤 안에 들어가 보니 저절로 경건한 마음이 들더군요.

어쨌든 이제는 18일, 여기는 서울.

이제부터는 오늘의 생활을 충실히 해야겠죠? 하늘은 벌써 저만큼이나 위로 올랐고, 살갗에 닿는 바람이 제법 서늘합니다. 그런데도 매미는 아직 저리 울고 있네요. 왠지 안되었습니다. 계절의 길목에 서서, 가는 계절을 경건히 보내고 오는 계절을 찬란히 맞이하도록 하겠습니다. 가을은 너무나 아름다우니까요.

며칠 있으면 추석이에요. 올해 추석엔 새로운 식구가 생겼어요. 막내 삼촌이 결혼했으니까요.

송편을 빚듯 이 계절의 시간을 열심히 만들어 보겠습니다.

안녕히 계셔요.

소영 올림

1983년 9월 19일
당신에게

그동안 소식 못 드려 미안합니다. 아버님께 보낸 편지도 잘 보았습니다.

이곳도 별일 없습니다. 영민이가 한차례 아팠고, 다들 한때 건강이 좋지 않았지만, 그런대로 견디고 있습니다. 소영이 수학여행 갔다 왔고, 세민이는 고전합니다만 앞으로 두 달만 고생하면 끝이 나겠지요. 열심히 기도해야겠습니다.

어제는 홍제동 김 신부님*을 만났습니다. 신부님이 그곳에 다녀가신 후, 여러 가지로 생각이 많으셨을 줄 압니다. 바깥에서 우리 사건 가족들이 다 신경을 많이 쓰고 있습니다. 모두의 마음이 일치되고 무언가 달성의 기미가 보일 때 시기를 같이하도록, 곳

---

* 김승훈 신부(1939~2003): 1980년대 초반까지는 '통일'을 이야기하는 것이 꺼려지던 때라, 통일 운동으로 수감된 구속자와 가족 들이 외로운 처지였다. 하지만 김승훈 신부는 전국의 교도소에 찾아가, 가족과 함께 석방 운동에 힘써 주었다. 1987년에는 '고 박종철 군 고문치사 조작'을 폭로하여 그해 6월 민주 항쟁을 일으키는 데 큰 역할을 했다.

곳에서 준비 태세를 갖추고 있는 것 같습니다.

10월에는 마무리가 되어야 할 텐데요. 추석 지나면 바로 신부님께서 요로의 관계자들을 만나실 것이니, 이번 주에 찾아뵙고 말씀을 들어 볼까 합니다. 처음보다는 가족들 간의 단합이 잘되어 다행으로 여기고 있습니다. 모두가 바라는 소망이니까요. 가까운 시일 내에 석방이 이루어지기를 모두 바라고 있지만, 언제 될지……. 당신도 매사 심사숙고하고 신중하시기를 바랍니다.

세월은 참 빠른가 봅니다. 또 추석을 맞습니다. 해마다 추석이면 새로 상처를 입히는 당신과의 이별. 금방 오리라며 외출하는 당신에게, 앞치마에 손을 닦으며 부엌에서 급히 나와 얼굴 한번 제대로 쳐다보지도 못하고 고개만 끄덕였지요. 그때 빨리 다녀오라는 인사가 이렇게 오랜 이별이 될 줄을 주님은 아셨을까요? 그해 가을, 당신과 마지막 외출을 했던 덕수궁에서는 또 국전이 열리고 있습니다. 그 뒤로 국전도, 덕수궁도 다 싫더니, 올해는 덕수궁에 한번 가 볼까 하는 생각도 듭니다.

그 안에서는 매우 어려운 상황이라고 생각됩니다. 바깥에서도 못지않게 신경을 쓰고 있습니다. 추석 후에 한번 다녀올까 하는 생각이 듭니다만, 확실한 결정을 내릴 수가 없네요.

2만 원 송금합니다. 시골의 집안 아지매들이 넣으라고 주신 돈입니다. 추석 전에 과일 사 잡수세요. 올해는 과일이 매우 풍성한 듯합니다. 건강은 어떠신지, 철저히 관리하시기 바랍니다. 추석

명절 잘 보내시기를 바라며, 이만 줄입니다. 기도문과 책, 양말 부칩니다.

아내 씀

1983년 10월 13일

소영에게

너의 여행 다녀온 소식을, 그림엽서 열 장과 재미나는 사연의 편지로 잘 들었다. 네가 아주 어릴 때 어머니와 너희 사 남매를 데리고 경주에 다녀온 일이 있는데, 별로 기억에 없을 것이다. 불국사 근처에서 양계장을 하고 있던 김 선생님 댁에서 재미있게 지냈지. 너희를 데리고 다니느라 선생님들이 혼나셨겠다. 오만 떼야시* 몰고 다니느라고.

경주는 옛 도읍지라 천년의 긴 역사가, 우리 조상들의 체취가 깊이 새겨져 있는 곳이다. 지금 우리가, 우리 자신과 자손들을 위하여 몸으로 역사를 새겨 나가고 있듯이.

지난 추석에 송편은 먹지 못했으나 찹쌀떡으로 대신하고, 짜장면 한 그릇으로 이웃들과 함께 지냈다. 생각할수록 우리 가족에게 추석은 정말 가슴 아픈 날이구나!

---

* '온갖 아우들'의 사투리.

짙푸른 가을 하늘만 보면 내 고향 밀양의 천황산, 운문산, 가지산의 갈대꽃, 지금쯤 누른빛을 띨 사자평의 초원이 생각난다. 언제 너희 사 남매와 함께 한번 가리라 다짐해 본다.

소영이, 수학 공부하면 아버지 생각이 간절하겠지. 하지만 세상 아이들의 아버지가 모두 수학 선생이 아니며, 공부는 역시 스스로가 하지 않으면 안 된다.

이곳은 원래 봄과 가을을 느끼지 못하고, 여름 두 달을 제외하면 모두 겨울로만 생각된다. 정말 "胡地無花草하니 春來不似春"* 이라 하겠지. (오랑캐 땅에는 화초가 없어서, 봄이 와도 봄같이 생각되지 않네.) 하지만 올해는 이곳에도 여러 군데 꽃을 많이 심어서 계절의 감각을 눈으로 느끼기는 한다. 지난 연휴에 내가 있었더라면 너희들에게 가을 맛을 충분히 느끼게 했을 텐데……. 하루빨리 그런 날이 오기를 기도하자.

너의 편지 정말 고맙다. 옛날 아버지의 외가 조상으로 한훤당 김굉필(寒暄堂 金宏弼) 선생이 계신다. 그 어른이 귀양살이하실 때(지금의 나의 처지와 비슷함), 따님이 옥 수발을 하셨다고 한다. 그런데 정성이 하도 지극하여, 십 리 길을 걸어 미음을 갖다 드리는데 하나도 식지 않아 하늘이 아는 효녀라 했다.

네 편지의 글 하나하나가 나의 마음을 무척이나 즐겁게 해 준

---

* 호지무화초 춘래불사춘. 당나라 시인 동방규(東方虯)의 「소군원(昭君怨)」 중에서.

다. 너에게 이처럼 좋은 글솜씨를 하느님이 주시는가 보다. 너의 정성으로 하루라도 빨리 아버지의 옥살이가 끝나리라 믿는다. 주님께 열심히 기도하자.

아버지

※월말에는 또 편지할 수 있으니 소정이, 세민이, 영민이에게는 그때 하마.

1983년 10월 18일
아버지께

내일이면 이 지겨운 시험도 다 끝납니다. 그래서인지 마음은 즐겁기만 하고, 몸은 자꾸 비비 꼬이고, 머릿속은 잡념으로 가득합니다. '수학여행을 다녀왔다 해서 가을 소풍을 안 가지는 않겠지? 내일 시험 끝나면 뭐 할까?' 등등.

두 과목 보는데 국어와 수학입니다. 국어는 그래도 기본이 있어서 가뿐한데, 수학은 정말 골치 아파요. 문제 풀다 자꾸만 막히니 짜증도 나요. 언니에게 물어보면 아주 자세하게 가르쳐 주지만, 야단도 맞아야 한답니다. 남들은 언니가 수학과라고 다들 부러워하는데 말이에요. 범위는 왜 그리 넓은지. 방정식, 부등식, 지수와 로그까지예요. 제가 제일 싫어하는 글자는? x요!

이제 겨우('겨우'라 해야 할지, '벌써'라 해야 할지) 10:30인데 해 둔 것은 없고, 그래서 한번 밤새워 볼까 합니다. 아버지께는 1시간~1시간 반에 편지 한 장씩 쓸게요. 내일 6시까지 이어지기를 바라지만 글쎄요. 그럼 다음 이야기들은 아꼈다가 12:00에 하겠습니다.

벌써 12:50입니다.

부등식까지는 여러 번 반복한 것이기에 지수부터 했습니다. 이제 프린트를 풀어 보고 마칠까 합니다. 그러면 시간이 아주 정확하겠죠.

재미없는 공부 이야기 그만할게요. 일요일엔 할아버지가 입원해 계신 병원에 갔어요. 큰 병은 아니니까 너무 놀라지 마셔요. 오른쪽 눈이 좋지 않으셔서 백내장 수술 하셨답니다. 이젠 거의 퇴원할 때가 다 되셨어요. 경과도 좋으시고요.

10월도 얼마 안 있으면 하순입니다. 곧 11월이 오고, 그러면 이 해도 두 달밖에 남지 않았어요. 83이란 숫자가 서먹서먹해 어색하던 게 오래전의 일 같지 않은데, 이제 또 새로운 해, 새로운 시간을 맞이해야 하나 봅니다.

아직은 그리 무서운 추위는 오지 않았지만 곧 추위가 오고, 겨울이 닥쳐오겠지요. 추운 건 싫지만 눈이 오는 것은 참 좋습니다. 시린 발을 동동 구르며 등교하는 길도 나쁘지만은 않을 거예요.

부디 너무 춥지는 말고, 눈이나 아주 많이 오는 겨울이었으면 좋겠습니다. 봄, 여름, 가을, 겨울. 참 예쁜 말들이죠?

　2:00입니다.

　서서히 눈이 감기고, 수학 마지막 부분은 대강했습니다. 국어는 별 걱정되지 않고요. 어쨌든 마지막이라 생각하니 날아갈 것 같아요. 앞으로 국어 좀 하다가 자렵니다. 아무래도 밤새운다는 것은 무리니까요.(내 이럴 줄 알았어요.)

　베란다 문을 열어 보니 바람이 무척 차갑습니다. 별은 별로 없고, 구름에 모습이 거의 가려진 달만 있어요.

　중간고사 마치고, 기말고사만 보면 방학입니다. 빨리 방학이 왔으면 좋겠습니다. 그래야 광주에도 갈 수 있죠. 그리고 빨리빨리 크고도 싶어요. 고3만 뛰어넘어서요.

　아, 안 되겠어요. 아무래도 저는 밤새울 사람은 못 되나 봐요.

　밤새워 책은 읽어도 공부는 안 되겠습니다. 내일 새벽 일찍 일어나려 합니다만, 그것도 글쎄요.

　시험 끝나고, 이런 재미없는 이야기 말고 더욱 재미있는 이야기해 드릴게요.

　차가운 날씨에 건강 조심하시고, 안녕히 계셔요.

소영 드림

소영에게

언제나 밝고 재미있는 편지로 아버지의 괴로운 마음을 어루만 져 주어서 고맙다.

나의 작은딸 소영은, 언제나 수학 시험에 애를 먹는다지. 지금 은 1학년이니까 겨울 방학 때 교과서의 처음부터 차근히 복습해 서 모르는 것이 없도록 해 두어라. 그러면 2학년 때는 재미가 막 나게 되겠지.

이번에 받은 편지를 보니 너의 공부하는 모습이 손에 잡힐 듯 하다. 처음에는 밤샌다고 결심했는데, 시간이 갈수록 못 견디 게 되어 결국 자 버리는 너의 모습이……. 너희가 눈물 나게 보고 싶어진다. 하루라도 빨리 너희들 곁에 가고 싶지만…….

그럭저럭 올해도 두 달밖에 남지 않았구나. 기나긴 겨울도 눈 앞에서 기다리고. 이 겨울은 또 얼마나 모질지. 하지만 세월은 기 다리면 이기게 된단다. 나에겐 너의 어머니와 사 남매가 기다리 고 있다. 나도 굳세게 이 고난을 이겨 갈 것이다. 그리고 새로운 봄을 맞듯 새로운 자유의 날을 맞이해야지.

주님의 은총이 너에게 가득 내리기를 바란다.

아버지

1983년 12월 31일

아버지께

올해도 이제 3시간가량 남았습니다.

떠나는 1983년이 자신에 대한 기억을 애써 남기려는 듯, 바람이 몹시 찹니다. 여느 때 같으면 불평하며 옷깃을 여밀 추위도, 떠나는 해가 내미는 마지막 손길처럼 느껴집니다.

생각하면 오늘이나 내일이나, 똑같이 해 뜨고 달 뜨는 것은 마찬가지고, 똑같이 방학 중의 하루이고, 다소 게을러진 생활도 변함없을 것입니다. 그런데도 오늘 밤, 이렇게 많은 생각이 드는 건 그래도 뭔가는 다른 날이기 때문일 것입니다.

여전한 날들에 숫자를 정하고 한 단위로 매듭짓기도 하는 건 인간이 만든 일이겠지요. 얼마 남지 않은 시간을 한 해의 묶음으로 매듭지으려는 손길들이 정성스럽습니다.

방에 걸린 달력은 미처 12월로 넘어가지 못하고 있었습니다. 하루를 남겨 두고 제대로 넘겼습니다. 낯익은 겨울 풍경 그림입니다.

제대로 보내지도 못한 채 흘러간 많은 날에 까만 색연필로 하나씩 동그라미를 쳐 보았습니다. 몇 개 하다가 그만뒀어요. 그런 조그만 울타리 속에, 저물어 가는 한 해의 날들을 가두는 게 별로 좋은 일 같지 않아서요. 몇 자 쓰지 않은 수첩을 보니, "11월

16일, 첫눈 오다. 12월 1일, 춥다. 12월 24일, 눈싸움, 눈 속에서." 라 적혀 있네요.

창문을 열어 보았습니다. 눈으로 가득한 나뭇가지가 눈에 먼저 들어옵니다. 세모(歲暮)를 눈과 함께 보내는 것도, 가는 해가 주는 축복인 것 같습니다. 와 닿는 바람도 별로 차갑게 느껴지지 않아요.

낮에 제일 친한 친구를 만났어요. 따뜻한 목도리를 떠서 주더군요. 친구에게두, 이처럼 따뜻한 겨울을 주신 하느님께도 감사드리고 싶은 생각이 들었습니다. 정말, 올겨울은 마음이 참 따뜻한 것 같아요. 이 겨울을 보내고, 새봄을 앞둔 마음은 또 어떨지 궁금하지만 말이에요.

이제 계해년(1983년)은 가고, 갑자원년(1984년)이 옵니다. 이 편지가 아버지께 도착할 때쯤엔, 새해의 새날들과도 꽤 친숙해지셨을 테지요.

새해엔, 새해의 겨울엔 좀 더 많은 눈이 왔으면 좋겠고, 걱정하거나 슬퍼하는 사람이 하나도 없었으면 좋겠습니다. 너무 작은 소망인지, 아니면 너무 큰 소망인지요?

오늘은 이만 쓰겠습니다. 부디 새해에는 모든 날이 아름답길 빕니다.

소영 드림

1984년 1월 21일

아버지께

창밖이 어느새 캄캄해졌습니다. 조금 전에 내린 눈은 꽁꽁 언 땅 위에 다시 곱게 쌓이고 있습니다.

어제는 아침 일찍 서둘러 광주에 갔습니다. 새벽길을 밟으며 아버지를 만나러 간다는 것은 생각만 해도 무척 기분 좋은 일이죠.

12시가 좀 넘어서 그곳에 도착했습니다. 이젠 제법 눈에 익은 광주 거리가 정답게 느껴지고, 전라도의 독특한 억양이 전혀 낯설지가 않습니다. 아버지와 함께 지낸 한 시간은 따뜻하고, 재미나고 그랬습니다. 머지않아 더 재미나게 만날 수 있겠죠.

광주에 갈 때는 언제나 새벽 일찍 갔다가 밤늦게 올라오느라 전라도 땅을 자세히 보지는 못했어요. 갈 때는 잠자느라, 올 때는 캄캄해서 아무것도 볼 수가 없었죠. 그런데 어제 하룻밤을 광주에서 자고 오늘 아침에 출발했기에, 이번에는 전라도 땅을 보며 올 수 있었습니다.

4차선이나 8차선으로 드넓고 위세 당당한 경부선과는 달리, 호남선은 2차선의 좁은 도로가 대부분입니다. 겨울이라 논밭이 한가해서 그런지, 아니면 들판이 많고 집이 별로 없어서 그런지 몰라도, 전라도의 농촌은 좀 힘이 없어 보였습니다. 왠지 지쳐 보인다는 생각이 들었어요. 가장 인상 깊었던 것은 논밭 한가운데 누워 있는 어떤 이의 무덤이었습니다. 무덤인지 혹은 짚더미인지 알아보기 힘든 게 많았는데, 그건 확실히 누군가의 무덤이었습니다. 잘 정돈된 무덤 앞에 조그만 비석이 세워져 있었거든요. 아마 지독히도 그 땅을 사랑한 사람의 무덤인가 봅니다.

전라도 땅은 황톳빛이라고 하더니 정말 그렇더군요. 아마 3월쯤이면 더욱 아름다운 황톳빛이 될 거예요. 왠지 아름다우면서도 슬픈 황톳빛일 것 같습니다.

오늘은 대한(大寒)이래요. 소한, 대한만 지나면 겨울도 다 간다는데 정말 그런 것 같습니다. 동장군이 감기가 들었는지 몸살이 났는지, 오늘은 따뜻하기조차 했어요. 게다가 눈까지 내렸으니 정말 "안녕—겨울"입니다.

이제 날이 풀리면 지내기도 한결 나으시겠죠. 올겨울은 정말 유난히도 눈이 많았습니다. 그 덕분에 풍성하고 춥지 않은 겨울, 정다운 겨울을 지냈어요. 이렇게 눈이 많이 내렸으니 올해도 대풍이겠죠. 작년에는 그렇게 큰 풍년에도 농민들이 울상을 지었는데, 올해는 제발 즐겁고 기쁜 마음으로 풍년을 맞았으면 좋겠습니다. 농민도 웃고, 우리도 밝게 웃을 수 있게요.

웃는 이야기로 오늘은 이만 줄이겠습니다. 오늘 밤 주무시기 전에는 그냥 한번 웃고 주무셔요. 건강하시고, 그리고 안녕히 계셔요.

소영 드림

170

세민에게

그 사이 건강하게 잘 지내느냐. 그저께 금요일에 너의 어머니와 소영이, 영민이가 면회 와서 너희 사 남매 모두 건강히 잘 지낸다고 알고 있다.

하지만 나의 가장 소중한 세민이가 대학 입시에 실패하고 다시 한 해를 준비해야 한다는 소식에 좀 섭섭하긴 했다. 그래도 늘 믿음직한 세민의 일이라 내년에는 더욱 좋은 결과를 얻으리라는 기대를 해 본다. 내가 집에 있어서 너희들 뒷바라지를 잘하고, 또 너희가 내게 튼튼히 의지하여 공부했다면 무슨 어려운 일이 있겠느냐마는 그게 여의치 못하였으니…….

그간 공부하는 데 얼마나 어려움을 겪었을지 짐작이 간다. 내가 이러한 처지에 있는 것이 네게 얼마나 큰 부담이 되고 있는지도 알 만하다. 주변 어른들이 자기중심으로 하는 이야기와 태도에 네가 받는 정신적 압박도 있었으리라 여긴다. 하지만 이제부터는 그러한 압박에 대해서는 조금도 개의치 말고 너의 포부에 따라, 그리고 너의 능력에 따라 공부해 주기 바란다.

지난 79년과 80년에 아버지의 일이 완전히 실패해서, 그처럼 험하게 당하던 일은 너도 알고 있을 것이다. 그러나 나는 생명이 붙어 있는 한 절망하지 않고 이 고난을 성실하게 이겨 나가고, 또 이겨 낼 것이다. 언젠가, 머지않아 네게 돌아가는 날에, 아버지가 살아온 길이 어떠했는지, 무엇을 위해서 살아왔는지를 이야기해 주마. 장차 너희들의 힘찬 삶을 위해서이기도 하다.

원래 자식은 아비를 닮는다는데, 나는 어디까지나 너의 투철한 정신을 믿으며, 능력과 노력을 믿는다. 내년에는 기필코 네가 바라는 열매를 맺을 수 있으리라 기대한다. 올해에 좋은 일이 있어서 아버지가 네 가까이에서 힘이 될 수 있으면 좋으련만……. 하지만 어디까지나 네 일은 너 스스로에게 맡길 뿐이다. 자 그럼, 이것으로 너를 고무하는 말이 될 수 있을까 모르겠다.

건투를 빈다.

아버지

1984년 1월 29일

아버지께

지금은 도저히 28일이라고는 할 수 없을 것 같아요. 새벽 3시가 좀 넘었으니까요. 6시까지 이러고 있다가, 7시 미사에 참석할까 합니다. 첫 미사가 제일 기분이 좋거든요. 그렇다고 잠 안 잔다 해서 너무 걱정하시진 마셔요. 낮에 다 자 뒀으니까요.

저녁때 밖에 잠시 나갔다 오면서 정말 눈물 나도록 아름다운 사실을 발견했습니다. 오늘도 여전히 하늘엔 별이 가득했어요.

진짜 보석을 뿌려 놓은 것 같더군요. 고개를 들고 별을 보니, 맨 먼저 눈에 띄는 게 W 자 모양의 별이었답니다. 순간, '아—' 하는 소리가 새어 나왔어요.

지난 초가을 무렵, 그날도 저는 별을 보고 있었어요. 가장 눈에 띄는 게 그 별이더군요. 가슴속에 깊이 새겨 두었습니다. 그때가 아마 9월이었을 텐데, 별은 제 머리 위에서 밝게 빛나고 있었습니다.

그런데 오늘, 그 별은 제 머리 위에서 훨씬 왼쪽으로 비켜 서 있었어요. 그 사실이 왜 그렇게 좋고, 가슴이 뛰던지요. 정말 지구가 돌긴 도나 보죠?

제가 알지도, 느끼지도 못하고 있는 동안에 자연은 끝없이 자신의 일을 진행하고 있습니다. 다음 해, 아니 올해 9월에 그 별은 여전히 제 머리 위에서 빛날 겁니다.

간혹 끝없이 늘어서 있는 가로수들을 떠올리며, 이런 생각을 해 보곤 합니다. '산다고 하는 것은 끝없이 이어지는 가로수의 길'이 아닌가 하는. 열일곱 살의 겨울밤이지만 그동안 살아온 발자국들의 모양이 어떤지, 한번 뒤돌아보고 싶은 충동을 일으키는 밤입니다.

라디오에서 「기적」이란 시가 낭송되고 있어요. 이젠 새벽의 기적이 울릴 때도 됐습니다.

지금 주무시고 있을 아버지, 현재 03:41:29, 아주 멋진 꿈 꾸시기를 빌며 이만 줄입니다. 안녕히 계셔요.

소영 올림

1984년 2월 8일
소영에게

지난번에 내가 보낸 편지 뒤로 여러 통의 네 편지 잘 받았다. 아마 빠짐없이 이곳에 잘 도착했다고 생각한다. (1월 18일부터 2월 2일까지 8통)

나는 언제나 꿈속에서 너희 사 남매 모두 어린 모습만 보인다. 꿈마저도 너희들과 헤어진 5년이란 시간을 메워 주지 못하는 것 같구나.

요즘 날씨가 몹시 추워서 내 걱정을 많이 하는 듯한데, 염려하지 말아라. 따뜻하게, 그리고 춥지 않게 지내니, 마음 놓기 바란다.

올해는 이곳에도 정말 자주 눈이 왔다. 하지만 남쪽이라 곧 녹아 없어져서, 서울처럼 눈 쌓인 산은 볼 수 없다. 옥창 밖에 내리는 눈은 좀 스산하다고 할까. 하지만 함박눈은 보기가 좋다. 눈이 오는 날은 내가 자주 가던 설악산 봉정암 산장이 생각난다. 아버지가 나가면 너희들과 겨울 등산으로 설악산 설경을 보았으면 하는데, 그때가 언제일지…….

호남 지방은 우리 겨레의 밥줄이라 할 수 있는 곡창이다. 넓은 들, 황톳길의 다복솔밭이 호남 산천의 특색이다. 호남은 나에게 군대 훈련과 지금의 고난 등 많은 인연이 있는 듯하다. 요즘은 쌀도 수입해 먹는다는데, 이래서는 호남이 잘살기 힘들 것이다. 우리 겨레가 정말로 잘살려면 호남 지방 사람들이 아무 걱정 없이 잘살아야지. 그래야 남쪽뿐 아니라 남북의 겨레 전체가 마음 놓고 살게 되리라 믿는다. 그날이 꼭 찾아오리라.

　어릴 때 아버지는 고향 밀양에서 보는 하늘의 별을 좋아했고, 희뿌연 은하와 맑은 밤하늘이 더없이 좋았단다. 지리산과 설악산의 최고봉에서 밤하늘의 빛나는 별을 바라볼 때는, 나 자신이 더없이 작게 느껴지고 우주의 광활함 속으로 내 마음마저 멀리 떠나는 것같이 느껴졌다.

　그러나 이곳에서는 밤하늘의 남쪽만 보는 게 허락될 뿐이라, 오리온 별자리를 보면서 북쪽의 북극성과 북두칠성, 그리고 네가 그린 W 자 모양의 카시오페이아 별자리를 생각한다. 별을 보며 커다란 마음과 함께, 멀리멀리 큰 이상을 가지고 비상하길 바란다.

　개학하고 고등학교 2학년이 되면, 가장 멋있는 시간을 갖게 되겠구나. 아무 구김살 없이 힘차게 자라기를 바란다. 어렵고 힘든 가운데 자라는 삶이 얼마나 굳센가를 여러 사람에게서 볼 수 있다. 너희들의 삶 또한 그러하리라 믿는다.

또 한 반년 지나야 보고 싶은 너희들, 다시 볼까……. 주님의
은총이 항상 네게 가득하기를 빈다.

아버지

1984년 2월 16일
아버지께

그동안 안녕하셨는지요.

이제는 날씨도 많이 풀린 듯합니다. 입춘도 지나고 대보름도
지나고 어엿한 봄 날씨인 것 같습니다.

봄이 되어서인지 요즈음은 몸도 마음도 밝고 상쾌해진 것 같
아요.

지난 14일, 저는 중학교 과정을 모두 마치고 졸업했답니다. 며
칠 후면 저도 고등학생입니다. 하지만 고등학생이란 것이 실감
나지 않아요. 중학교 3년 동안 해 놓은 것도 별로 없는 듯한데 이
렇게 졸업을 하다니, 정말 세월이 빠르다는 것을 느낀답니다.

고등학교는 대성고등학교에 배정되었어요. 지리적으로나 우
리 집의 위치로 보아서나 숭실이나 충암고등학교일 줄 알았는
데, 의외로 대성고등학교에 가게 되었지요.

고등학생이 되면 대학 입시를 위해, 중학교 때와는 다른 계획
과 실천이 따르는 공부를 해야겠지요. 그래서 요즈음은 기초 영

아버지께.

그 동안 안녕하셨는지요.

이제는 날씨도 많이 풀린 듯 합니다. 입춘도 지나고 또 대보름도 지나고 어엿한 봄 날씨인것 같습니다.

봄이 되어서 인지 요즈음은 몸도 마음도 밝고 상쾌해진것 같아요

지난 14일, 저는 중학교 과정을 모두 마치고 졸업했습니다.

며칠 후면 저도 고등학생. 고등학생 이란것이 실감나자가 않아요

중학교 3년 동안 한 듯한것 없는것 같은데 이렇게 듯을을 한다는 것. 세월이 빠르다는 것을 느낀답니다.

고등학교는 대성고등학교에 배정되었어요.

자리적으로 또 우리집의 위치로 봐서는 숭실, 중앙고등학교가 될 줄 알았는데 의외로 대성고등 학교에 배정 받았지요.

고등학교에 가서는 대학입시를 위하여 중학교 때와는 다른 계획과 실천이 따르는 공부를 해야겠지요.

그래서 요즈음은 기초 영문법과 기본 수학책을 조금씩 공부하고 있습니다.

형은 그저께 부터 다시 대학입시 공부를 시작했습니다.

남들이 말하는 재수라는 것이지만 학교 다닐때 보다는 더 열심히 공부하고 있어요.

한번 그배를 마셨것이 큰 자극제가 되었나봐요 밤 늦게 까지 공부를 하는 모습이 아주 보기가 좋더군요.

아버지께서 격려의 말씀 좀 해주세요.

작은 누나. 큰 누나 모두 잘 있어요

한 학년씩 진급하기 때문에 신학기 공부에 열심이어요.

문법과 기본 수학책을 조금씩 공부하고 있답니다.

형은 2월 1일부터 다시 대학 입시 공부를 시작했답니다. 흔히 말하는 재수라는 것이지만, 학교 다닐 때보다 더 열심히 공부하고 있어요. 한 번 고배를 마신 것이 큰 자극제가 되었나 봐요. 밤 늦게까지 공부를 하는 모습이 아주 보기 좋더군요. 아버지께서 격려의 말씀을 좀 해 주세요.

작은누나, 큰누나 모두 잘 있어요. 한 학년씩 진급하기 때문에 신학기 공부에 열심이이요. 특히 작은누나는 2학년 때 기초를 충실히 해 놓아야 한다면서 영어, 수학을 열심히 공부하고 있어요.

어머니께서도 건강히 잘 계신답니다. 봄이 되어서인지 몸이 많이 좋아지신 듯해요.

기나긴 겨울이 가고 봄이 오듯이 올봄에는 좋은 소식이 있기를 기대합니다. 날씨가 많이 풀렸지만, 아직도 아침저녁으로는 영하의 날씨가 계속되고 있어요. 기온 차가 심하기 때문에 감기에 걸리지 않도록 해야겠지요. 감기 조심하시고 건강하시길 빌겠어요. 이만 줄일까 합니다.

안녕히 계십시오.

영민 올림

밤이 퍽 깊었습니다. 아이들은 모두 자고 세민이만 아직 공부하고 있습니다.

당신 글을 반가이 받고도, 자꾸만 회답을 미루어 미안합니다. 뭔가 마음의 안정을 갖지 못해 어수선했습니다. 전해야 할 기쁜 소식들이 있을까 하고 초조히 기다려 봤습니다만, 전망이 밝지 못해 맥이 풀리기도 했습니다. 이번 3·1절에는 학생들에게 중점을 두는 것 같습니다. 우리 사건의 학생들도 함께 혜택을 볼 수 있기를 주님께 간구해 봅시다.

그동안 건강이 어떠신지요. 약은 드시고 있는지, 신경통은 어떠신지, 건강이 몹시 염려됩니다. 지난 연말부터 강추위가 너무도 길게 이어져 마음을 놓을 수가 없었습니다. 참으로 혹독한 추위였지요.

이곳은 별고 없습니다. 아이들 둘 졸업하고, 영민이는 형이 다니던 대성고에 입학했습니다. 오늘, 반 편성이 되고 담임 선생님도 결정되었습니다. 세민이는 마음을 차분히 먹고 다시 열심히 공부하고 있습니다. 소영이는 글 읽고 쓰느라 성적이 떨어지기도 하는데, 새 학년에는 어떨지요.

겨울 추위가 물러가듯 우리의 지긋지긋한 고난도 하루빨리 물러갔으면 하는 마음 간절합니다. 그러나 아직은 더 많이 인내하며, 우리의 소망이 이루어질 때까지 노력하고 열심히 기도해야겠지요.

당신도 열심히 기도해 주세요. 그곳의 신앙생활이 다소 불편하더라도 9일 기도는 꼭 해 주세요. 열심히 주님께 간구하면 반드시 응답해 주실 것입니다.

요즈음은 마음이 몹시 불안하기도 합니다. 특사에 대한 간절한 바람은 여전하지만, 계속해 우리를 실망하게 만들지나 않을지? 우리의 석방을 애타게 기다리는 주변 어른들의 정성과 노력이 부디 헛되지 않아야 할 텐데요.

지난주에 아이들과 갈까 했는데 어려웠습니다. 다음 주 28일쯤 갈까 합니다. 부디 그날까지 안녕히 계십시오.

그곳의 우리 식구들에게 안부 전해 주세요. 두루 건강을 빕니다. 주님의 은총이 그곳 그 방에 가득하시기를 기원합니다.

아내 씀

1984년 2월 28일

당신에게

그간 별일 없이 잘 지내는지 궁금하오. 그사이 소영의 편지 두 번과 영민의 편지를 받았으나, 당신의 편지를 기다리던 중 오늘

28일에야 반갑게 받았소. 오전에 편지를 받고, 오후쯤 면회 올까 기다렸는데…….

저녁 먹고 이처럼 몇 자 적어 보내오. 2월에는 소정이, 세민이 한번 볼까 했는데 또 반년 후에나 보게 되겠구려. 소정이 2학년 등록은 했는지, 그리고 다른 아이들도 어떻게 되었는지 몹시 마음이 쓰이오. 별수 없는 처지에 놓여 있으면서도 마음은 항상 당신과 아이들 곁에 머물러 있다오. 공연히 사서 걱정한다고나 할까. 요즘은 장염이 또 기승을 부려 지내기가 좀 어렵긴 하나, 어떻게든 이겨 나가리라 굳게 마음먹고 있소. 너무 걱정하지 마오.

3월 초에 우리 형제들이 어떻게 되려나 기대하며 지냈는데, 며칠 전에 다른 가족의 면회로 소식 들었소. 학생 2명과 최석진, 박석삼이 석방된다는 소문이 들리던데, 정말 반갑소. 학생은 모두 석방한다고 했지만, 그 외 두 명이 더 포함되었으니 다행이오. 우리를 위해 수고하시는 여러 어른께 고맙다고 인사 전해 주시오. 그리 오래지 않아 백일하에 모두 나갈 수 있으리라 생각하고 있소. 그때가 그리 멀게만 여겨지지 않구려.

특히 병으로 고통을 겪던 최석진 형제의 석방에 한결 마음이 놓이는구려. 석방되어 만나거든 안부 전하고, 여러 가지 일을 잘 부탁한다고 전해 주구려.

장염으로 한 달간 약을 먹어 보았으나(이전 처방대로) 별 효과 없는 듯.(전에는 효과가 있는 듯했는데.) 돈만 쓰게 되고 재미없어 지금은 중단하고, 다른 약을 먹을까 하오. 심할 땐 의무과에서 설사약을 타 먹고, 보통 때는 에비오제나 네오마겐 등 그리 비싸지 않은 약이나 먹고 지내 볼까 하오.

아마도 밖에 나가 병원에서 근본적 치료를 해야 할 듯하오. 여기에서는 진단과 치료의 여러 조건이 맞지 않으니 더 심해지지 않기만 바랄 뿐이며, 그렇게 되도록 조심해서 살아갈 작정이오. 설사만 자주 할 뿐 체중이 내리거나 다른 자각 증상은 별로 없고, 그럭저럭 견딜 만하니 니무 걱정하지 마오.

세민이 분발해서 공부 잘하고 있다 하니 마음이 놓이오. 소정이 너무 고생스러운 듯해 몹시 마음에 걸리오. 하루빨리 나가서 아이들에게 도움이 되어야겠는데……. 3월에는 가능한 한 초순쯤에 면회 한번 왔으면 하오. 석방 운동 등 여러 가지를 의논했으면 하는데, 형편 보아 한번 다녀가구려.

학생인 노재창 형제가 나가면 이곳의 우리 형제는 이제 4명이 남는구려. 앞으로 쉽게 문제가 풀릴 것이라 생각되니 너무 걱정하지 마오. (나의 일은 우리 형제 중 제일 나중일 것이니, 느긋하게 지냅시다.)

그럼 오늘은 이만하오. 자주 편지해 주오. 주님의 은총이 가득하기를.

남편 씀

1984년 3월 23일

아버지께

아침저녁으로는 제법 쌀쌀하긴 하나, 햇볕이 따스한 창가가 마냥 정겨워 보이는 계절이 돌아온 것 같습니다. 두꺼운 겨울옷을 들어 보며 망설이던 사람들도 이젠 모두 봄을 입었습니다. 하늘도 봄이 스쳐 지나가는 자국들로 파랗습니다. '어느새 봄인가?' 하는 생각보다는 '이젠 정말 봄이구나!' 하는 생각이 더욱 정답고, 빈번하게 들어요.

요즘은 2학년이란 생각이 무섭도록 실감 난답니다. 학교에서 무려 12시간 이상 있거든요.

얼마 전부터 7시까지 자습할 것이라는 불길한(?) 소문이 돌았는데, 그 소문이 현실이 된 게 2주째입니다. 아침 7시에 집에서 출발, 7시 20분에 교실에 도착, 4시까지 7교시의 정규 수업, 4시 30분까지 휴식, 그리고 7시까지 자율 아닌 자율 학습을 한답니다.

힘들긴 하지만 다른 학교도 다들 그러니 불평만 할 수는 없어요. 7시까지 잡아 두어 주니 공부를 좀 하기는 해요. 역시나 집에 가는 시간이 제일 즐거운데, 날마다 해가 점점 더 길어져 가는 게 신기하답니다.

1학년 때와는 달리, 교실이 4층이라 운동장이 잘 보이지는 않아요. 그 대신, 자리에 앉아 있으면 창 아래로 산과 집들이 조금 보이고 온통 하늘이랍니다.

저녁 자율 학습 시간에 창 너머로 보이는 하늘, 그 하늘이 점점 어두워지면서 보랏빛으로, 혹은 남빛으로 변해 가는 게 얼마나 아름다운지요. 게다가 별이라도 한두 개, 어쩌다 달이라도 걸려 있으면 정말 아름답답니다. 자연이 얼마나 크고 또 큰지 절실히 느낄 수 있어요.

아침이나 낮에는 깊이 운동장을 가로질러 다닐 수 없지만, 하교 때는 상관없습니다. 땅거미가 어둑어둑 깔리기 시작하는 운동장을 아무 거리낌 없이, 노래라도 좀 부르며 가노라면, 비록 늦은 귀갓길이긴 하지만 그렇게 좋을 수가 없답니다.

한 학년을 올라갔다는 건, 학교와 일 년을 사귀고 난 다음이라는 것은, 얼굴이 두꺼워진 철면피가 되었다는 뜻인가 봅니다. 엉뚱한 아이도 많고, 웃기는 아이도 많고, 배짱이 대단한 아이도 많고…… 아무튼 교실은 언제나 웃음소리로 떠들썩하답니다.

저희 영어 선생님과 같이 미련하리만큼(?) 좋으신 분들도 있고, 국어 선생님처럼 친근감과 존경심을 아울러 갖게 만드는 선생님, 오만하리만큼 예술을 강조하시는 음악 선생님, 언제나 "그것도 몰라, 이 녀석아!"라고 말씀하시는 수학 선생님, 그리고 또……. 의외로 많은 선생님이 좋으시답니다.

올해부터 남녀 공학이 되어 1학년 600여 명의 남학생이 한 학교에서 우글대니, 작년보다 훨씬 활기가 있는 느낌입니다. 남학생들에게 "누나" 소리 듣는 것이 좀 어색하긴 하지만, 싫지는 않아요. 체육 시간에 운동장에 나가면 남학생이나 여학생이나 집중이 안 되기는 마찬가지예요. 그래서 귀 잡고 앉았다 일어났다 하면서 "정신 통일!"을 외치는 게 예사랍니다.

'선정(이젠 학교 이름도 바뀌어 선정이네요.) 교향악'이 울릴 때도 됐는데, 아직 한 번밖에 바람이 불어오지 않았습니다. 하지만 언젠가 선정 교향악은 웅장하게 울릴 것이고, 라일락 향기는 온 동네에 가득할 겁니다. 그래도 아직은 날씨가 좀 쌀쌀하니 늦감기 걸리지 않도록 주의하시기 바랍니다.

그럼 오늘은 이만 줄이겠습니다.

안녕히 계셔요.

소영 드림

1984년 6월 17일

아버지께

광주에 다녀온 지 벌써 이틀이 지났습니다.

어떻게 생각하면 오래전인 것 같고, 또 어떻게 생각하면 바로 조금 전의 일인 것 같고 그렇습니다. 어쨌든 빨리 방학했으면 좋겠습니다. 올해는 여름 방학을 좀 앞당긴다고 하더군요. 아마

20일이 못 되어서 할 것 같아요.

지금 마루에 나와 있는데 창문을 등지고 앉아 있어요. 바람이 무척 서늘합니다. 오늘은 날씨가 참 좋았어요. 정말 미친 듯이 바람이 불었답니다. 몹시 슬픈 여자가 울부짖는 머리칼마냥 나무들이 흔들리는 모습이 가슴 저리도록 보기 좋았습니다.

서울로 돌아올 때는 밤차를 탔는데, 차창 밖에는 계속 비가 내리고 있었어요. 자느라고 자세히 보지는 못했지만요. 5시쯤에 서울역에 도착했는데, 거리는 말갛게 씻겨 있었습니다. 새벽이 그렇게까지 상쾌한 건지 몰랐답니다. 학교에 와서 좀 비실대긴 했지만 하여튼 기분은 좋았습니다. 다음번 광주에 갈 때까지 계속 좋을 거예요.

제 학은 잘 있는지요?

터미널에 내려서 오징어랑 초코볼 사고, 엄마가 공중전화 걸러 가신 사이에 초콜릿 껍질로 접은 것이랍니다. 천 마리를 접으면 바라는 일이 이루어진다는 이야기가 있던데……. 제가 접은 것은 아주 큰 거니까, 그리고 특별한 거니까 천 마리의 값어치가 있을 거예요. 그러니 우리가 바라는 일이 이루어질 것입니다, 꼭.

저희는 다 별일 없답니다.

언니는 내일이 시험이라고 공부 좀 하는 것 같던데 지금 조용한 걸 보니 자나 봐요. 오빠 방엔 조금 전까지 불이 켜져 있었어요. 영민이가 초저녁잠이 많은 건 도무지 구제 불능이란 걸 알고 계시죠? 발을 다쳐서 절뚝거리고 다니는 게 얼마나 우습다고요. 하지만 대단하지는 않아요. 곧 나을 거예요. 그러면서 크는 거죠. (비록 1년 5개월 26일 먼저 태어난 누나이긴 하지만, 제가 생각해도 이 말은 좀 우습네요.) 엄마도 괜찮으십니다.

영민이는 다리가 불편해서, 좀 더 솔직히 말씀드리면 저한테 심부름시킬 게 많아 그런지 요즘 얼마나 기특하고 친절한지 모릅니다. 그래서 제가 별로 까다롭게 굴지도 않고, 아무 요구 없이, 미술 숙제를 해 주기로 했답니다. 오늘 밤은 글렀고 내일 해 줘야겠습니다.

누군가가 그러데요. 다른 것은 다 빨리 배우고 지름길로 가도 좋지만 '인생은 빨리 배워서도 안 되고, 지름길로 가서는 더욱 안 된다'고요. 쓰고 보니 문득 이런 생각이 들기도 합니다. 얼굴 빨개지거나 조금도 어색함 없이 인생을 이야기하는 걸 보니, 저도 나이 먹긴 먹었나 보다 하는 생각이요. (부모님 앞에서 이런 말 하는 게 아니라고 하던데……, 괜찮죠?)

어른이 되면 동사무소나 은행에 가 한참 줄 서서 기다린다거나, 지문도 찍고 도장도 찍고 여러 가지 복잡한 일을 해야겠지요. 왠지 싫습니다.

하지만 나이 먹는다는 건 단순히 그런 것만은 아니겠죠. 저는 이따금 한 오십 살쯤 되었으면 좋겠다는 생각을 합니다. 그 정도 나이가 되면 삶에 대한 모든 것을 다 알 수 있을 것 같아요. 뭐가

옳고 그른 일인지, 뭐가 잘되고 잘못된 것인지……. 아버지는 모든 걸 다 아시는지요? 하긴 아신다고 해도, 아니면 모르신다고 해도 저는 다 믿지 않을 것입니다. 아직 어려서 믿어야 할지, 말아야 할지도 모르겠으니까요.

자, 그럼 이제 저도 잘까 합니다. 내일을 위해서요. 수업 시간에 자는 것도 무척 골치 아픈 일이거든요. 눈치 보며 자느니 치사해서 안 자고 말지요.

아무튼 오늘은 이만 줄일게요.

안녕히 계셔요.

소영 드림

1984년 6월 24일

아버지께

편지가 늦었습니다. 그동안 안녕하셨는지요. 며칠 찌는 듯한 더위에 시달렸는데 오늘 밤은 날씨가 조금 시원합니다. 광주의 날씨는 어떤지요? 장마 때까지 무더위가 계속된다고 하는데 지내기에 불편하지 않으신지요. 여기는 모두 잘 있답니다. 그리고 공부도 모두 열심히 하고요.

5월부터 지금까지 계속 네 번이나 시험을 보았습니다. 시험 준비를 하다 보면 한 달은 시간 같지도 않게 금방 지나가 버리더군요. 시험 끝나고 다시 며칠 후면 시험, 이러기를 몇 번 하다 보니 이제는 책 한 권 마음 놓고 읽을 만한 여유마저 없어졌답니다. 너무 공부, 공부 하는 사회 풍조와 시험에 시달리는 고교 생활입니다.

보름 전에 다친 발목도 이제 많이 좋아졌답니다. 완쾌된 것은 아니지만 마음 놓고 걸을 수는 있게 되었답니다. 어제는 한의원에 가서 침을 맞는데 어찌나 아프던지 눈물이 저절로 나오더군요.

지금, 밤 12시가 넘었지만 형, 누나들 모두 책상에서 공부하고 있답니다. 어머니는 방에서 주무시고요. 요즈음 누나들과 저는 모두 시험 기간이기 때문인지 다 같이 밤늦게 공부할 때가 많답니다.

고등학교에 들어오니 다들 열심히 공부하는 게 '경쟁'이라는 단어를 피부로 느낄 정도랍니다. 또한 학습 경향이 달라져서인지 중학교 때 익힌 얄팍한 지식이 쓸모없게 되어 버린 것을 느낍니다.

내신 성적 때문에 서로 지지 않으려고 혈안이 되는 것을 볼 때는 서글픈 생각마저 들곤 합니다. 우리나라의 모든 부모님이 일류대만을 최고로 생각하고 자식에게 강요하는 것을 볼 때, 그리고 일류대를 가기 위해 사는 것이 올바른 사람이라는 풍조에, 나만이라도 그렇게 하지 말아야겠다는 마음을 가져 봅니다.

얼마 전, 학교에서 실시한 적성 검사에서 이과를 지망하는 것이 좋다는 결과를 보았습니다. 저 또한 이과를 생각하고 있지만, 아직 어느 분야의 공부를 하고 싶다는 결심은 하지 못했습니다. 하지만 남들이 모두 하는 일반적인 것보다는 아직은 생소한 분야를 공부하고 싶습니다. 앞으로도 계속 생활해 나가면서 알맞은 학과를 선택하고 싶습니다.

얼마 전부터 집을 내놓았기 때문에 사람들이 자주 집을 보러 와요. 전세로 집을 내놓고 다른 곳으로 이사 갈 생각인데, 집은 곧 나갈 것 같아요. 서울을 떠날 생각도 해 봤지만, 학교 문제도 있고 해서 가까운 곳에 전세로 이사할 계획이에요.

제가 대학 갈 때까지 3년만 잘 지내면 어떻게든 대책이 세워지겠지요. 그 3년 동안은 고생을 각오해야겠지요. 물론 아버지 고생에 비하면 대수롭지 않지만요.

7월 16일부터 여름 방학이 시작되는데, 7월 말경에는 광주에 갈 수 있을 거예요. 얼마 전에 작은누나가 결석하면서까지 다녀와서 아버지 소식은 잘 전해 들었답니다.

날씨가 상당히 더우니 건강에 유의하시길 바랍니다.

그럼 밤도 깊었으니 이만 줄이겠습니다.

안녕히 계십시오.

영민 올림

1984년 6월 28일

재구야

※소액환 2만 원 동봉한다.

너의 편지 잘 받아 읽고 읽고, 한 맺힌 가슴이 풀어질까 가슴에 대고 싹싹 비비여도 본다. 꿋꿋한 마음가짐으로 건강하게 살기 바라는 마음 간절할 뿐이다.

너의 어머니 그리고 나, 그런대로 건강하게 살고 있다. 재두 내외가 극진히 돌보아 주는 덕분이라 생각한다. 네가 나의 품으로 돌아오는 날, 밝은 희망으로 하루하루씩 지내고 있다. 오늘은 좋은 소식 있을까, 있을까…….

또 봄 한 철이 지나가고 여름, 언제나 천주님의 은총이 우리 집안에 내리실까 합장하여 기도드린다. 모든 슬픔은 다 잊어버리자. 밝은 앞날의 희망에 살아 보자.

7월 1일은 나의 생일이라고 허실이 가족 모두 온다고―. 미국에 있는 원실이와 귀여운 희진이, 화진이, 동준, 현선, 언제 다시 볼까. 보고 싶은 사람, 그리운 사람, 찾고 싶은 사람이 왜 이렇게도 많을까. 기억만은 사라지지 않고 어린 시절 엄마의 품에 안겨 젖 먹던 시절까지도 생생하게 떠오른다. 이제는 하늘이 내려 주신 수명이 다하여 그런가.

가혹한 시절에 태어난 나, 그리고 참담하고 빈곤한 시절의 시련을 겪고도 기어코 박사 관문을 통과한 너의 장한 의지. 이 슬픈 아비의 가슴 구석구석에 새겨져, 저세상에 간들 사라지랴.

오늘은 장마철이라 그런가, 날씨도 유난히 찌뿌듯하구나. 펜 끝이 잘 보이지 않는다. 바깥의 가족들은 고생 고생해도 살아갈 각오를 해야지. 너무 걱정 말거라.

다음 소식 기다리며.

父書*

1984년 7월 10일
아버지께

창밖은 도토리 나뭇잎과 하늘과 바람과 그리고 매미 소리로 가득합니다. 마음껏 여름이 펼쳐지고 있습니다.

오늘, 드디어(정말 '드디어'입니다.) 시험이 끝났어요.

그동안 저와는 상관없을 것 같았던 나뭇잎 사이로 부는 바람은 이제 제게 다가와 하나가 됐습니다. 라디오에서 흘러나오는 음악도 더욱 사랑스럽고, 그렇게 앉기 싫던 책상도 아주 쾌적합니다. 이런 좋은 기분을 맛볼 수 있다면 앞으로도 시험이란 것은 계속되어도 좋을 듯합니다. 진짜 날아갈 것 같은 기분이에요.

* 아버지 쓰.

이제 일주일만 부담 없이 학교 다니면 8월 21일까지는 방학입니다. 방학이라 좋긴 한데 2주간의 보충 수업이 있다는군요. 그나마 2주인 것을 다행으로 여길 수밖에요. 하긴 공부도 해야 하니까요.

영민이는 내일까지 시험이랍니다.

학교에서 공부하다 오려나 본데 마음껏 약 올려 줄지 말지 생각 중입니다. 하는 것 봐서 결정할 겁니다. 요즘은 얼마나 착한지 심부름도 잘해 주는 편이고, 부탁도 잘 들어주고, 말도 잘 듣습니다. 그리고 얼마나 웃기는데요. 아무렇지도 않게 내뱉는 말이 그렇게 우스울 수가 없답니다. "누나" 소리를 직접 듣는 것은 포기해야 하지만요. 아무튼 꽤 든든하고 좋은 동생을 뒀다는 생각이 듭니다. 아버지도 좋은 막내아들 두셨다고 자부하셔도 될 듯합니다.

종이 꺼내고, 파스텔 꺼내서 물무늬를 그려 봤습니다. 참 곱지요? 봉투도 만들었습니다. 그러는 동안 라디오에선 제가 좋아하는 「Rain and Tears」라는 팝송이 나오고, 「겨울비」라는 노래가 나왔습니다.

하염없이, 정말 하염없이 내리는 비를 바라보고 있노라니 '하염없이'란 부사가 주는 느낌만큼 아늑한 것도 없을 거라는 생각이 들었습니다. 참 좋은 말입니다. 편안하고요. 가만히 생각해 보면 우리말에는 좋은 말들이 참 많습니다. 개울, 별하늘 등은 예쁜

말이고 느림보, 개구쟁이 등은 참 우스운 말입니다. 한결(같이),
참(眞) 등은 좋은 말에 속하죠.

아무튼 지금 창밖은 활짝 갠 7월, 여름입니다.

시험도 끝났으니 방학 전까지는 그동안 못 읽었던 책이나 볼
까 합니다. 언니가 요즘 여러 책을 꽤 많이 읽던데, 제게는 좀 어
려운 듯해도 읽어 볼 작정입니다.

그리고 글 쓰는 것도 열심히 해야겠고, 좀 더 많은 것을 생각해
야겠습니다. 그러사면 꽤나 아파해야겠죠? 알고 싶은 것도 무척
많습니다. 모든 것을 다 잊고 무(無)로 돌아가고픈 욕구가 생길
때도 있지만, 그만큼이나 알고 싶은 욕구도 많습니다. 차차 크면
서 알게 되겠죠.

옛 앨범에서 오래된 흑백사진 한 장을 발견하였습니다. 아버
지께서 찍으셨나 본데 바다를 담은 사진이랍니다. 볼수록 좋아
서 책장에 끼워 두었어요. 세로로 된 사진인데, 흔한 바닷가 모래
사장이 아닌 돌밭이 길게 펼쳐져 있고, 그 돌 위를 부딪치며 다가
오는 물결이 가슴속 깊이 다가오는 풍경이랍니다.

아까 엄마가 다리가 아프다고 하시길래, 다리 건사 튼튼하게
잘하시라고 했습니다. 아버지도 마찬가지입니다. 또 약속드리지
만 언젠가 제가 세계 일주 시켜 드릴게요. 그때 피라미드랑 파르
테논과 올림포스를 차 안에서 보실 수는 없잖아요? 엄마는 로마
에 가 보시고 싶다는군요. 아무튼 다 보내 드릴게요. 제 생각엔

아버지께.

창 밖은 도로 나뭇잎과, 하늘과, 바람과 그리고 매미 소리로 가득합니다. 마음껏 여름이 펼쳐지고 있나 봅니다.

오늘, 드디어 (정말 '드디어'입니다) 시험이 끝났어요. 그동안 나와는 상관이 없는 것 같았던 나뭇잎 사이로 부는 바람도 이제 내게 가까이 하나가 됐습니다. 라디오에서 켜 좋은 음악도 더욱 사랑스럽고, 그렇게 앉기가 싫었던 책상 앞도 이젠 아주 편적합니다. 이젠 좋은 기분을 맛볼 수 있다면 앞으로도 시험이란 것을 계속되어도 좋을 듯합니다. 정말 날아갈 것 같은 기분이에요.

일주일만 부담없이 학교 다니고 나면 8월 며칠까지는 방학입니다. 방학이라 죽긴 한데 그동안의 보충수업이 있다는 거죠. 그나마 그주인 공부도 다행으로 여길 수 밖에는 없어요. 하긴 공부도 해야 하니까요.

영민이는 내일까지 시험이랍니다.

학교에서 공부하다가 오나 보면 마음껏 약해져 준지, 먼 지 생각 좋네요. 하는 것 봐서 걱정거리 없네요. 요즘은 얼마나 착한 거, 심부름도 잘 해주는 편이고, 부탁도 잘 들어 주고, 말도 잘 듣습니다. 그러고 얼마나 웃기는데요. 아무렇게도 않게 네뱉는 말이 그렇게 우스운 수가 없답니다. '누나' 소리 듣는 것도 포기해야 하지만요. 아무튼 꽤 든든하고 좋은 동생은 힘이든 생각이 듭니다. 아버지도 좋은 막내 아들 두셨어요. 자부하셔도 좋은 듯합니다.

세계 문명을 알기 위해서는 이집트부터 먼저 가 봐야 할 것 같아요. 흔히 말하는 미국이나 일본보다는 '비옥한 초승달 지대'라는 메소포타미아 문명 쪽이 좋을 듯합니다.

무엇보다 중요한 건 건강이니까, 건강하셔야 해요.

제가 빨리빨리 컸으면 좋겠습니다. 그죠?

아무튼 오늘은 이만 쓰겠습니다.

앞으론 자주 편지 드릴게요.

소영 드림

1984년 8월 15일

나의 사랑하는 사 남매에게

지난 7월 말부터 무척 더운 날씨구나. 작년까지는 더위를 모르고 지낸 편이다. 이곳은 거의 일 년 내내 습하고 냉한 겨울이라 여름을 모르고 지냈는데, 올해는 지내는 방이 달라져서 그런지 더위가 혹심해서 그런지, 정말 무더운 여름이었구나. 하지만 이 무더위에도 아무 탈 없이 건강하게 지냈으니 마음 놓기 바란다.

어제는 8·15, 일제 36년의 질곡 속에 허덕이다가 우리 민족이 해방된 날이다. 그날의 8·15로부터 어언 40년에서 1년이 모자라는 세월이 지났구나. 그것도 한 겨레가 갈라져 서로 원수가 되어서 말이다. 부모 처자 형제가 서로 갈라져서 40년을 보냈으니, 슬프다 못해 통곡이 나온다. 우리 겨레는 누구나 이 처지를 받아들일 수 없으며, 민족의 재결합을 위해 힘써야 한다는 생각을 지니고 있다. 40년 전의 그날, 8·15 해방을 맞아 기뻐 뛰고, 울고 웃고 했던 것은 결코 이 분열을 생각해서가 아니다. 너무나 어처구니없는 40년을 우리는 살아왔구나. 이제는 이 문제를 해결해야만 할 것이다.

8·15 해방의 날, 아버지는 열세 살이었다. 그리고 그날은 내 고조모님의 제삿날이었다. 일제 경찰의 감시를 피해 집을 떠나신 나의 할아버지께서 돌아오셔서, 이제 우리나라가 독립된다고 하시며 내 손을 꼭 잡고 눈물 흘리며 좋아하셨다. 그러고는 밀양읍으로 가시던 일이 생각난다. 그날 저녁때 밀양 청년들이 공회당에 모여서, 할아버지를 어깨에 메고 헹가래 치며 거리를 누비고 다녔다. 만세 소리 진동하던 그때의 일이 지금도 생생하다.

어린 나에게 틈틈이 한글을 가르쳐 주시고 이태왕(고종) 얘기를 들려주시던 할머니도 너무나 좋아하셨다. 나와 너의 삼촌들과 고모를 안고, 이제는 이 아이들 배고프게 하지 않고 쌀밥 먹이고 살 수 있다며 우시던 모습이 눈에 선하다. 정말로 그때까지 밥이 아닌 호박, 나물죽, 밀기울 등을 먹으며 고생이 이만저만이 아니었다. 젖먹이였던 작은삼촌은 젖이 없어 얼마나 고생했는지 모른다. 이런 고생에서 해방되는 것이 어린 마음에도 너무 기쁘고 좋았다.

너희들이 지금 아버지 없이, 몸이 아픈 어머니와 온갖 고생 하며 사는 것을 생각하니 내 마음이 정말 찢어지는구나.

하지만 너희들에게 당부한다. 항상 긍지 속에서 살며 아버지가 무엇을 위해 고난을 겪고 있는지 이해하기 바란다. 언젠가는 다시 8·15 때처럼 온 겨레가 기뻐할 날을 기다리며 꿋꿋하게 살아가자.

그날을 위해 모두 맡은 바 자리를 지키고 노력하며, 장차 나라와 겨레를 위해 일할 수 있는 훌륭한 사람이 되기 바란다. 바르게 생각하고 바르게 세상을 보며 현명하게 공부해서 겨레의 간부로 성장해 주기를 또한 바란다.

8·15의 날을 맞이해서, 어릴 때의 감격을 되새기면서 두서없이 몇 자 적는다. 모두 건투를 빈다.

아버지

1984년 8월 21일
아버지께

벌레 울음에도 가을이 스며드나 봅니다. 아침저녁으로 선선하다 못해 춥기까지 하니까요. 이제 가을은 문턱을 완전히 넘어선 것 같습니다.

"한낮의 찌는 더위는 나의 시련일지라, 나 이제 가노라……"

란 노래도 있듯이, 그처럼 무더웠던 여름도 지나가고, 계절은 조심스럽게 가을을 향하고 있습니다. 올여름은 기억의 베개 밑에서 긴 잠을 자고, 내년이면 새로운 모습으로 다가와 줄 것입니다.

그곳은 춥지 않으신지요? 환절기에는 감기 걸리기 쉽다는데, 건강에 유의하셔요.

저희도 다 잘 지내고 있습니다. 엄마는 대구에 가셨어요. 아직 방학이라 영민이와 언니는 집에서 사이좋게 지내고, 저는 보충 수업(강제! 필수!)하느라 학교에, 오빠는 도서실에 가든지 합니다. 대입 고사도 얼마 남지 않아 오빠는 마지막 피치를 올리고 있지요.

방학인데도 학교에 나가는 것은 여전히 짜증스럽습니다. 하지만 다음 주에 개학하면 7교시에, 자율 학습까지 꽉 찬 수업을 할 생각 하면 아쉬운 기분도 듭니다.

밤은 깊어 고요한데 누군가의 기침 소리가 들립니다. 왠지 모르게 고민하고 있을 거란 생각이 듭니다. 세상은 참으로 아름다운데, 걱정스러운 일도 그만큼 많다는 걸 조금씩 느끼고 있습니다.

인생이란 것에 대해 외경심만을 갖고 있을 뿐이지 자세히 알지는 못합니다. 하지만 제가 생각하기로는 50세쯤 되면 그래도 삶에 대해서 무엇인가를 좀 알 것만 같습니다.

제가 아버지께 산다는 것에 대해 아시겠냐고 여쭤본다면, 어쩌면 '모른다'고 하실지요. 그러나 '모른다'고 대답하는 것, 그것이 바로 겪어 보고 아는 사람의 대답이 아닐까요?

아무튼 아버지의 나이 즈음에 저는 큰 기대와 매력을 느끼고 있습니다. 마치 초등학교 시절, 다 자란 어른 같은 까만 치마와 하얀 블라우스의 고등학생을 동경하듯 말입니다.

그렇지만 그 바라는 나이의 고등학생이 되고 보니 아무렇지도 않고 시들한 지금처럼, 훗날의 그때도 '별것 아니다'란 생각이 들면 어쩌지요?

내일이 개학입니다. 숙제 걱정이야 애당초 하지도 않지만, 학교 다닐 일 생각하면 정말 걱정됩니다.

올겨울엔 눈도 좋지만 비가 많이 왔으면 좋겠습니다. '겨울비'란 말이 왠지 참 좋아요.

밤은 꽤 깊었고, 학교 가면 7교시의 알찬 수업이 기다리고 있습니다. 어떻게 견딜지 아무리 생각해 봐도 걱정됩니다.

그럼 오늘은 이만 줄일게요. 안녕히 계셔요.

소영 드림

1984년 9월 4일

소영에게

네 편지 잘 받았다. 그리고 그 앞서 두 통의 편지도 잘 받았다.

크레파스로 그린 무지개 그림도 함께. 어릴 때 나도 무지개를 참 좋아했다. 언젠가 편지에도 이야기한 적 있지.

어른이 되면 인생을 좀 알지 않겠느냐고 하는데, 참으로 인생이란 알기 어려운 것 같다. 인생을 알고자 하는 과정이 바로 인생이라고, 아버지는 겨우 느낀다. 네가 아버지의 나이가 되면 알 만해지리라고 했는데, 나도 어렸을 때 어른들을 보며 그렇게 생각했다.

현재 나는 기약 없는 영어* 속에 살고 있지만, 이제까지 내가 걸어온 인생에 대해서 후회는 하지 않는다.

아마 너의 50세에는 나처럼 이런 고난은 없을 것이다. 그리고 "별것 아니다"가 아니라 "이것이 인생이구나" 하는 것을 알고자 노력하면서 열심히 사는 게, 바로 인생일 것이다.

이렇게 살면 50세 무렵에는 후회가 없고, 나라와 겨레 그리고 이웃과 잘 살았다는 생각에 기쁨이 넘칠 것이다. 참으로 그런 세상에서 너희들은 살았으면 하며, 반드시 그런 세상이 되리라고 확신한다. 우리 세대 50세의 세상이 이러한데, 너희 세대의 50세가 또 이래서야 되겠느냐? 더 나은 세상이 되도록 힘써야지. 우리들의 이 고난도 그를 위한 밑거름이 되리라고 믿어 볼까.

공부 열심히 하고 건강하게 자라기를. 너무 오래도록 책 읽는

---

* 영어([囹圄]): 감옥.

다는데 건강에 유의해서 일찍 자도록 해라. 천주님의 은총이 가득하기를 빈다.

아버지

1984년 10월 3일

아버지께

달이 또 바뀌어서 그런지 이젠 날씨가 제법 쌀쌀합니다. 그래도 오늘은 바람 불어 좋은 날이었습니다.

무슨 바람이 그리도 불던지, 가슴속까지 시원해지는 듯했습니다. 한결 높아진 하늘과 서늘한 감촉으로 다가오는 바람에게서 완연한 가을임을 느낄 수 있었습니다.

그제는 연휴인 공휴일이었고, 오늘도 또 공휴일입니다. 학교 안 가서 좋긴 한데, 오늘 같은 밤은 또 학교가 그리워지니 웬일입니까? 창을 열면 깜짝 놀랄 만큼 불어오는 바람, 문을 닫으라는 둥 그러지 말라는 둥 다투는 아이들 소리, 그 틈에 누군가가 살짝 불을 끄면 별로 무섭지도 않으면서 "꺄악!" 일단 질러 놓고 보는 비명…….

하지만 내일은 또 지겹겠죠? 산다는 것은 이렇게 잘 알지 못하는 일들이 계속되는 상태인 것 같습니다.

얼마 전까지만 해도 매미가 울었는데(밤에도 울었습니다.) 이젠 가을벌레 울음소리뿐입니다. 도토리 줍는 사람들로 낮엔 창 아래가 좀 시끄럽답니다. 발아래 구르는 낙엽도 차츰 무심해지는 걸 보니 가을도 이젠 꽤 익었나 봅니다.

1일엔 친구와 어린이대공원에 갔었습니다. 오랜만에 목마도 타 보고 빙빙 돌아가는 비행기도 탔습니다. 갇힌 동물들은 왠지 안쓰러워서 많이 보지 않았습니다. 분수 아래에서 한참 놀았는데 가슴속까지 시원한 것 같았습니다. 답답한 일이 있으면 가슴속에 담아 온 그 소리를 꺼내 듣겠습니다.

11월 초에 '문학의 밤'을 할 예정입니다. 2학년이 주축이 되기 때문에 좀 바쁘답니다. 어려운 일도 많았지만 잘될 거예요.

집은 모두 잘 있습니다. 오빠는 여전히 열심이고, 엄마도 건강하십니다. 아버지 건강은 어떠신지요?

날씨가 차가워지니 염려됩니다. 하지만 추운 겨울이라 해도 사랑할 수 있는 마음을 배워야 할까 봅니다. 오늘은 이만 줄이겠습니다. 차가운 날씨에 건강에 조심하셔요.

소영 드림

묵은 신문지를 뒤지다

묵은 신문지를 뒤지다
빛바랜 종이 틈에서

누렇게 웃고 있는 그분을 보았습니다.

나를,
나를 낳으신 아버지를,
또 그 아버지를 낳으셨다는 그분.

그 미소보다 작은 한반도에서
그 구겨진 옷보나 힘없는 이 땅에서
오늘
당신은 내 앞에 다가와
그렇게 웃고만 계십니다.

삼십 년 전의 당신은
잔잔히 웃고 계시지만
삼십 년 전의 당신은
억눌림으로부터의 해방에 그리 기뻐하시지만

삼십 년 후 또 하나의 당신은
초라한 모습으로 웃고 있습니다.
삼십 년 후 또 하나의 당신은
갚지 못한 억눌린 빚에 이렇게 아파합니다.

당신에게 웃어줄 미소가 남아 있기엔
하루는 너무 길기만 하고
나는 이제 지쳤습니다.

그러나
당신이 '당신'이 아님을 알았을 때
나는 보았습니다.
빛바랜 사진 속에 웃고 있는 '나'를.

묵은 신문지를 뒤지다
희미하게 웃고 있는
어느 날 나를 보았습니다.

추신. 언젠가 아버지께 얼핏 들은 기억으로, 그리고 할아버지께 간간이 듣는 이야기만으로, 저 나름대로 증조할아버지를 그려 보았습니다. 사진으로 뵌 모습을 깊이 새겨 두어서 눈을 감고도 그분 얼굴은 떠올릴 수 있지만, 어떤 분인지 자세히는 모릅니다. 그러나 그분의 피가 흐른다는 것, 그 귀중한 것만으로 직감은 옵니다.

묵은 신문지를 뒤지다 빛바랜 사진을 발견한다는 가상의 사건으로 저와 그분의 연관성을 그려 보려 했습니다. 그래서 저는 곧 그분일 수 있다는 결론에 감히 도달했습니다.

꼭 증조할아버지가 아니라 어떤 역사라 해도 좋습니다. 그리고 아버지라 해도 좋습니다. 다만 또 삼십 년 후엔 억눌린 빚이 없길 바랄 따름입니다.

1984년 10월 13일
소영에게

이제 10월이라 밤으로는 찬 이슬이 내리는 제법 쌀쌀한 날씨구나. 춥지도 덥지도 않은 좋은 계절에, 밤늦도록 독서하며 세월을 잊고 고난을 이겨 나가고 있다.

네 편지 속에 동봉한, 나의 할아버지의 사진을 보면서 쓴 시를 참 잘 읽었다. 이제 나의 할아버지가 살아오신 이야기를 이해할 수 있는 너희들인데, 이처럼 아버지가 함께 있지 못해 전해 줄 수 없구나.

너의 시 속에서, 조국이 아플 때 함께 아프시고, 조국이 해방될 때 함께 해방되시고, 겨레가 두 동강 날 때 비탄 속에서 돌아가신 할아버지였다는 것, 관념적으로만 이해하는 것 같다만, 너의 이해는 정확하다. 예순넷의 일생을 정말 훌륭하게 살다 가셨다. 나라와 고향, 그리고 집안을 위해 꿋꿋하게 많은 일을 하셨고, 이 땅에 태어나신 흔적을 뚜렷하게 하신 할아버지셨다.

너의 글을 읽는 동안 할아버지의 모습이 뚜렷이 다가와서 눈물이 맺히는구나. 나에게는 기르신 아버지요, 가르치신 스승이시고, 뜻을 같이하는 동지이시기도 하다. 어리광 속에서 할아버지 품에서 자라던 어린 시절이 너무나 생생하게 되살아온다. 언젠가 너에게 우리 할아버지 얘기 자세하게 할 때가 오겠지. 너의 공부에 크게 기대해 본다.

아버지

1984년 10월 20일
아버지께

쉰한 번째 생신 축하드립니다. 언제나 건강과 행운이 가득하길 빌게요.

아버지의 만 팔천육백이십여드레의 날에 깊은 사랑과 감사를 드리며, 앞으로의 모든 나날도 이제까지처럼 파아란 색으로 가득하길 기원하겠습니다.

오십이 년, 만 팔천육백이십여드렛날.

소영 드림

아버지께

그동안 안녕하셨습니까? 건강하게 잘 지내고 계시는지요.

저희는 모두 잘 있답니다. 날씨가 선선하고 또 화창한 것이 생활하기에는 아주 적절한 것 같아요. 아버지의 생활은 어떠신지요.

형우 이제 20여 일 앞둔 학력고사 막바지 준비에 정신없이 지내고 있습니다. 두 번째 보는 시험이라서인지 여유 만만한 것 같기도 하고요. 아무튼 쫓기듯 공부하는 것보다는 조금은 여유를 가지며 공부하는 것이 더 나으리라 생각합니다.

올해는 더 좋은 성적을 거두리라고 기대해도 괜찮을 것 같습니다. 며칠 전에 치른 모의고사 성적이 상당히 잘 나와서 어머니도 흡족해하시고요.

작은누나는 얼마 전에 200주년 기념 가톨릭 문예 대회에서 시 부문 장원을 했답니다. 전국의 많은 신자가 참여한 대회에서 장원을 했기에, 어머니께서 무척 기뻐하신답니다. 오는 29일 오후에 시상식이 열리는데, 누나는 물론 우리 집 식구 모두의 영광이라고 생각됩니다.

또 장원으로 뽑힌 시가 『가톨릭 신문』에 게재되어, 주변의 여러 분들로부터 칭찬과 격려를 많이 받고 있답니다. 특히 니콜라 수녀님께서 아주 기뻐하신답니다.

큰누나는 학교 잘 다니고 있어요. 요즈음 대학생들의 데모가 심각해져 가고 있기에 학교가 휴강할 때도 있나 봐요. 누구의 잘 못을 따지기 이전에 학생, 정부, 국민 모두가 반성하고 자제해 나 가야겠지요. 거의 매일같이 신문지상에는 학원 데모 이야기가 오르고 있어요. 정부 측에서도 진정한 학원 자율화가 이루어지 도록 신경을 써서 정책을 펴 나가야겠지요.* 아무튼 큰누나는 어 제 중간고사를 잘 치렀나 봐요.

저는 그저께 중간고사가 끝났답니다. 무슨 시험이 그렇게 많 은지, 시험의 연속이랍니다.

이런 교육 환경에서 어떻게 훌륭한 위인들이 태어날지 의심스 럽기까지 합니다. 학교나 사회나 또 가정에서까지 공부 잘하는 사람만이 모범생이고, 성공된 삶을 살아갈 수 있다고 생각하는 것이 한심스럽기조차 합니다. 전인 교육이란 말은 옛말이 되어 버린 지 오래입니다. 우리나라에도 어서 빨리 진정한 교육 속에 서 전인 교육의 풍토가 뿌리를 내려야겠지요.

어머니께서도 잘 지내고 계십니다. 요즈음은 허리가 좋지 않 아 조금 고생을 하신답니다. 어머니 병은 대부분 신경성인 듯합 니다. 그렇기에 저희 사 남매가 잘 도와드리고 보조해 드려야겠

---

* 교도소의 검열에서, 학생 시위에 관한 내용을 문제 삼아 편지 수신을 '불허' 했다. 그 뒤 교도소에 영치되었던 편지를 출소하면서 찾아왔다.

아버지께

그동안 안녕하셨습니까? 건강하게 잘 지내시고 계셨는지요.
저희는 모두 잘 있습니다. 날씨가 쌀쌀하고 또 화창한 것이 생활을 하기에는
아주 적당한 것 같군요. 아버지의 생활은 어떠셨는지요.

형은 이제 200일을 맞은 학위논문 막바지 준비에 정신 없이 지내고 있습니다
두번째로 보는 시험이라 그만치 여유만만한 것 같기도 하고요. 아들도 좋게있고 공부하는 것보다는
조급한 마음을 가다버면서 공부하는 것이 더 ~~좋을까~~ 나을 것이라 생각합니다.
올해는 꼭 좋은 성과를 거두리라고 기대해도 괜찮을 것 같습니다.
여건들도 치료 오히려 성적이 상당히 잘 나와서 어머니께서도 흡족해 하고요.
작은 누나는 얼마전 200주년 기념 신앙을 주제로 한 웅변대회에서 서울 장원을
~~갔~~습니다. 진주에서 온 선수들 같은데 당당하게 장원을 했으니 어머니께서
무척 기뻐하신답니다. 또는 겨울 오며 사방에 열리는 데 누나는 흘로 우리집 식구
무슨 영광이라고 생각됩니다. 또 강론 작품시가 카톨릭 신문에 게재되고 주변의
여러분들로부터 칭찬과 격려를 많이 받고 있습니다. 특히 나화와 수녀님께서 아주
기뻐하신답니다.

큰 누나는 학교 잘 다니고 있고요. (요즘은 여자성당들의 데모가 심각해져 가고 있기에
때로는 학교가 휴업상태도 있나봐요 ─── 우리 전공을 어떻게 이렇게 학생, 학교, 공민
모두가 반성하고 차제에 나가야 겠지요 ── 요즘은 거의 매일 같이 신문지상에 학원데모
이야기가 오르고 있어요 ─── 신학측에서도 진정한 학원 자유가 이루어
지도록 신앙을 써서 정화를 ── 터 나가야 겠지요.) 아들른 큰 누나는 이제 공간으로 잘
치료나 봐요.

저는 요새 ~~졸업이라가~~ 즐겁습니다. ~~~~게 ~~~~ 함께 있도록 사범의 연속기념이자
아고 교육단체에서 여력에 충분히 최선의 태어난지 의원임기 까지 갑니다.
학교나 사회나 또 가정에서 까지 공부잘하는 사람만이 모범생이고 성공된 삶을
산다 같은 있다고 생각하는 것이 잘못 일기 조차 합니다. 전인교육이란 말은 옛말이
되어버린지 오래입니다. 우리나라에도 어서 빨리 진정한 교육 그게 우리에서 그 효도가
뿌리는 내려야 겠지요.
어머니께서도 잘 지내고 있습니다. 요즘은 허리가 좀더 않아 조금 생활을 하신답니다.
어머니 병은 거의 대부분 신경성 탓도 하나. 그런게 저희 사방에게가 잘 되어 드리고
보호해 드려야 겠어요.
미처에서 온 큰 고모님은 지난 겨울 마추로 돌아가셨답니다. 미주에서의 생활이
쉽지는 않으로 같아요. 상당히 고생하였다고 하니 리고요. 어릴든 한산기 저서연서
저희들에게도 많은 도움과 격려는 보내 주었습니다.
이제 버릇하면 끝건. 큰 걱정이 생각겠지요. 점점 더 추워지는 날씨니
건강에 특히 유의하시게 바랍니다. 그럼 이만 줄이겠습니다.
안녕히 계십시오.

1984. 12. 28   여인 올림

지요.

큰고모님은 지난 23일에 미국으로 돌아가셨답니다. 미국 생활이 쉽지는 않은 것 같아요. 상당히 고생스럽다고 하더군요. 어쨌든 한 달 이상 계시면서 저희에게도 많은 도움과 격려를 보내 주셨습니다.

이제 며칠 후면 11월, 곧 겨울이 시작되겠지요. 점점 더 추워지는 날씨에 건강에 특히 유의하시기 바랍니다. 그럼 이만 줄이겠습니다.

안녕히 계십시오.

영민 올림

1984년 11월 23일
당신에게

그동안 별고 없으시며, 두루 건강하신지요. 이곳도 별고 없습니다.

오늘은 너무도 초조한 가운데 하루를 보냈습니다. 세민이는 시험을 아주 잘 치렀습니다. 학원에도 제대로 다니지 못하고 혼자서만 씨름했기에 더욱 대견합니다. 재수는 감점이 보통이라고 들 하기에 그간 내심 초조하기도 했습니다.

크게 뒷받침을 해 주지도 못했는데, 제대로 끈기 있게 밀고 나가서 고마웠습니다. 이제 한시름 놓았으나 또 어려운 학비 고비가 남았겠지요.

이달 말경에 갈까도 해 봅니다만 두루 여의케 될는지? 아직 건강도 좋지 않고 허리가 아프기에, 봐서 가겠습니다.

또한 무엇보다 반가운 것은 최석진 씨가 석방된 것입니다. 통쾌합니다. 지난 20일에 나와서 지금 성모병원에 입원해 있다고 합니다. 주님께 여러 가지로 감사해야겠습니다.

이제 크리스마스아 연말도 멀지 않았습니다. 또다시 우리의 소망이 이루어지도록 기도해야겠습니다. 당신도 열심히 기도해 주세요. 반드시 응답하실 것입니다.

아직 두통이 완쾌되지 않아 두서없이 몇 자 적어 봅니다. 그리고 지난번에 부탁하신 책 부칩니다. 세민이에게 격려의 편지를 해 주세요. 여러 가지 갈등과 서러움 속에서 밀어주는 사람 없이 홀로 힘겨웠습니다. 오늘 사이다를 사 놓고 아이들이랑 격려를 했습니다. 피로연을 베푼 셈이지요.

바삐 몇 자 적어 소식 전합니다. 두루 안부 전해 주세요.

그럼 건강 조심하시고 안녕히 계십시오. 주님께 당신의 건강을 기원합니다.

아내 씀

1984년 12월 17일

세민에게

지난 면회 때, 보고 싶던 너를 만나 얼마나 반가웠는지. 너의 빛나는 눈동자를 보니 "누가 뭐라 해도 나는 내 아들을 믿는다." 는 나의 생각이 옳았다는 실감이 나는구나.

그런데 사람이 너무 반가우면 할 말이 많을 수가 없나 보다. 돌아간 후에야 이 말도 하고 저 말도 할걸 하는 생각이 나더구나. 이렇게 편지에도 또한 할 말이 그리 없구나. 뜻이 오가면 말이 필요 없고 눈길만 주고받는다더니, 우리 부자 사이도 그런가 보다. 굳이 말로 해서, 글로 써서 무엇하겠느냐. 네 일의 모든 것을 네가 알아서 하고, 네가 하고 싶은 것을 너의 노력으로 하여라. 이 말밖에 할 말이 없구나. 너의 판단과 성품을 나는 믿는다.

그래도 대학 진학에서 몇 가지 알아야 할 것 전하마.

대학의 공부는 교수가 가르쳐서 되는 것이 아니고, 스스로 관심을 찾아서 하는 것이다. 사실 '경제학' 분야에서도 너의 관심에 따라서는 요즘 대학의 강의가 별 흥미 없을 수도 있을 것이다. 너의 공부는 너의 관심에 따라서 하기 바란다. 구체적인 관심 분야는 역시 너 스스로 찾아 스스로 해야겠지. 더 이야기할 게 있다면 방학 중의 면회 때 또 하도록 하자. 건투를 빈다.

아버지

오늘 세민이의 고려대 단과대학 수석 합격을 알고 몹시 흐뭇했습니다. 당신의 편지가, 아이들 특히 세민이에게 격려가 되었습니다.

막상 학교를 선택해 놓고도 세민이는 덤덤했지만, 제 마음은 무척 아팠습니다. 어려운 형편을 생각하여 더 나은 학교를 포기하고 스스로 내린 용단에 고맙기도 하고, 자식이지만 감동하는 마음이 들기도 했습니다. 오늘 수석 입학 소식에는 너무 기뻐, 모든 아쉬움을 말끔히 씻고 주님의 은총에 감사드렸습니다.

우리가 지금 처지에 이 이상 무슨 욕심을 더 내겠습니까? 앞으로 열심히 공부하는 일만이 남아 있습니다. 구두시험 때도, 열심히 공부하면 외국 유학의 길이 많다며 교수님이 당부하셨다 합니다. 마음 푸근히 공부할 수 있는 환경을 마련해 주어야 할 텐데, 생각하면 아득하지만 주님께서 내일 걱정을 말라 하셨지요. 세민의 영광을 주님께 돌립니다.

내달 초에 세민이와 소정이와 함께 갈까 합니다. 털신 오늘 부칩니다. 늦어서 미안합니다. 안녕히 계십시오. 그곳에 두루 안부 전해 주세요. 건강을 빕니다.

아내 씀

아버지께

3월의 절반이 포개어지고 있습니다.

3학년이 된 뒤에 2주를 어떻게 보냈는지도 모르겠는데, 참 빨리도 지났습니다. 그렇다고 매일 공부하느라 시간에 쪼들리는 것은 아닙니다. 그날그날은 예전과 별로 다를 게 없는 것 같은데, 단위로 뭉쳐진 시간은 아무리 생각해도 빠릅니다.

창문을 조금 열어 두었습니다.

겨울엔 감히 엄두도 못 냈는데 이젠 정말 봄인가 봅니다. 맵싸하게 불어 들어오는 바람에 정신이 맑게 깨어납니다. 사람은 조금은 추워야 하나 봐요. 그래야 맑게 살아갈 수 있고 맑게 볼 수 있을 것 같습니다.

문득 우리말이 참 곱다는 생각이 듭니다.

'맑다'는 것, 소리 내어 발음해 보아도, 써 보아도 그 말은 참 어울리게 맑습니다. 무려 13획이나 되지만 'clean'이나 '純'은 도저히 따라갈 수 없는, 표현할 수 없는 참 맑음이 그 속엔 있습니다. 민족과 말이란 게 그래서 중요한가 봅니다.

올봄에 새싹을 보셨는지요?

아침저녁으로 학교 오가는 길에 유심히 보아도, 아직 나무에 순이 나는 걸 보지 못했습니다. TV나 신문에서는 어쩌면 그리도 잘 포착하는지 심심찮게 봄소식이 나오곤 하는데 말이에요. 아직 봄은 우리 모두에게는 좀 멀지도 모르겠습니다. 그러나 바람에 묻어오는 이 싱그러운 내음, 봄은 아마도 우리 가장 가까이에 있을 겁니다.

3학년이 되니 느는 건 졸음과 프린트물뿐입니다.

방송 수업을 보통 하루에 2~3시간씩 하는데, 교실 수업과 합해서 날마다 열 장가량의 프린트를 받습니다. 1, 2학년 때도 없지는 않았지만, 그래도 부담 없이 받아서 부딤 없이 처리했는데, 이젠 정리하고 보관해야 하는 것들이라 꽤 부담스럽습니다.

선생님이 교실에 들어오셔서 하는 수업은 그래도 사람과 사람이 공존한다는 안도감이라도 있고, 때론 웃음이 출렁거리기도 하지만, 방송 수업은 그렇지 않습니다. 딴생각도 할 수 없고, 이해 가지 않아도 질문할 수 없습니다. 그저 스피커에서 나오는 선생님의 목소리와 문제 풀이를 놓치지 않기 위해 열심히 귀 기울일 뿐이지요.

가로세로 20cm가량의 까만 스피커를 보면 신기하기도 합니다. 우스울 때도 있습니다. 눈앞에 학생은 하나도 없이 오직 마이크 하나만 놓고 열강하시는 선생님이 안쓰럽다는 생각도 듭니다. 고장 나서 방송이 안 들리는 것도 모르고 계속하다가, 다시 처음부터 하시기도 해요. (기계가 고물이라 하루에 한 번꼴로 벌어지는 일입니다.) 그럴 때 선생님의 힘없는 목소리는 안되다 못해, 죄송하지만 우습기도 합니다.

그러다 때론 반발심이 일어날 때도 있습니다. '우리 모두 참 잘 만들어지고 있다'는.

아이들도 낯익고 선생님들도 익숙해져서 이젠 그런대로 지낼 만합니다. 수학 선생님은 앞모습보다 옆모습이 차라리 더 넓으십니다. 그렇게 마른 분은 처음 보았고 또 그렇게 재미있는 선생님도 처음입니다. 요즘은 확률과 통계를 배우는데 이해할 시간조차 없이 진도가 빠릅니다. 복권의 비합리성을 누누이 강조받는 중입니다. 기댓값 계산을 통해서요.

새로 오신 정경(정치·경제) 선생님은 교과서의 머리말부터 가르치시는 열성파이십니다. 암기보다는 적절한 예를 들어 이해하도록 해 주시는 게 좋고, 경제를 전공하셔서 이제껏 잘 느끼지도 못했던 여러 가지를 잘 설명해 주십니다. 화학 선생님은 매시간 "이건 내가 즉흥적으로 하는 말이 아니에요. 수백 년 동안 내려온 진리를 내가 십여 년 동안 피땀을 흘려 가며 정리한 거예요. 아주 중요한 거예요."란 말을 몇 번이나 진지한 표정으로 이야기하시지요. 스스로 홍보원이라 소개하시는 윤리 선생님, 수업 중 매번 감탄해 마지않게 되는 세계사 선생님, "우찌해요?"라고 말끝마다 저희에게 진지하게 물으시는 한문 선생님……. 좋은 선생님도 참 많습니다. 3학년이 아니라면 수업 시간이 더 재미있고 좋을 텐데요.

오빠는 먼 거리에도 불구하고 학교 잘 다니고, 언니는 새 학년이 되고 좀 바쁜 듯합니다. 영민이와는 하루에 한 번꼴로 언제나 티격태격 규칙적인 생활을 해 나가고 있습니다. 엄마 건강도 괜찮으십니다. 봄이 되었으니 아버지도 지내시기가 좀 낫겠지요?

빨리빨리 커서 제가 하고 싶은 공부만 실컷 했으면 좋겠습니다. 가사니 가정이니, 생물, 화학, 지리…… 다 빼고, 제가 선택해서 하는 공부를 좀 해 봤으면 합니다. 비록 고등학교보다 거리가 멀어지긴 했지만 요즘은 하고 싶은 공부하는 오빠가 참 부럽습니다.

28일이 첫 모의고사인데 그 후엔 개별 면담이 있을 거라 하고, 4월부터는 진짜 죽어날 겁니다.

요즘 감기 걸린 사람들이 많던데 조심하세요.

좋은 꿈 꾸시길 바랍니다.

소영 올림

1985년 4월 9일*

당신에게

그동안 소식이 퍽 궁금했는데, 오늘 당신이 보내 준 편지 잘 받

---

* 교도소의 검열에서, 정치적인 이야기와 석방 운동 등 바깥 사회의 소식이 담겨 있다 하여 수신이 '불허'되었던 편지이다.

았습니다. 그간 무척 바쁜 나날을 보냈습니다. 며칠 전에 편지를 보냈는데, 우편 착오로 되돌아와 어제 다시 부쳤습니다.

당신들의 석방을 위해 가족들이 쓰러질 듯 뛰어다녔습니다. 석방이 있을 것은 확실한데, 언제 어떤 형태로 될지 파악하기 위해서입니다. 어제는 야당 총무단과 변호사님들 5명이 한자리에서 회담을 가졌습니다. 구속자 석방을 위한 변호사들과의 면담은 처음입니다. 다들 성의 있게, 모두의 소망을 위해 합심해 노력하고 있으니 잘되겠지요.

신민당 인권 단체 및 민추협* 인권단에서 면회 갈 것은 분명하나, 언제쯤이 될지는 아직 정해지지 않았습니다. 믿어 봐야겠지요. 김 신부님이 당 총재와 만나 이야기하셨으니 잘될 것입니다. 가족들이 좀 더 건강하고 여유가 있으면 좋겠는데, 안타깝습니다. 그러나 여·야 총무 회담**을 계기로 매일같이 뛰고 있습니다. 조금만 더 기다리면 축복의 그날이 오리라 봅니다.

이곳은 별고 없습니다. 아이들도 별일 없이 공부 잘하고 있습니다. 저는 어제까지 변호사님들과 절충 관계로 무리했더니, 오

---

* 민추협(민주화 추진 협의회): 1984년 5월 18일, 군사 정권에 대항하여 김영삼계와 김대중계를 비롯한 재야의 민주 정치인들이 합심해 결성한 단체.
** 1985년 2월 치러진 12대 총선에서 김영삼과 김대중이 이끈 신한민주당이 67석을 얻으며 제1 야당이 되었다. 선거 후 4월에 열린 여야 총무 회담에서 신한민주당은 구속 학생과 양심수 석방 문제 해결을 촉구했다.

지난 8월 당신의 편지 반갑게 받았소. 세번의 대학입학이 무엇을
... 진중해로 공이 열을 올리고 있다하니 마음 푸근하오. 이제
...레가 되어 어려운 처지에서 지긋지긋한 입시지옥의 고생을 할것을 생각
... 주변의 모든식구들은 올해를 소령의 해로 삼고 힘껏 도와 주기 바라
...서 곤력지게 하지 못하지 않을까. 격정이나, 당신과 언니, 오빠 그리고 동
...원의. 격려, 위로, 고무로 이 어려움을 이겨 나가리라 생각되오. 식구들 모
...록 주선하오.

...번 신부님께서 정말 그라쥤오. 이 먼곳에 있는 한 형제를 위해 찾아...
... 잊을 수 없오. 나에게 어처럼 마음써 주시는 듯 저버리지 않고
... 이겨 나가리라 다짐하오. 영신적으로나 세속적으로나 바르게 살며,
...거지고 나의 사랑하는 조국과 민족을 위해 일할 것이며, 이 세상에 하느님
...이루는 사업에 헌신해야 겠다는 결심을 더욱 굳혀 보오. 계속해서 우
...켜주시고 도와 주시기를 부탁드려주오. 그리고 내가 부탁한 여러가지 일
...알리는 일을 당부한다고 전해 주오.
...에는 이곳 간부들의 이동이 많이 있을듯 하오. 이곳 형제들의 얘기를 3
...했으나 4월초일듯 하니, 우리들 가족들의 면회는 이 이동이 끝난 뒤
...러 형제들 가족에게 이 사실을 전해 주오.
...거 해들은 일기가 아주 불순해서 신경통이 몹시 심하오. 이곳은 항상 흐
...통이 심해서 제법 타격이 심한 듯. 그러나 인내속에서 이겨나가고 있으
...오.
...런 몇명은 상당히 지치겠지요. 가족들로 하여금 격려와 위로를 부탁하오
...려 하며 굳건하게 이겨나가자고 고무하고 있오. 하지만 그리 멀지 않이
...밝는 빛이 비치리라 굳게 믿으며 영광스런 그날을 힘차게 기다리고 있
...던 면회때 책을 못찾아 갔는데 이번 면회 때는 책을 반드시 찾아
... 아이들에게도 유용할 듯하니 가능한 한 그때 그때 찾아 가기 라
...는 이만하오. 기다리는 그날까지 힘차게 이겨 나갑시다.
...님의 가호가 당신에게 항상 하시기를 빠오. 84. 3. 11 남

...게 먼저 너의 대학입학을 축하 한다. 가장 기뻐해야 할 내가 너의
...지 못하고 천리 먼곳에서 씩씩한 너의 모습을 그리고 있는 이 뼈아픈 ...
... 장차 공지와 보람으로 바꾸어질 날을 생각하고 그날을 기다리며 참
...너의 대학입학를 즈음해서 대학생활에 대한 얘기를 ~~여러 가지 쓰기~~ ...
...와 같이 있다니면 많은 얘기를 나의 대학생활을 곁드려 재미있게 ...
...처지로 지극히 간단히 쓸수 밖에 없구나.
...학생활은 바로 학문의 전수와 연구이다. 이 대원칙에서 대학...

계가 형성된다. 전수하는 자 스승과 전수 받는자 제자, 그리고 자란 선배와 뒤에 학문의 길에 들어선 후배, 이런 입장에 선 사람들이 모여서 교육과 연구가 이루어지는 한 곳이 대학과의 뜰길이라는 공동체이다.

인간사이에 상호교류하고 상호관계를 지어야 하는 관계, 즉 인간관계가 되는 그기에 알맞는 정리가 없겠는데, 이것이 바로 사랑=애정이다. (부모와 자식간의 사랑, 부부간의 사랑, 형제간의 사랑, 친구간의 사랑, 동지간의 사랑) 이러한 인간관계가 견고하게 맺어져야 성장이 바로되어서 인간의 역사가 이어지고 발전한다고 보겠다.

대학이란 공동체에서 맺어지는 세가지 인간관계는 어떠해야 하는가?

제 간의 인간관계는, 학문이란면에서 스승은 역사이고 제자는 미래의 창조자 건신과 후신으로 해서 학문을 통해서 양자가 영원히 산다고 하겠다. 여기에는 어버이와 자식 사이에서 보다 더 강한 존경과 신뢰를 맺으는 사랑이 있다. 둘째. 선후배간의 인간관계는, 같은 대학에서 같은 스승에서 같은 학문을 하는 공동체를 발전시키는 지속속에서 시간적 선후관계로 맺어진 것이다. 이들 사이에도 학문적인 면에서 말과 마음과 하겠다. 이들 사이에는 여유로 우애로 맺어지는 사랑이 있어야한다. 셋째. 같은 동기친구간의 학문과 직업을 가지면서 서로 격려하고 상호보완(경쟁이 아닌)해서 성을 맺어 가는 공동체적 운명을 가지고 있다고 할 때, 이야 말로 학문적 일심 공동체라 하겠다. 여기에는 신의와 희생이 따르는 사랑이.

대학생활의 인생관으로 학문에 열중하면 훌륭한 학자, 참으로 존경받는 제자, 후배, 선배, 동문으로 성장할것이고 그 속에서 실현을 기울 하여금 자기가 자라난 공동체인 모교의 영광과, 인류진보에의 궁극적 의의를 차지할 수 있다.

록 대학생활에서 큰 성장이 이루어지기를 기대하면서 너의 건 기 빈다.
                        85. 3. 11. 아버지.

는 소영이가 힘드는 해구나. 소영이를 잘 도와 주어라. 체력이 힘든 답시지목에 이겨 나가기 애처롭다. 물기와 격려로써 도록 하여라

늘은 몸져누워 일어나지를 못했습니다. 내일은 우리를 위한 기도회가 있는데, 참석 못 할까 걱정입니다.

요즈음은 날씨가 포근해서 다소 마음이 놓이긴 하지만, 환절기에는 신경통이 더욱 악화되리라 봅니다. 부디 건강 조심하시고 매사에 인내와 기도 생활로 견디시기 바랍니다.

세민이는 등록금이 면제된 외에도 다달이 5만 원씩 지급되는 생활 장학금을 받아, 동생들 용돈을 주었습니다. 집안 걱정은 마시고 건강에 유념하시길 거듭 당부합니다.

그럼 안녕히 계십시오. 두루 안부 전해 주시고요.

아내 씀

1985년 6월 16일
당신에게

지난달 말에 아버지, 어머니 그리고 허실이 함께 면회 왔었소. 어머니는 전주 있을 때 뵈온 후론 처음이었소. 설워하시는 어머니 울음에 가슴이 메고 한이 뼈에 사무치오. 그래도 두 분께서 그런대로 근력이 좋으신 듯해서 마음이 놓이오. 하지만 70이 넘은 노인이라, 하루빨리 해방되어 부모님의 한이 길게 맺히지 않게 해야겠는데…….

외가, 이모님, 고향 소식을 많이 들었소. 눈 감으면 그리운 어른들의 모습이 선하고, 불현듯 왈칵 그리움이 치밀어 오기도 하지요. 이 모든 것을 다 버리고 살기로 작정했으나 아직도 끈질긴 인연의 끈이 내 넋을 붙잡고 있구려.

요즘은 앞 못 보는 분과 한방에서 같이 지내오. 부자유한 신체로도 꿋꿋하게 지내는 이분을 보며, 나도 인내와 극기를 배우고 있습니다. 내가 밖에서 못다 한 이웃 사랑과 보속*하는 기쁨을 주님께서 주시고 있다고 여기며, 잘 돌보아 드리고 있소.

우리를 위해 애써 주시는 쪽에서 한번 다녀가시기 바라는데, 언제 이루어질지. 모두 학수고대한다고 전해 주오. 당신도 형편 닿는 대로 면회 오기 바라오.

천주님의 은총이 당신에게 항상 가득하기를 비오.

남편

소영에게

요즘 너의 편지가 뜸한 것을 보니 역시 대학 입시가 무섭긴 하구나. 네 편지가 기다려지긴 해도, 편지 쓸 시간에 입학시험 준비하느라 애쓴다고 생각하니 한편으로 마음이 흐뭇해서 섭섭하지가 않구나.

---

* 보속(補贖): 천주교 용어. 죄를 보상하거나 대가를 치르는 일.

올해, 1985년도 이제 보름쯤 지나면 반이 넘어간다. 아버지가 너희와 떨어진 세월이 벌써 만 6년이 다 되어 간다. 너희가 자라는 것을 보니 그간의 세월이 길다고 생각되지만, 한편으로는 지난 세월이 너무나 빠르기도 하다.

세월은 흐르는 물과 같다고 하는 말이, 이 영어 생활에서 더욱 실감이 난다. 한때는 세월이 지겨워서 고생이더니, 이제는 너무나 빠른 세월이 도리어 나의 뼈를 깎고 살을 저미는 아픔마저 느끼게 한다. 그중에서 가장 잠기 힘든 게, 한창 자라는 너희들과 함께하는 재미를 앗기고 있는 것이란다. 정말 이것이 영어살이에서 오는 고통의 본질인가 보다.

이제 얼마 있지 않으면 여름 방학이 되고, 그때는 너희 사 남매를 볼 수 있겠구나. 또 느긋하게 그때를 기다려 볼까.

그럼 열심히 공부하여라. 너의 건투를 빈다.

너를 위해 주님께 기도드린다.

아버지

1985년 6월 28일
재구 보아라

소액환 ₩20,000 동봉한다.

너의 편지 받아서 가족 모두 두루 읽어 보았다. 무엇보다 건강하게 생활하고 있는 듯하니 안심하고 있다. 이제는 하절에 위생에 주의하여 건강하고 평화로운 마음으로 생활하기 바란다.

전번 면회하고 네 건강하고 늠름한 모습 보고 와서 안심하고 있다. 너의 일상생활을 힘써 돌보아 주시는 그곳 소장님, 그리고 직원 여러분께 감사드린다.

이곳 세민이 남매 학업에 열심히 하고 있으니 참으로 다행이다. 세민이 어제 나한테 다녀갔다. 여름 방학이라고 하지만 쉴 사이 없이 모두 공부하기 바쁘다고.

이다지도 세차게 휘몰아치는 바람 속에서도 세민이, 영민이, 그리고 소정이, 소영이, 흐트러지지 않고 상위급 성적으로 공부하고 있으니 참으로 기특하다. 조상 대대로 이어온 우리 집 전통이리라. 생각할수록 귀엽고 다행한 일이다.

나도 재두 내외가 극진히 돌보아 주는 덕으로 건강하게 생활해 나가고 있다. 때때로 너의 모, 너가 못 잊혀 서러워 눈물 흘리고 있으나, 건강에는 지장 없이 지내고 있으니 안심하거라. 남에게 해를 끼치지 않고, 남에게 폐 끼치기 싫어하고 정직하게 살면서, 가혹한 가난 속을 살아가면서도 성실하게 공부해서 박사, 어려운 이학 박사 영광스러운 위치에 닿았는데 — 어쩌다 함정에 빠졌을까? 천주님 구출해 주십시오. 보잘것없는 늙은 아비 서러워 가슴속에 한이 맺혀 울고 있습니다.

父書

아버지께

오늘은 그래도 바람이 좀 붑니다. 소나기가 올 거라더니 먹구름도 없었습니다. '혹시나' 했다가 '역시나'가 되는 게 일기 예보입니다. 하지만 투덜거렸다가도 다시 듣는 게 또한 일기 예보입니다.

집에 혼자 있습니다. 오늘이 제사라 다 갔거든요.

온종일 네 사람의 잔소리를 듣다가 아무도 없으니 심심합니다. 차라리 잔소리 들으면서 공부하는 게 낫죠. 공부 안 되는 것도 날씨 탓으로 돌릴까 봅니다.

좀 창피한 이야기지만, 수학 문제 풀다가 영민이에게 물어볼 때도 있습니다. 언니나 오빠에게 물어보면 먼저 한 소리부터 듣고 긴장하며 배우게 되거든요. 하지만 영민이는 제게 가르쳐 준다는 게 신이 나 그런지, 고분고분해 편합니다. 한 번에 이해 안 가면 오히려 제가 짜증 내기도 하지요. 영민이에게도 매번 하는 소리지만, 제가 못하는 게 아니라 배운 지가 조금 오래됐을 뿐입니다.

집을 다시 정리하였습니다. 마루에 책상을 놓고, 소파와 탁자를 치워 버렸습니다. 제가 쓰는 책상은 아버지가 쓰시던 큰 책상인데, 작년에는 오빠가 썼습니다. 올핸 제가 열심히 공부하고, 내년에 영민이에게 물려줄 것입니다.

지난 일요일엔 할머니가 오셨습니다. 날씨도 더운데 만두를 빚어 오셨어요. 웬걸 이렇게 많이 해 오셨냐고 했더니 "네 할매 손 크잖아." 하시면서 웃으시더군요. 다들 실컷 먹고도 남았을 정도입니다. 간혹 저희 도시락 반찬을 마련해 오시기도 합니다. 할머니가 최고입니다.

증조할머니도 아버지에겐 좋은 기억, 흐뭇한 기억으로 남아 있겠죠. 저도 어렴풋이 생각이 나요. 생선을, 특히 갈치를 먹게 되면 엄마는 항상 증조할머니 이야기를 하십니다. 말씀하시는 표정을 보면 참 좋아하셨던 것 같아요. 우리 엄마도 나중에 그렇게 좋은 기억으로 남을 할머니가 될 것입니다.

그럼 오늘은 이만 쓰겠습니다. 안녕히 계셔요.

소영 드림

※ descendant : 후손. 동의어 offspring

이게 뭐냐고요? 영어 공부하는 중인데, 잘 안 외워지더라고요. 여기에 써 놓으면 나중에 이 단어가 나올 때 아버지 생각도 나면서 떠오를 것입니다. 이것도 좀 알아 두실래요? reassure 안심시키다.

1985년 8월 25일

당신에게

집에 돌아간 후 곧 보낸 편지 어저께 잘 받았소.

먼저 면회 때 본 소정이가 몹시 마음에 걸리는구려. 건강이 안 좋다 했는데, 어려운 형편에 매사 마음대로 잘 안 되어 심신에 괴로움이 많았겠지요. 2학기 등록은 했는지? 건강 때문이라면 몰라도, 휴학은 시키지 말았으면 하오. 얼마나 마음 아프겠소.

그날 이후 마음이 모두 소정이에게 가는구려. 사내와는 달라서 장성하면 오래 두고 괼 수 없는 딸이어서인지. 소영이는 아직 어려 그런 마음이 가지 않지만, 소정이와는 정말 이대로 가다가는……, 하는 생각에 애가 끊어지는 듯 마음이 아프오. 가장 마음이 가지만 한 번도 내 마음이 흡족하도록 사랑을 쏟아 주지 못했고, 오히려 가장 아름다운 시절에 너무나 엄청난 충격만 주었소. 아비의 사랑도 제대로 못 받고, 언제 나가서 다독여 줄 수 있을까. 가슴에서 치밀어 오는 절규가 터져 나올 뿐이오. 내 이제 나간다고 한들 그 애를 슬하에서 얼마 동안 괼 수 있을까, 생각하면 정말 한이 맺히오.

한 될 일 왜 했느냐고 하면 할 말 없겠으나 나와 같은, 혹은 더한 사람도 많으니, 내 아픈 생각을 접어 볼까. 차원을 달리해서 생각하면, 우리 가족의 시련이 우리 겨레와 나라의 시련에 동참

하는 것이라고 할 때 의의를 찾을 수 있고, 그 속에서 긍지를 가질 수 있겠지요. 천주님이 하시려는 역사 속에서 당신과 나 그리고 우리의 영롱한 사 남매의 시련을 쓰신다고 할 때, 이 고난에 말없이 순종할 수 있겠지요.

당신이 으레 알뜰하게 하겠지만, 아무쪼록 소정이에게 더욱 신경 써 주오. 내가 해방되면 그 아이가 학문의 길을 걸을 수 있도록 도울 작정인데, 그날도 그리 멀지만은 않으리다.

나의 진찰을 못 해서 너무 애쓰지 마오. 형편 닿는 대로 합시다. 내게 쓰는 비용 때문에 아이들이 더 어려워질까 마음 쓰이오. 오늘은 이만하오.

천주님의 은총이 항상 가득하기를 비오.

남편

소정에게

지난번 면회 때 정말 반가웠고 오랜만이었다. 너무 오랜만이라, 할 말이 태산 같았지만 오히려 별말 못 하고 말았구나. 지난 겨울에 보았을 때보다 많이 여위었고, 그 대신에 심신이 함께 많이 자라났구나. 네가 성장하면 그만큼 반갑지만, 한편 내 마음은 초조해지기도 한다. 네가 가장 필요할 때 내가 없었고, 또 지금도 없는 것이 너무나 가슴이 아프다. 꼭 필요할 때, 흠뻑 해 주어야 할 때 내가 이 시련 속에 있으니 정말 안타깝다.

내가 하는 학문을 네가 하겠다고 할 때 정말 반가웠다. 하루라도 빨리 나가서 네게 도움이 되고, 그동안 괴지 못한 너에게 갚으리라 생각했지만, 너무나 빠르게 흘러가는 세월에 어떻게 되는지. 하지만 그리 오래야 가겠느냐. 기다려 보자. 그동안 너는 너대로 최선을 다해 공부해야 한다. 어려운 가운데 어렵게 공부하는 것이니 큰 성과를 못 내어도 상관없다. 내가 그 갚음 다 할 자신이 있다.

아버지 없이 너희 사 남매를 데리고 숱한 고생 속에서 사는 너의 어머니를 생각하고 의지하며, 어머니를 잘 도와드려라.

머지않은 날 우리 모두 영광 속에서 함께할 수 있으리라. 그때를 위해 최선을 다해 살아 나가자.

아버지

1985년 9월 16일
아버지께

밤이 꽤 깊어서 들어와 자려는데, 한 시간을 이리저리 뒤척여도 잠이 오지 않았습니다. 요즘은 눕기가 무섭게 잠드는데 이상한 일이라 끙끙대며 잘 생각해 보니, 낮잠을 두 번이나 잔 걸 잊었습니다.

다시 일어나 책상 앞에 앉았습니다.

공부하기는 그렇고 해서 라디오 켜 놓고 이 생각, 저 생각 하는 중입니다. 묵은 노트도 뒤져 보고 새삼 낯익은 책들도 읽어 보았습니다. 이렇게 마음 놓고 기분 좋은 것도 참 오랜만입니다.

내일 학교엘 가면 65란 숫자가 큼지막하게 붙어 있을 겁니다.

학력고사를 100일쯤 남겨 놓고 칠판에 숫자를 쓰기 시작했는데, 처음엔 꽤 불만스러웠습니다. 치사하게 숫자에 얽매여 버린 것 같았으니까요. 102가 101이 되고 그게 9○로 넘어가서 8○, 7○이더니, 이젠 6○으로 넘어왔습니다. 피 말리게 하던 그 숫자도 이젠 덤덤해지고, 일요일이 지나고 학교에 가면 하루밖에 넘어가지 않은 걸 발견하기도 합니다.

시험만 끝나 보라죠. 정말 할 일이 태산 같답니다. 하기 싫어서 미룬 일이 아니라, 진짜 하고 싶은 일들이 그렇게 밀려 있다는 건 괜히 근질근질할 정도로 좋은 일입니다.

체력장도 끝나고 (믿기지 않으시겠지만 만점 받았습니다. 사실이에요.) 이젠 학력고사 원서 쓴다고 도장 가져오랍니다. 정말 얼마 남지 않긴 했나 봅니다. 공부할 것은 많은데, 그렇다고 시간이 되돌아가는 것도 싫습니다. 오늘까지는 비록 낮잠도 자고 그랬지만, 내일부터는……, 안 그럴 겁니다.

1학년 때 국어 노트를 뒤져 보다가 재미있는 걸 발견했습니다. '어떻게 살 것인가'란 단원을 배우고, 같은 제목으로 글을 쓰는 숙제였습니다. 그중에서 인상적인 구절이 "평범하고 싶다. 평범하게 살고 싶다. 그러나, 가장 평범하면서도 평범하지 않은 삶을 완성하고 싶다."란 글귀였습니다.

그때나 지금이나 이 말이 의미하는 게 꼭 잡히지는 않습니다. 솔직히 말씀드리자면 두 살이나마 나이를 먹어서 그런지, 그때의 마음처럼 절실하지 않기도 합니다. 그렇지만 열일곱 살 먹은 아이가 오기로 내뱉은 말이라 생각해 버리기엔, 아직은 공감이 가는걸요.

풀벌레 소리가 확실히 다릅니다.

지난여름의 그 더위를 생각하면 긴팔 옷에 손이 가지 않지만, 이젠 어쩔 수 없습니다. 아침저녁으론 제법 추운걸요. 이 계절이 참 좋은 것 같습니다. 하지만 가을은 너무 짧습니다. 할 수 없죠. 겨울도 오고 봄도 와야 하니까요.

종일 비가 내렸는데 이젠 그쳤나 봅니다.

내일은(아니 이젠 오늘입니다.) 또 정신없는 월요일입니다. 일주일은 이렇게 오고, 한 달은 그렇게 가고, 시간은 자꾸 갈 겁니다.

건강히 지내세요.

소영 드림

아버지께

늘푸른나무처럼
아버지의 나날들이
푸른색이길 빕니다.

아버지를 참 좋아하는 아들딸 올림

1985년 11월 23일

아버지께

정말로 할 말이 많습니다.

지금 저는 엄마 방에서 엎드려 있습니다. 발치에 라디오 켜 놓고, 이불 덮고, 책도 두어 권……. 시험 전에 제가 늘 그리던 이상적인 장면입니다.

며칠 날씨가 따뜻합니다.

11월 11일(1자가 유난히 많은 날이었습니다.) 첫눈이 왔죠.

그리고 20일, 시험 봤습니다.

여러 말 생략하고 본론만 이야기하자면, 시험 잘 봤습니다. (물론 이건 제 수준에서입니다.)

어쨌건 요즘 같아선 정말 편하고 즐거운 하루하루입니다.

느지막이 일어나서 영민이 학교 가는 걸 여유 있게 바라보면서(시험 보기 전에는 그 반대였습니다.) 외투 주머니에 책 하나 꽂고(요즘은 아버지가 보시던 『국화와 칼』이라는 책을 읽습니다.) 어슬렁어슬렁 학교에 갑니다. 선생님 오실 때까지 책 좀 보다가, 방송으로 흘러나오는 논술 대비 강의를 듣습니다.

논술 고사는 저희 때부터 시작입니다. 서론-본론-결론, 3단 구성이 어떻고 하는 선생님 말씀을 대강 흘려들으며 부담 없이 원고지 5장 1,000자를 메꾸고, 11시가 못 되어서 집에 옵니다. 정말이지 개 팔자도 안 부러운 하루하루입니다.

저는 '집안일은 여자만 하는 것이 아니다'라는 견해를 가진, 위험하고 깬(?) 여자이지만, 엄마는 도와드릴 겁니다. 엄마인걸요. 그렇다고 할 줄 아는 것도 별로 없지만요.

그런데 아무리 생각해도 엄마가 변했습니다. 언니도, 오빠도, 영민이도.

예전엔 밥 안 먹으면 큰일 난다고 성화이시더니, 요즘은 대번에, 그럼 일찍 와서 먹으라고 합니다. 밥상머리에서 떠먹여 주실 듯이 하던 엄마가, 네가 차려 먹으라고 하고요. 지금도 보세요. 엄마랑 영민이가 점심 먹는데, 조금 있다 먹겠다고 하니 다시 권하지도 않습니다. 아이고, 이럴 수가 있습니까?

저뿐만 아니라 친구들이 다 그런 이야기를 합니다. 학교에 가면, 아침도 안 먹고 왔는데 엄마가 눈 하나 깜짝하지 않더라는 투정으로 가득합니다. 그래도 우리 엄마는 일찍 와서 먹으라고는 하시는데요. 생각해 보세요. 재미있지 않아요? 창가에 옹기종기 모여서 스무 살이 다 된 여자아이들이 엄마가 달라졌다며 투덜 대는 게.

시험 끝나니 역시 좋습니다. 모레부터 또 시험이지만요. 요즘 은 소설 쓰고 싶다는 생각이 듭니다. 시대는 사람들에게 너무 말 을 많이 하게 합니다. 산문정신이 어쩌고들 하지요.

그럼 오늘은 이만 줄이겠습니다.

영민이와도 고만 싸우고 체통을 지킬 겁니다.

많이 많이 큰 모습으로 아버지를 뵙겠습니다.

건강히 지내세요. 오늘부터 날이 차가워진다고 하니까요.

소영 드림

1985년 12월 1일

소영에게

그저께 너의 편지 잘 받았다. 그리고 그 전날에는 엄마가 오셔 서 너의 얘기 잘 들었다. 입학시험 공부에 애 많이 썼구나. 한숨 돌리고 그사이 재미있는 사연을 담은 편지 보내 주어서 고맙다.

무엇보다 시험 잘 쳤다니 반갑다. 어려운 중에 그만큼 애쓴 것 정말로 대견하다. 저녁마다 성모님께 너를 부탁드린 내 기도를 들어주셨는가 보다. 그리고 너도 내 기원에 보답해 주어서 고맙구나.

나의 사랑하는 모든 것을 버리고 집을 나설 때, 장차 너희들이 얼마나 비참해지겠는가 떠오르면서 내 가슴이 칼로 저미듯 몹시 아팠다. 그러한 날을 생각하면 지금의 모든 것에 주님과 성모님께 감사할 따름이다.

그리고 나 없는 동안 이처럼 사 남매를 잘 키워 낸 네 어머니의 노고가 더욱 깊이 사무친다. 또 그처럼 사랑으로 대해 주시고 걱정해 주시며 알뜰하게 가르쳐 주셨던 그동안의 여러 선생님께 깊은 감사를 드리고 싶구나.

너도 더욱 열심히 정진해서(개 팔자 부럽지 않다는 소리 하지 말고) 나와 겨레를 위해서, 그리고 사람으로 태어난 보람을 위해서 튼튼한 기틀을 닦아 나가도록 해야 한다.

이제는 엄마도 좀 편해지려는가 모르겠다. 다 큰 딸이 둘 있으니 집안일을 잘 거들어 엄마 편하게 해 드려라.

네 편지에 적은, 문병란 선생의 시에 곡을 붙인 「직녀에게」는 여러 가지로 내 마음에 와닿는다. 갈라진 우리, 내 사랑하는 아우, 갈라진 남북의 겨레, 다시 못 만나는 나의 동무……. 멜로디가 있으면 한번 불러 보고 싶구나. 다음 기회에 곡(멜로디)을 구해 적어 보내 주었으면 한다.

소영아, 요즘 우현이 집은 어떻게 지나는지? 자주 찾아가서 우현이, 강현이, 세현이 공부도 돌보아 주고 작은어머니 도와 드려라. 정말 이들 삼 형제 보고 싶구나.

이제 내년에는 영민이 차례구나. 모두 협력해서 잘 도와주어라. 굳세고 부지런해서 잘하리라고 믿는다.

모두 건투를 빈다.

아버지

1985년 12월 19~20일
아버지께

간밤에 내린 눈이 아직도 창밖에는 가득합니다. 찔끔찔끔 내린 게 아니라 탐스러운 함박눈입니다. 까만 하늘에 흰 눈이 오는 걸 보니 꼭 하얀 다리들이 땅으로 땅으로 걸어오는 것 같았습니다. 교통이야 어떻게 되건 간에 무릎만큼만 눈이 내려 줬으면 싶은 밤이었습니다. 그러나 아침에 일어나 보니 발목까지도 못 미치더군요.

아무튼 눈과 인연이 많은 나날이었나 봅니다. 아버지가 서울 오실 때 광주에는 눈이 많이 왔다고 하셨죠. 가신 날 밤에는 서울에 눈이 내렸습니다.

아직도 붕— 떴다 가라앉은 듯한 느낌입니다. 방에 들어오면 '저기 저렇게 아버지가 앉아 계셨지.' 마루에 나가면 '아버지가 여기서 진지를 드셨지.'라고 생각하곤 합니다.* 그렇게 멍멍하게 있다가 아버지가 뽑아 가셔서 이가 빠진 책장을 보면, 더 이상한 기분이 듭니다. 방은 대강 치웠는데, 책꽂이는 구멍 뚫린 대로 그냥 두었습니다. 그때 입으신 겨울 점퍼처럼, 길 가다가 눈부시게 파아란 옷을 입은 사람을 보면 깜짝깜짝 놀라게 됩니다. 이래저래 며칠은 놀라면서, 둥둥 떠다니다가, 가라앉다가, 혼동 속에서 지낼 것 같습니다.

오래만에 학교 갔다 왔습니다. 아니, 학교가 아니라 논술 특강을 한다고 이화여대로 오라고 하더군요. 논술 고사에 대해 듣고, '삶과 학문'이라는 주제로 또 강연을 들었습니다. 교육 심리를 전공하신 교수님 말씀이셨는데, 정말 마음에 드는 학과를 골라 마구 공부하고 싶게 만드는 강연이었습니다.

하지만 저희는 압니다. 그 순간은 그렇게 벅찬 감동으로 가슴이 뛰지만, 스무날쯤 후엔 적성이고 뭐고 마감 직전까지 도장 들고 왔다 갔다 하며 '눈치작전'이란 걸 하게 되리라는 사실을요. 사회의 고정 관념이 그렇고, 제도가 그렇고, 교육이 그렇습니다. 몇 해 전까지는 고등학교에서 문/이과 나누기 전에 적성 검사라

---

* 1985년 12월 16~18일, 2박 3일 간의 귀휴(교도소에 복역 중인 수감자가 일정 기간 휴가를 얻어 나오는 것)가 허락되었다. 그러나 자유로운 휴가는 아니었고, 교도관의 감시와 동행 아래 일몰 시간 이후에는 인근 영등포교도소에 다시 수감되는 방식이었다.

는 걸 했는데, 요즘은 그런 것도 없습니다.

신문의 외신란을 보니까 뉴욕에서 미·소 어린이 정상 회담이 열렸다고 합니다. 미국과 소련의 어린이가 서로 거주지를 바꾸는 것을 논의했다 해요. 그들이 채택한 성명서에는 "어느 부모가 자식이 있는 땅에 핵무기를 사용하겠는가?"라는 반문이 나왔다 합니다. 확실히 아이들다운 얘기지만, 어른보다 나은 아이들입니다.

아버지 눈에는 어려만 보이는 저도 이제, 그 아이들처럼 순수한 나이는 아닙니다. 이팔청춘 다 지나고 열아홉 어쩌구도 며칠 안 남았습니다. 조금만 있으면 스물입니다. 또 조금 지나 서른이면 21세기의 주역이 됩니다. 21세기, 그때는 어떤 사회가 될까요? 한국어가 영어처럼 공용어가 되고, 한국이 세계의 중심이 되고……, 그런 건 바라지도 않습니다. 그렇게 잘살게 된다면, 과거 제국주의 국가가 그랬듯이, 우리도 다른 나라와 민족을 못살게 굴면 어떻게 합니까? 물론 그러지야 않겠지만, 너무 잘살지도 말고, 자급자족할 만큼의 식량에 모든 국민이 어느 정도의 문화생활을 누리고, 또 우리보다 어려운 나라를 무상으로 따뜻이 도와줄 정도만 되었으면 좋겠습니다. 생각은 참 쉬운데 왜 그렇게 안 되는지, 세상은 조금 더 있어야 살 만해지려나 봅니다. 하지만 그건 '조금' 후일 겁니다. 지금도 많은 사람이 애쓰고 있으니까요.

이제 학교 다닐 날도 얼마 남지 않았습니다. 내일은 서울대 교수님의 강의를 듣고, 월요일은 사은회, 화요일은 방학입니다. 사은회, 괜히 엄숙해지는 기분입니다. 여러 선생님 한 분 한 분이 생각나고, 감사한 마음에 어떻게 해야 할지 모르겠습니다.

얼마 전엔 무거운 기사가 신문에 실렸습니다. 50명이 입학한 서울대 사회학과에서 졸업생 사은회에 참석한 학생은 겨우 19명이었다고 합니다. 어떤 이유에서이건 그처럼 많은 중도 탈락자를 두고 졸업하는 학생들은, 또 보내는 교수님들의 마음은 어떨까요. 신문을 보는 제 마음도 착잡했습니다.

아직도 아버지 모습은 집 안 구석구석 어디에나 있습니다. 과일 상자가 그렇고, 새로 꺼낸 그릇이 그렇고, 우리 식구 수보다 훨씬 많아져 버린 숟가락 젓가락이 그렇고, 이제 영민이가 신는 아버지 신발이 그렇고, 이가 빠진 책꽂이가 그렇고, 미-레-미로 시작하는 노래(「철창 안의 봄」)가 그렇습니다.

해가 바뀌면 다시 뵐 수 있겠지요. 그때까지 건강히, 안녕히 계셔요.

소영 드림

1985년 12월 22일
당신에게

꿈길마냥 다녀온 지 벌써 나흘이 지났구려. 며칠 동안 너무나 바빴던 나날이었고 아쉬웠던 시간이었어요. 차분하게 앉아서 아이들이랑 얘기할 시간이 적어 못내 안타깝기도 하오. 하지만 그리 멀지 않은 날에 해방되어 아이들에게 돌아갈 날이 쉬이 있으리라 기대하고, 그때를 기다리며 지내야지요.

찾아오신 많은 일가친지에게, 엄벙덤벙하는 속에 실례나 하지 않았는지 모르겠소. 혹여 그랬거들랑 당신이 대신 사과해 주오. 돌아오고 나니, 당신과 따뜻한 말 더 많이 나누었더라면 하는 아쉬운 생각이 드는구려. 너무나 시간에 쫓긴, 정신없는 3일이기도 했소.

그리던 아이들, 의젓하고 슬기롭게 자란 사 남매를 볼 때, 당신의 노고에 다만 머리 숙일 뿐이오. 주님께서 이처럼 오묘하게 우리 가족을 돌보아 주시니 감사한 마음이 깊이 듭니다. 주님의 뜻에 따라 사랑하는 조국과 민족을 위해, 길지 않게 남은 삶을 살아야겠다는 생각이 더욱 굳어지오.

그래도 며칠간 집을 구경했다고, 아이들이 더 그리워지고 보고 싶어지오. 서울역 대합실에서 한 아이 한 아이 가슴에 안아 보면서, 천주님께 빨리 이 아이들에게 되돌아가도록 해 달라고 기원했지요. 아직도 내 가슴에는 사 남매의 따뜻한 체온이 남아 있구려. 다녀오기 전의 꿈에서는 집을 떠나올 때처럼 언제나 어리던 모습만이 보였는데, 어젯밤 꿈에는 장성한 모습을 보게 되었지요. 당신의 노고가 맺은 열매, 우리 사 남매의 장성한 모습을 이제부터는 언제나 나의 꿈과 가슴에 지니게 되었구려.

이번에 내가 다녀오면서 뵙지 못한 집안의 어른들, 우리를 위해 애써 주시는 여러 어른, 그리고 같은 처지의 여러 가족에게 안부 전해 주시오. 새해 1986년에는 기필코 소망이 이루어지도록 기원한다는 인사를 전하오.

이것으로 낡은 해를 보내면서 당신에게 인사하오. 천주님, 새해에는 나의 사랑하는 모니카의 소망이 꼭 이루어지리다.

남편

1986년 2월 11일
아버지께

여기도 내 학교, 저기도 내 학교입니다. 이리저리 헷갈리고 흐뭇하고 복잡한 시간도 정말 얼마 남지 않았어요. 이제 낼모레면 졸업입니다. "어디 가니?" "학교." "어느 학교?"란 조금은 어리둥절한 질문도 이젠 받지 않을 것입니다.

'우리 학교'란 말을 그야말로 신나게 남용하며, 학교(서강) 이야기를 할 때 빙그레 웃음 짓는 식구들도 차츰 덤덤해지겠지요. 지금은 이렇게 설레고 흥분되고 잘 모르겠는 기분도, 언젠가는 다람쥐 쳇바퀴 같은 일상으로 변할 것입니다. 하지만 그 일상에 언제나 의미를 부여하고 싶습니다. 앞으로 4년, 잘 살았다, 열심히 살았다는 말을 들을 겁니다. 하나 낼모레, 당장은 이 학교 졸업입니다.

마감이란 단어는 참 묘한 느낌을 주는 것이어서 이제껏 두 번밖에 안 한 졸업, 이제 세 번째의 졸업을 하기도 전에 지레 우울해지기도 합니다. 국민학교 때나 중학교 때나 스스로는 항상 철들었다고 생각했지만, 확실히 이제야 철든 것 같습니다. 그러니 철들고 하는 졸업은 처음인 셈이죠. 네 번째의 졸업 땐 또 어떤 느낌일지 모르겠습니다. 그건 그때 가서 생각하기로 하고(아마 뿌듯하면서도 막막하고 비장하기까지 할 겁니다.) 지금은 지금의 마감에 충실하겠습니다.

졸업이라고 하면, 아무리 뜯어 맞춰도 제목과 연결이 안 되는 영화, 주제가만 아름다운 더스틴 호프먼의 그 영화 「졸업」이 먼저 떠오르는 건, 아직도 제가 그 단어에 충실하지 않은 탓일 겁니다. 졸업식장에서 우는 건 그야말로 옛말이고, 시장 바닥 같을 운동장을 생각하면 벌써 머리가 아픕니다. 사진은 꼭 그리 박아 두어야만 하는지 이리저리 끌려다니는 것도 정말 귀찮습니다. 대충 친구들 얼굴 보고 엄마와 함께 1·2·3 학년 때 담임 선생님, 그리고 여러 고마운 선생님께 인사나 드리고 올 겁니다. 지나치게 슬프지도 않고(그럴 이유도 없지만) 지나치게 기쁘지도 않은 그저 졸업, 그 단어에서 풍기는 느낌대로 충실히 느낄 겁니다.

등록하고도 이것저것 서류 낼 게 많아서 학교에(우리 학교요,

서강) 몇 번 갔습니다. 워낙 볼 것도 없이 작은지라 이젠 훤합니다. 그러나 건물의 대체적인 배치에서일 뿐이지요. 어디엔 벤치 뒤에 나무가 몇 그루 있고, 어디엔 의자가 몇 개 있고……, 그런 것까지 다 알아 버렸을 때의 제 모습이 어떨지 참 궁금합니다.

내일은 더 따뜻하고, 모레는 또 더 따뜻해서 빨리 봄이 오길 빕니다. 그 생각을 해 보는 것만으로 또 따뜻합니다.

그럼 안녕히. 따뜻이 계셔요.

소영 드림

4장

우리는

이 역사적 변동을

조용히 응시할 것이오

(1986년 3월~1988년 12월)

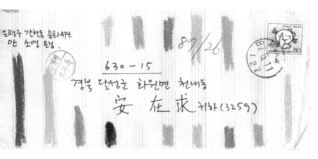

은평구 갈현동 은하APT
안 소영 올림.

87/26

630-15

경북 달성군 하원면 천내동
安 在 求 귀하(3259)

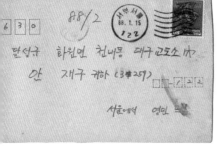

630

88/2

달성구 하원면 천내몽 대구교도소 내
안   재구 귀하 (3#259)

서울에서   영민 드

1986년 3월 26일

아버지께

작년까지만 해도 집 앞뒤, 혹은 학교 뒷산을 보며 봄을 느꼈는데 올해는 캠퍼스 안에서 봄을 느낍니다. 노고산의 흙에선 이제 완연한 봄 내음이 피어오릅니다. 벌써 군데군데 성급한 새싹도 보입니다. 머지않아 나비도 보이고, 꽃도 보이고, 정말 아름다운 봄이 오겠지요.

오늘은 날씨가 좋아서 친구들과 노고산에 올라가 도시락을 먹었습니다. 산도 산이지만 내려다보이는 경치가 참 좋았습니다. 건너편 산 중턱까지 집들이 빼곡했습니다. 멀리 떨어져서 보면 그런대로 평화로워 보이는데 가까이 가면 실상은 어떻게 다가올지. 이런저런 착잡한 생각도 들었습니다.

이제 대학생이 된 지도 한 달 남짓. 이것저것 신기하게 보고, 이곳저곳 바쁘게 돌아다니다가도, 문득문득 생소해지고 낯설어질 때가 있습니다. 아직도 남은 최루탄 가루가 매워서 도저히 가까이 가지 못할 잔디밭이 그렇고, 강의실 곳곳에서 터져 나오는 재채기 소리가 그렇습니다. 친구들 말처럼, 집에서 손수건을 챙겨 나올 때 대학생이란 실감이 든다는 이야기가 억지소리만은 아닙니다.

슬슬 수업 빼먹는 재미도 알아 가는 걸 보니 이젠 새 생활에 완전히, 아니 조금은 적응이 되어 가고 있나 봅니다.

저희 학과장이신 '철학 개론' 담당 교수님은 정말 학자로서, 교수님으로서 존경할 만한 분입니다. 1학년 수업인데도 2학년, 3학년, 4학년도 함께 와 듣습니다. 해마다 똑같은 교재이지만, 해마다 강의 내용이 다르다고 합니다. 교수님이 계속 새롭게 공부하신 내용을 저희에게 이야기해 주시거든요. 그러니 매년 강의가 다를 수밖에요. 늘 수업 전에 들어와 계시다가 벨 소리와 함께 시작합니다. 학문적인 면은 물론이고, 그 성실성만으로도 충분히 존경하는 마음이 듭니다.

도서관에 책은 엄청나게 많습니다. 처음엔 가슴 뿌듯하고 너무 좋았는데 요즘은 은근히 화도 납니다. '무슨 책이 이렇게도 많담!'

영민이는 요즘 무척 열심입니다. 3월 첫 모의고사를 본다더니 (저도 저맘때는 각오도 새롭고, 좀 두렵기도 하고 그랬죠.) 아주 잘 치른 모양입니다. 요즘은 싸울 일도 없고, 얼굴 맞대는 시간도 얼마 안 되니 서로 잘 지내고 있습니다.

내일은 영컴(영어 커뮤니케이션) 인터뷰 시험입니다. 교수님은 마음씨 좋은 신부님이신데, 영어 좀 못하더라도 떨리지는 않습니다. 한국 사람이 영어 못하는 것은 결코 부끄러운 일이 아니잖아요? 하지만 신부님은 한국말을 잘하십니다. 그러니 제 말이 조금은 억지가 되겠지요.

꽃 소식은 아래로부터 올라옵니다. 광주에도 봄은 오겠지요. 아버지께도, 그곳에 계신 모든 분에게도 제 봄을 함께 보냅니다. 환절기라 감기가 잦다고들 합니다. 건강히 지내세요.

소영 올림

지난 8일 어버이날에 아버지께서 면회 오셨어요. 올해는 부쩍 늙으셨더군요. 근력도 많이 줄어드신 듯하고요. 그저 안부만 묻고, 고향 일가들 소식 묻고……. 건강하거라, 건강하시라, 오래 사셔야 한다고만……. 다른 드릴 말씀이 없더군요.

세월이 험해질수록 자유의 새벽이 가까이 다가오고 있다는 것을 느끼고는 있지만, 그사이 얼마나 많은 겨레의 꽃봉오리들이 피지 못한 채 꺾여질까 생각하니, 우리 기성세대가 한없이 미워지고 부끄러울 뿐이오.

4·19 때 좀 더 철저히 민주주의를 다지지 못하고, 참담한 자들이 날뛰는 걸 막지 못했음이 한이 되오. 그 결과 이처럼 오랜 세월을 겨레가 모욕받고 억압받고, 수많은 우리 형제들이 피 흘리고……. 하지만 이제는 우리 민중들이 그간 가려졌던 게 무엇인지 똑똑히 알게 되고, 우리들의 진실이 무엇인지 바로 보게 되었

지요.

저 캄캄한 어둠 속에서 외롭고 가냘프게 외치던 70년대 말의 우리 모습을 생각하면, 나는 이제 죽어도 여한이 없을 것이오. 뚜렷하게 모습을 드러내고 있는 우리들의 세상, 민주주의의 새 세상으로 힘차게 나아가는 소리를 듣고 있으니⋯⋯.*

오늘은 음력 4월 초파일, 석가 부처님이 탄생하신 날이오. 이 세상에 업(＝원죄?)으로 고통받는 중생(＝민중)을 제도(＝해방)하고 서방정토(＝하느님 나라)를 건설한다는 말씀이, 우리 가톨릭의 가르침과 조금도 다름이 없지요. 방법이 다르고 내용이 다르고 또 교리도 다르지만, 하느님 나라를 이루는 것은 서로 일치합니다.

요즘 불교도 민주화, 민중화하려고 몸부림치고 있다지요. 만해 스님의 사상이 크게 빛을 보려나 봅니다. 불교계에서 일하시는 큰처남에게 이런 점을 말씀드리고, 하시는 일 잘 이루시기 바란다고 전해 주시오. 그간 세월이 너무나 많이 흘렀군요. 큰처남 연세가 지난해 회갑을 넘으셨으니, 참으로 보고 싶소.

건강하다는 소식과 더불어 부처님 탄생을 찬미하면서 이만 소식 전하오. 천주님의 은총과 성모님의 사랑이 당신에게 항상 머

---

* 교도소의 검열에서, 이 부분의 내용을 문제 삼아 편지 발신을 '불허'하자, 해당 부분을 백지로 비워 두고 다시 써서 보냈다. 출소할 때 압수되었던 원본을 찾아왔다.

보내는 사람 안 재 구
광주시 북구 운흥동 88-1 (3405)

6 0 0 - 0 3

받는 사람   장 수 향 귀하
서울시 은평구 갈현동
문화 아파트 3동 301호
1 2 2 - □□

물기를 비오.

남편

1986년 5월 24일*

아버지께

그처럼 눈부시다던 오월도 이제 얼마 남지 않았습니다.

둘러보면 계절은 눈부시건만, 한편으로 지금 우리의 오월을 생각하면 가슴이 몹시 아픕니다. 피와 눈물과 땀, 인간이 생성해 낼 수 있는 모든 액체를 모조리 흡수해 버릴 듯한 기세입니다.

그러한 오월 속의 사람들은 이제 탈진해 버린 것 같습니다. 우리에게 오월이 그 순수하고도 맑은 본연의 의미로 다가올 때가 언제일지. 지금은 너무 숨이 찹니다.

요즘 학교는 하루하루가 바쁘게 흘러갑니다. 날마다 새로운 사건이 터지고('생긴다'는 표현보다는 정말이지 '터진다'는 표현이 옳습니다.) 그에 따라 모든 학생과 교수님이 동분서주 뛰어 다니기에 정신이 없습니다.

학내 시위 도중에 한 학우가 다쳤습니다.

---

* 교도소의 검열에서, 학생 시위에 관한 내용이 담겨 있어 수신이 '불허'되었던 편지.

그래서 뇌 수술을 했습니다.

얼마 후

또 한 학우가 다쳤습니다.

실명할 거라고 합니다.

그리고 또 한 학우가 다쳤습니다.

폐에 박힌 최루탄 파편을 제거했습니다.

교문 앞에서, 라운지에서, 도서관에서, 강의실까지 부상 학우를 치료하기 위한 모금함이 돌았습니다. 교수님들도 모금에 참여하셨지요. 연일 농성에 침묵시위, 곳곳에선 화가 나서, 화가 나 어쩔 줄 모르는 한숨들로 가득합니다. 정말이지 이젠 더 이상 참을 수 없었습니다. 스무날 동안 세 학우의 심각한 부상, 그것을 '남의 일'로만 여길 수 없었습니다. 함께 공부할 수 없는 세 학우, 저희는 그들과 함께하기 위해, 그리고 다시는 이런 일이 생기지 않기를 바라는 마음으로 '수업 거부'를 합니다. 두 학우의 부상으로 4, 5일 정도 시한부로 시작되었던 수업 거부는, 또다시 한 학우의 부상으로 무기한 연장될 조짐입니다.

물론 육천 서강인이 모두 하나가 될 수는 없었지요. 이 일과 수업이 무슨 상관이냐는 이야기도 나왔습니다. 노동자들이 그들에게 가장 소중한, 그야말로 생명줄이라 할 수 있는 소중한 일을 포기하고 아픈 마음으로 '파업'을 하듯이, 저희도 아픈 마음으로 학생들의 본분이라 할 수 있는 수업을 포기합니다. 이런 아픔들을 제발 좀 알아줬으면 좋겠어요. 저희는 수업을 영원히 포기한 것은 아닙니다. 참다운 수업을 받을 수 있는 날을 위해 잠시 접어두고 있는 것뿐입니다.

하지만 빨리 수업을 받고 싶기도 합니다. 강의실에선 교수님들의 열띤 목소리가 밖으로 새어 나오고, 간간이 학생들의 웃음소리가 오월처럼 싱그럽게 와르르 솟아 나오는, 자발적이고도 주체적인 수업을 받고 싶습니다.

언제쯤이면 기성세대의 그 잔소리대로 '학생들은 공부만 하게' 될까요. 축제는 축제답게 오월과 눈부시게 어우러지고, 우리의 잔디밭은 눈물 없이 싱그러운 풀 내음으로 살아 숨 쉴까요. 낭만, 멋, 젊음, 그런 말들도 언제쯤이면 우리와 친숙해질 수 있을지……. 지금은 오월인데요.

6월에는 뵈었으면 좋겠습니다. 오늘 밤은 이만 줄일게요. 어디선가 비 냄새가 들리는(?) 듯도 합니다. 안녕히 계셔요.

소영 올림

1986년 8월 11일

당신에게

그동안 별고 없으신지요. 지난번 편지 반가이 받았습니다. 이곳도 다들 별일 없습니다. 한더위도 이젠 수그러들고, 가끔 서늘한 바람이 불어와 마음을 부드럽게 하는 것 같습니다.

그 무더위를 어떻게들 지내셨는지, 마음이 아플 뿐입니다. 그저께는 김 신부님을 만나 뵙고 많은 이야기를 나누었습니다. 우리 일이 어찌 될지는 좀 더 두고 봐야겠지요.

초순에 간다는 것이 벌써 중순이 되었네요. 너무도 세월이 빠르군요. 방학도 이제는 얼마 남지 않은 것 같습니다. 소영이는 아르바이트를 하느라 무척 힘이 듭니다. 과연 견딜까 싶었는데, 차차 적응이 되는 듯합니다. 영민이는 마음에 들지 않게 공부하여, 형과 누나들의 공박이 심하지요. 날이 선선해지고 시간이 촉박해지면 열심히 하리라 봅니다. 면회는 20일 전후에 갈까 합니다. 계속 일이 많군요. 8·15가 지나고 나면 좀 덜할지…….

이달은 세 아이 등록을 하는 달이라 너무 부담이 큽니다. 소정이는 이번 학기가 마지막입니다. 세민이는 별 말수 없이 잘 지내고 있습니다.

어제는 천둥과 번개가 심해 새벽 세 시까지 잠을 못 잤습니다. 죄 많은 사람은 그 소리에 얼마나 두려움이 컸을까요?

그럼 더위에 건강 조심하시고, 두루 안부 전해 주세요. 이번 8·15 특사에 우리 식구가 많이 포함되어야 할 텐데. 열심히 기도하세요. 안녕히 계십시오.

아내 씀

1986년 9월 1일

소영에게

지난 29일, 언니와 오빠가 면회 와서 안부 잘 들었다. 방학 동안 아르바이트하느라고 애먹었구나. 아마 네가 세상에 나서 처음 대가를 받고 한 노동이겠구나. 거기에서 생긴 소득이 설사 얼마 되지 않을지라도, 소득을 위한 노동이라는 데 가치

편지 쓰다가 대전 이감 통고를 받고
짐 챙기느라 여기에서 끝낸다.

아버지

※대전에서 면회하기 바란다.

1986년 9월 9일

당신에게

지난 1일 아침에 광주에서 편지 쓰다가, 갑자기 대전*으로 이

---

* 1986년 9월 1일, 대전교도소로 이감되었다. 1985년 총선 이후 야당의 힘이 커지고 민주화 운동이 거세지자, 강경 일변도의 탄압이 다시 시작되었다. '동양 최대 규모'라며 신축한 대전교도소에 장기수들을 모아 강제로 사상 교육

감하라는 통고를 받았소. 쓰던 편지를 끊고 몇 자 사연만 적어 보냈는데, 그 편지는 대전까지 나를 따라와 이곳에서 보내진 듯하오. 이 편지와 별 차이 없이 도착하겠지요.

이곳에 온 뒤 즉시 편지하려 했으나, 광주에서 엽서를 가져오지 못해 안타까이 절차를 기다려야 했소. 그러다 이곳 교무과 직원의 주선으로 한 장 빌려서 오늘에야 편지 보내게 되니 많이 늦었구려. 원래 영어 생활이란 이감 직후는 살기가 빡빡하지만, 차츰 지나가면 또 생활에 안정을 찾을 것이오.

지난 82년 2월 19일에 전주에서 광주로 이감되어, 만 4년 넘게 광주에서 지내다가, 이제 대전에서 또 새로운 삶을 이어야 한다니, 한편 서글퍼지기도 하오. 하나 모든 것을 나의 의지와 천주님의 은총으로 이겨 나갈 것이니, 당신은 너무 걱정하지 마시오. 아버지, 어머니께도 말씀 잘 사뢰어 주시기 바라오.

서울에서 광주까지는 거리가 멀어 한번씩 오가기가 몹시 힘들었을 텐데, 대전은 그 점에 관해서는 퍽 다행이겠지요. 광주에 있는 동안 여러 형제자매가 피를 나눈 친동기간처럼 돌보아 주시던 일, 죽어서도 그 은혜를 잊을 수 있을까 생각하오. 특히 광주교구의 이병재 선생, 김 데레사 자매, 크리스티나 자매, 강 신부님, 영어 속에 서로 의지하고 고무하며 살던 여러 형제……. 하루

을 하고, 불응하면 혹독하게 탄압하였다.

258

속히 자유를 얻어 그분들을 찾아뵙고, 옛말하면서 따뜻한 정을 나눌 때가 있을 것이라 믿어 보오. 언제 나 대신 당신이 시간 내어 광주에 가서, 윤공희 대주교님과 이병재 선생을 만나 나의 이 말을 전해 주시기 당부하오.

나의 영어살이가 여기저기 옮겨 다니게 되니 그 통에 당신도 못 가 본 곳에 다니게 되겠구려. 이제 면회 올 때는 너무 시간에 쫓기게 다니지 마시오. 유성온천도 가까이 있고, 또 속리산 법주사도, 계룡산 동학사도 있으니 아이들 데리고 더러 구경하면서 면회 오기 바라오. 특히 유성온천은 당신의 신경통에도 좋으니, 올 때마다 온천에서 조리하면 좋을 듯하오.

오늘은 이만하오. 너무 급히 면회 못 와서 안타까이 생각하지 말고 편지나 자주 부탁하오.

천주님의 은총이 당신에게 가득히 내리기를 기도하며, 성모님의 따뜻한 손길이 당신과 우리 사 남매에게 항상 머물기를 비오.

남편

1986년 9월 20일

아버지께

온종일 비 오고, 바람 불고, 여러 가지 일로 괜히 심란했습니다. TV와 신문을 통해 접하는 서울 거리의 모습은 하루하루 달라져 가고, 다가올수록 왠지 숨 막히던 아시안 게임*도 오늘 무사히 (?) 막을 올리게 되었습니다. 비가 주룩주룩 내리는 날씨이긴 했지만요.

어떻게 지내시는지요. 환절기라 감기가 지독하다던데 편찮은 데는 없으신지, 다리는 좀 괜찮으신지……. 집은 두루 편안합니다. 추석도 잘 지냈고, 친척들도 모두 안녕하십니다. 외가도.

저는 별일 없이 잘 지내지만, 주변 환경이 안녕하지 못해 불안합니다. 엄격한 출결과 학시 일정으로 유명한 저희 학교도 결국은 휴교해 버렸어요. 교문 앞 500m부터 군복과 사복의, 방패로 무장한 전경들이 학생들의 출입을 막아서고 있는 상황입니다.

타의에 의해서, 그것도 100% 타의에 의한(이건 1학기 때 '수업 거부'와는 의미가 달라요.) 휴교 조치에 '일부 과격 학생'이 아닌 '다수의 선량한 학생'까지 흥분하고 있습니다. 차라리 방학이라면 도서관에라도 갈 텐데, 그것도 안 됩니다. 집에만 있자니 학교 잔디밭이 아른하고, 강의실까지 그립습니다. 대학 문을 전경의 방패로 막아 놓고서, 내일부터는 아시아인들의 축제라는 아시안 게임이 본격적으로 열릴 것입니다.

아버지가 계시는 그곳 대전은 어떤지요. 광주는 남쪽이라 왠지 따스하고 푸근해서 좋았는데요. 이제 아버지와 훨씬 더 가까이

* 제10회 서울 아시안 게임(1986.9.20.~1986.10.5.). 군사 정부는 대회 기간 중 대학을 봉쇄하고 휴교령을 내렸다.

있으니 좋다고 해야 할지요. 광주는 저희에게도 정들고 의미 깊은 곳입니다. 몇 년간 방학 때마다 아버지에게 다녀와서만이 아니라, 선명하고 아픈 오월의 기억으로도 오래 남아 있을 겁니다.

대전은 막내 고모가 사실 때 가 보았는데, 지금은 모르겠어요. 그곳은 어떨지, 얼마 후엔 뵐 수 있겠지요.

머리를 아주 짧게 잘랐어요. 인생을 포기했느냐느니, 남자 중학생 같다느니 한마디씩 하지만, 씩씩하게 잘 지내고 있습니다. 개강하고는 참 바쁘게 지냈습니다. 과 친구들과도 무척 친해졌고, 이야기도 많이 하고, 그러다 목소리도 높아지고, 다시 웃고……. 선배들은 저보다 여러 경험이 많아서인지 배울 게 역시 많습니다. 굳이 선후배 가르지 않더라도 각 사람에겐 저마다 훌륭한 점이 있다는 걸 깊이 느끼는 중입니다.

아직도 비는 계속 내리고 있습니다. 내일도 TV와 신문, 거리는 온통 아시안 게임 이야기로 정신없겠지요.

왠지 겨울 같은 밤이에요. 안녕히 주무세요.

소영 올림

1986년 10월 2일

소영에게

추석 지나고 개강 직후에 쓴 너의 편지와 또 하나, 엄마 편지와 동봉한 것 잘 받았다. 지난 여름 방학 때 수고해서 번 노동의 대가 중 일부라면서, 엄마 면회 때 보낸 돈도 잘 받았다. 정말 귀한 것이구나. 책 사서 요긴하게 공부하고 그 책을 다시 네게 보내마.

이곳 대전에 오니 모든 게 낯설어 어리둥절하지만, 곧 마음이나 몸에 익어지리라 생각한다. 차츰 생활도 나아지겠지.

너의 첫 노동의 대가를 받고 보니, 40년 가까운 옛일이 생각나는구나.

내 고향 밀양에서는 살기 어려워, 외가인 달성군 구시면(외할아버지가 면장이셨다.)으로 가서 지내게 되었다. 그곳에서 초등학교 교원 시험에 합격하여 구지국민학교에서 처음 교편을 잡게 되었지. 첫 월급을 받은 때, 그때가 1949년 9월이었구나. 마침 그날이 장날이라, 할아버지께 흰 고무신과 담배(황초) 한 묶음을 사다 드렸더니 얼마나 좋아하시던지. 손님이 오실 때마다, 손자 첫 월급에서 산 것이니 맛보라며 자랑하시던 모습이 눈에 선하다. 그때가 내 나이 열일곱 살이었으니 정말 옛날이구나.

내가 집 떠날 때 너희들이 너무 어려서 뒤돌아보며 눈물을 글썽였는데, 벌써 세월이 이만큼 지났구나. 나는 너희와 내 생명도 포기할 수밖에 없었으나, 하느님은 아무 탈 없이 너희들을 잘 키워 주시고 나에게 귀한 생명까지 도로 주시니, 정말 이런 은혜가 없구나. 이 은혜로 사람을 사랑하고 나라와 겨레에 갚아야 한다는 것 잊지 말아야겠다.

序詩

사랑만이
겨울을 이기고
봄을 기다릴 줄 안다

사랑만이 불모의 땅을 갈아 엎고
제 뼈를 갈아 재로 뿌릴 줄 안다
천년을 두고 오는
봄의 언덕에
한 그루의 나무를 심을 줄 안다

그리고 가실을 끝낸 들에서
사랑만이
인간의 사랑만이
사라 하나 돌로 쪼개
나눠 가질 줄 안다.

전담반집 金南柱

아버지께.

한 해 한 해 손꼽아 헤어보니
(머리써서 한꺼번에 하지 않았어요)
인만 구천 칠백 사십 일일을 아버지께선
하늘을 흠흠하며 사셨더군요.

걸고 작지 않은 나날들이지만
아버지가 느끼셨을 일, 생각하셨을
일, 그리고 겪으신 일들은 제가
어렴풋 짐작해보기에도 모자라는
나날들입니다.

앞으로 주어진 나날들 모두가
그 중에서 가장 아름답고, 뜻있는
날들과 연관되어 이어지길
빌겠읍니다.

생신 축하드립니다.

1986. 10. 24.

소영 올림.

너희 대학이 휴교가 되어서 몹시 마음에 걸린다. 우리 어른들이 나라와 사회를 잘못 이루어서 너희들에게까지 고생이 미치니……. 하지만 이 모든 것은 언제건 바로잡힐 때가 올 것이며, 지금의 일은 그날을 위한 진통이라 생각한다. 강의가 없어도 공부는 계속하는 것이 바로 대학 생활이니, 열심히 공부하기 바란다.

주님과 성모님의 은총이 네게 가득하시길.

아버지

1986년 11월 11일
아버지께

어떻게 지내시는지, 아픈 데는 없으신지요. 그곳은 광주보다 지내시기 나은지, 날씨는 괜찮은지 궁금합니다. 그러면서도 이렇게 늦게야 편지 드리게 되어 죄송합니다. 시간이 없었다는 건 변명이 되지 않고, 아마도 이 시대가 제 마음의 여유를 빼앗아 가버렸기 때문일 것입니다.

며칠간 불었던 차가운 바람처럼 정말이지 광풍 속을 살아가고 있는 느낌입니다. 어느 날 갑자기 캠퍼스에서 100여 명의 얼굴이 사라졌습니다. 어마어마한 숫자이다 보니 낯익은 얼굴들, 저와 같은 1학년도 꽤 됩니다. 국어 수업 같이 듣는 사람, 영어 수업 같이 듣는 사람, 강의 시간 옆에 앉은 사람, 앞에 앉은 사람, 과 선배들, 저희 과와 가까운 사학과, 종교학과 친구들……. 한층 더 잦고 심해진 매운 최루탄 가스. 그런저런 이유로 눈물도 많이 났지요. 하지만 마음 놓고 아파하지도 못하게, 세상은 바람처럼 핵핵 소리 내며 숨 가쁘게 돌아만 가고, 발걸음이 유난히도 무거웠던 나날이었습니다.*

어수선하다 보니 책도 잘 읽히지 않습니다. 대출해 놓은 책은 몇 장 넘어가지도 않은 채 책상 위에서 저만 바라보고 있고, 학교에서도 대충 지내다가 집에 옵니다. 하루하루가 소리라도 지르고 싶을 만큼 답답하고 숨 막히고, 뭐가 뭔지 모를 만큼 정신이 없습니다.

신문을 보아도, 지면에서 서슬 푸른 고함이 튀어나올 듯합니다. 유달리 진하고 큰 활자가 정치, 경제, 사회면에는 가득합니다. 각종 금지 사항들로 문화면까지 침범하고 있지요. 아버지께서도 여러 가지로 전보다 지내기 어려우시리라 짐작합니다. 곧 겨울이 다가온다는 것이 걱정되지만, 겨울을 살아갈수록 그만큼 봄을 앞당기는 길이라는 진실을 믿기로 하겠습니다. 아무쪼록

---

* 1986년 10월 28~30일에 이른바 '건국대 항쟁'이 일어났다. 군사 독재 정권에 맞서던 대학생 연합 집회에 경찰이 헬기와 소방차 등을 동원해 무력 진압하여, 학생 1,525명이 연행되고 1,288명이 구속되었다. 단일 사건으로는 사법 사상 최대 규모였다.

건강히 지내세요.

영민이는 여전해요. 시험이 얼마 남지 않아 밤늦게까지 공부하기도 하는데, 진작 그랬으면 좋았을걸 하는 마음이 들기도 합니다.

바람이 제법 찹니다. 건강에 유의하시고 튼튼히 지내시길 빌겠습니다. 안녕히 계셔요.

소영 올림

1986년 11월 24일
당신에게

당신이 보낸 11월 11일 자 편지와 같은 날짜 소영의 편지가, 어디로 어떻게 돌아다니다 왔는지 열흘도 지나 나에게 도달되었소. 이곳 상황이 어찌 돌아가고 있는지 모르겠구려. 그사이 당신과 아이들, 겨울을 맞아 추위에 어떻게 지내는지, 모두가 건강한지 마음이 쓰이오.

지난 20일에 영민이 시험은 잘 치렀으리라 생각하오. 아들딸 사 남매를 두고, 막내가 대학 시험에 애쓰기까지 한 번도 아버지로서 곁에서 보살펴 주지 못했으니, 정말 한이 맺히오. 내 인생에서 가장 재미있고 살뜰한 시간을 앗긴 셈이지요. 천주님께서는 나에게 모든 복을 주시지는 않은 듯합니다. 그 대신에 보다 큰 삶의 복을 주시리라 믿으며 삽니다.

요즘 그곳의 어른들은 어떻게 지내시는지요. 세월이 어수선하니 심신이 모두 괴로운 속에서 정말 안팎으로 고난이 심하겠구려. 젊은 학생들에게 마음 아픈 일이 많이 일어나고 있는 듯한데, 우리 어른들의 고난은 어린 청년들의 고난에 비하면 아무것도 아니라 하겠지요. 언젠가 치러야 할 우리 모두의 고난이라 여기고, 겨레 모두가 힘을 모아 슬기롭게 헤쳐 나가야겠지요.

원래 새벽이 가까이 다가올수록 밤의 어둠은 더욱 짙어 간다고 하지 않소. 모두 용기 잃지 말고 힘차게 나아가자고 전해 주오. 그리고 고난 속의 우리와 바깥의 여러 어른을 위하여 한때라도 쉬지 않고 하느님께 기도드리고 있다고 전해 주오.

먼젓번에 아버지와 어머니가 이곳까지 오셔서 나를 만나지 못하고 가신 일, 죄송하고 아픈 마음 이루 말할 수 없구려. 하지만 금지 잃지 않고, 나와 가족들을 위하여 참고 이겨 나가고 있다고 말씀드려 주오. 그리 멀지 않은 해방의 날을 기다리며, 우리 가족 모두 힘차게 살아 나가기 바라오.

오늘은 이만하오. 천주님의 은총과 성모님의 사랑이 당신과 나의 사 남매에게 가득하기를 비오.

남편

당신에게

오늘, 궁금하던 차에 당신의 편지를 반가이 받았습니다. 그곳의 불편한 생활들이 눈에 선했습니다. 하지만 보속이라 생각하고 이 고비를 참아 가시기 바랍니다. 지금은 모든 상황이 경직되어 안팎으로 매우 삼엄합니다.

이제까지 받아 오던 장기수*에 대한 푸대접을 대전이라고 해서 받지 말라는 법 있겠습니까. 눈도 귀도 멀어 불편하신 아버님께 대한 그들의 대접이 서운하시더라도, 당신이 좀 더 참고 튼튼히 견디시기 바랍니다.

아이들은 방학이 되었지만 좀 더 있다가 함께 면회 갈까 합니다. 그렇게 아시고, 참는 것만큼(보고 싶은 것도) 더 큰 기쁨이 오겠지요. 이곳 걱정은 조금도 하지 마세요. 다 잘 지냅니다.

담담하고 평화로운 자세로 즐거운 성탄절, 축복의 성탄절을 맞이하시기 바랍니다. 그곳에 함께 계시는 분들께도 즐거운 성탄절을 기원합니다.

금 이만 원 송금하오니 쓸쓸히 보내시지 말고 성탄과 설날에 파티라도 하세요. 며칠 전에 쓴 편지는 받았는지요? 그럼 안녕히

* 장기수: 오랜 기간에 걸쳐 징역살이를 하는 사람.

계십시오. 건강을 빌며.

아내 씀

1986년 12월 30일

당신에게

지난 24일, 과연 대전교도소답게 성탄절 전날에 갑자기 대구로 옮겨 왔소.*

낙동강을 건널 때부터, 아니 추풍령을 넘을 때부터 눈에 너무나 익은 산천이 가슴에 벅차게 들어오더군요. 황악산, 금오산, 팔공산, 대덕산, 저 멀리 가야산……, 모두 너무나 그리던 산천이지요. 위로부터 안동, 도동, 창녕, 밀양, 김해로 이어지는 낙동강 물줄기는 우리 선조들이 살아오고 내 육신이 잠겨 들곤 했던 강이지요. 정말 십 년 만에 다시 보는 산천이었소.

십 년이면 강산도 변한다지만 하나도 낯설지 않았으며, 비록 감옥이지만 고향 사람들의 따뜻하고 구수한 말씨를 들으니 정말 고향에 돌아온 기분이오. 사람을 보면 반말부터 해 대면서 잔뜩 위세를 부리는 꼴사나운 짓거리가 아닌, 먼저 경어로 대하는 우리 고향 사람이라는 것을 실감 나게 했소. 정말 이곳으로 옮겨 오

---

* 1986년 12월 24일, 대전교도소의 비인간적인 처우에 항의하는 단식 투쟁 끝에 대구교도소로 이감되었다.

게 되어 좋소. 현재 이곳에서의 나의 심정을 이처럼 솔직하게 말하오.

이제 나의 생활 문제는 마음 놓아 주시오. 현재의 거처는 비록 옛날처럼 비좁은 공간이긴 하나, 사람들과 따뜻하게 정이 오가니 마음 편하오. 거처도 내년에는 보안과장과 얘기한 대로 차츰 잘 처리되리라 생각하니 너무 걱정하지 마오. 이곳에 있는 여러 형제도 그런대로 잘 지내고 있소.

나의 건강은, 대전에 있는 동안 장염과 신경통이 심했고 그 후 유증으로 아직도 배 속이 편치 못하오. 다리가 좀 아프긴 하나, 조만간 거처도 마땅한 곳으로 주선될 것이니 차츰 나아지리라 믿소.

대전에서, 아버지와 어머니가 면회 오셨으나 그들의 비인간성으로 뵙지 못해서 몹시 마음이 아팠소. 이곳은 마음 푸근하게 오실 수 있으니, 해동하거든 한번 오셨으면 하오.

내일만 지나면 다사다난했던 86년도 지나가고 새로 희망을 걸어 보는 87년의 새 아침이 밝아오오. 나라와 겨레에 새로운 시대, 민주주의와 자유 그리고 통일의 시대가 다가오기를 천주님께 기도드립시다.

성모님께서 당신의 걸음마다 지켜 주시기를.

남편

1987년 1월 5일

재구 보아라

필을 들고 너를 향하니 하언*을 먼저 하랴. 정아 모 면회 잘하고 와서 전하는 말에, 신경통 몹시 심하다 하니 며칠 동안 조금 덜한가 알고 싶다.

거번** 대전서 면회 갔을 적 몇 시간을 힐난하다가 결국 못 하고 돌아설 제 일보 일보 흐르는 눈물 천지에 사무치고, 어찌 그럴 수가 있으랴. 몇 며칠이 전전반측***으로 날이 갔구나. 모쪼록 일심으로 건강 관리하여 수이 내 품으로 돌아와 옛날 같은 내 가정 행복을 다시 찾자꾸나.

이곳도 몇 집 식구들이 다 별고 없으니 걱정 마라. 부디 건강하기 천주님 전 기도한다. 세타,**** 모자 만들어 부치니 천금 같은 네 일신을 감싸서 체온을 보태 줄까 자꾸만 구슬픈 생각뿐이다. 광주서 볼 적은 머리도 장발이더니 지금은 머리도 깎았다 하니 얼마나 머리가 시리고 추울까. 모자와 같이 부친다.

아모 걱정 말고 그저 건강하게 있기를 바랄 뿐이다. 할 말은 태

---

   * 하언(何言): 무슨 말
  ** 거번(去番): 지난번
 *** 전전반측(輾轉反側): 누워서 몸을 이리저리 뒤척이며 잠을 이루지 못함.
**** 세타: 스웨터

재주 보아라

...

산도 부족하나 정신이 허황하여 이만 그친다.

엄마로부터

이 물건 받아 전해 주실 분에게
팔십 노모가 만들어 부치오니
본인에게 잘 전해 주시기 두 손 모아 기도드리나이다.
양말 두 켤레

1987년 1월 7일

아버지께

아침나절에 잠깐 내리던 눈이 이내 진눈깨비로 바뀌더니, 급기야는 종일 비가 주룩주룩 내렸습니다. 겨울에는 비가 흔하지 않은데, 올겨울은 어찌 된 셈인지 겨울비가 잦습니다. 계절도 자연과 어울려야 자연스러운 법인데요. 그래서인지 낯선 겨울비가 과히 반갑지는 않았습니다. 눈조차 펑펑 내려 주지 못한 겨울이 조금 짜증 나기도 하고 원망스럽기도 한걸요.

그래도 새해가 겨울과 함께 시작한다는 것에 왠지 감사한 마음이 듭니다. 쨍쨍한 햇살과 함께 시작하는 새해라면 어딘지 어색할 것 같습니다. 추위에 움츠러들고 불어오는 바람에 휘청이기도 하면서, 겸허하게 새로운 해를 맞도록 하는 겨울이 좋습니다.

고향에 내려갔던 친구가 올라왔습니다. 오랜만에 만나니 정말 반가웠어요. 나긋나긋하면서도 억센 경상도 사투리가 서울 생활 일 년에도 조금도 닳지 않고 여전한 아이입니다. 그 친구의 반짝반짝 빛나는 아름다움이기도 하지요.

과감하게 둘이서 술 한잔하러 갔습니다. 방학도 아랑곳없이 붐비는 곳, 젊음의 열기가 가득했습니다. 그 분위기에 휩쓸리다가도 왠지 그 속에서 슬퍼질 때가 있습니다. 술 탓이기도 하지만 울고 있는 젊음, 괴로워하는 젊음이 부쩍 많거든요. 「사슴」의 시인 노천명처럼 "어찌할 수 없는 향수에 슬픈 모가질 하고 먼 데 산을 바라보는"게 아니라, 어찌할 수 없는 슬픔과 괴로움에 술독만 비워 내는 젊음입니다.

물론 모두가 나약하고 패배적이어서 헤어나지 못하는 것은 아니지만, 그리고 슬픔과 괴로움을 의지 삼아 더욱 단단한 자신을 만들어 가겠지만, 저희 앞에 놓인 현실은 너무 버겁기도 합니다.

한쪽 구석에 쓰인 낙서가 눈에 띄었습니다.

"슬픔을 견디기 힘들 땐
  더 큰 슬픔을 생각하고,
  더 큰 슬픔을 견디기 힘들 땐
  무너질 듯한 슬픔을 생각하고,
  무너질 듯한 슬픔을 견디기 힘들 땐

살아가고 있는 모든 사람을 생각하라.”

마지막 구절에 눈물이 날 것 같았습니다. 자신의 슬픔 속에서도 살아가고 있는 모든 사람을 생각하는 젊음. 하지만 살아가는 모든 사람을 생각하는 것은 무척이나 힘이 들고, 그로 인한 고민이 많은 것도 사실입니다. 저희 앞에 놓인 시대의 유산은 너무 힘겹습니다.

영민이는 단호하게 대구행을 고집하고 있습니다. 아버지의 학교에서 공부하고 싶은가 봅니다. 경북대 수학과에 지원하기로 했어요. 그 나름대로 장단점이 있겠는데, 장점이 더 클 수도 있겠지요.

하지만 영민이와 떨어져 어떻게 살지 벌써 걱정이 되기도 합니다. 며칠만 없어도 심심해서 서로 찾고 그리워(?)하는데요. 만나기만 하면 이내 또 싸우지만요. 하루 이틀도 아니고, 적어도 제가 졸업할 때까지 자주 못 만날 생각을 하면 너무 걱정됩니다. 내일 원서 내러 가는데 “장도에 오르는 몸이……” 어쩌고 하더니 잠들었나 봅니다.

집안은 여전합니다. 다들 별일 없어요. 아버지는 어떠신지요? 대구는 과연 지도상의 위치가 무색하지 않게, 추위가 덜한 제대로의 남쪽인지 궁금합니다. 무엇보다 이 겨울이 빨리 갔으면 좋겠습니다. 하지만 노래에도 있지요. “오는 봄만 맞으려 말고 내

손으로 만들자."

편안히 주무시기 바랍니다. 그리고 건강히 지내세요.

소영 올림

1987년 1월 19일
소영에게

너의 많은 편지를 받고 쉬이 편지 못 해 미안하다. 새해 첫 편지는 할아버지 할머니께 세배 사연 드렸고, 이제야 네게 편지 쓰게 되었구나.

먼저 1987년 새해를 맞이하여 너희 사 남매, 소정, 세민, 소영, 영민의 힘찬 성장을 빌며, 우리 가정과 우리나라의 그리고 우리 겨레의 소망이 이루어지는 날이 하루빨리 다가오도록 기원한다.

지난 연말에 부친 편지들이 대전으로 갔다가 이곳에 오느라 뒤늦게 받았고, 오히려 그 뒤에 부친 편지를 먼저 받았다. 그리고 1월 3일부터 12일 사이의 편지 5통도 함께 받았다. 연초에 적적한 나에게 너의 편지가 얼마나 마음을 따뜻하게 해 주었는지 모른다.

너를 광주에서 본 후 한 번도 못 봤으니 4개월이 다 되었고, 이제 2월이 되어야 네 모습을 보겠구나. 너의 편지로 보건대 대학 입학 후 일 년 동안 무척 많이 성장했다.

영민이가 경북대 문리대 수학과에 지망하고 엄마와 함께 면회 왔던데, 입학 후에 열심히 해서 나의 기대에 어그러짐이 없었으면 좋겠구나. 나의 모교이고 수학과의 모두가 나의 동창과 제자들이며, 나의 은사도 대구에 계시니 모두 관심 갖고 눈여겨볼 것이다. 다른 형제와 떨어져 대구에서 홀로 공부하는 것이 헛되지 않기를 바랄 뿐이다.

내가 젊었을 때 하고 싶은 공부는 철학, 경제학, 수학이었는데, 당시 사정으로 수학을 공부하게 되었다. 그때 나의 할아버지께서 여러 가지 충고를 많이 해 주셨고, 그러한 기대에 어긋나지 않고 살아왔다고 자부하고 싶구나. 수학으로 직업을 택했지만, 그래도 철학과 사회 과학은 계속 공부하였고, 이것으로 나의 세계관, 인생관을 이루어 왔다.

내가 하고 싶던 공부를 너희 사 남매가 제가끔 하나씩 붙잡고 공부하고 있으니, 마치 내가 하고 싶던 공부 모두를 너희가 한다고 여겨지며 한없이 만족스럽다. 이들 학문은 서로 연결되면 더욱 빛날 것이니, 하나로 협심해서 서로 연관 지어 대성하기 바란다. 하루빨리 해방되어 너희들 곁에 돌아가 공부에 도움이 되었으면……. 그리고 학문에 관한 대화 속에 날이 새고 저물면 얼마나 좋으랴.

네 편지에서 이야기한, 젊은이들이 모이는 술집의 벽에 쓰인 낙서가 내게도 뭉클하다. 끊임없이 고민하는 우리 젊은이들에 대한 눈물겨운 사랑으로 나의 가슴이 고동친다. 고민에 매몰되면 패배하지만, 고민의 밑거름 속에서 창조하는 새싹을 틔워야겠지. 고난의 시대일수록 절망하지 말고 용기와 긍지 속에서 힘차게 성장해야 하겠지. 우리 모두 힘내자꾸나.

요즘 나는 한국 성리학에 다시 관심을 가지고 이 책, 저 책 읽어 나간다. 양반 계급의 이데올로기이기는 하나, 그래도 그 속에는 서양과 다른 방식으로 세계를 보는 슬기가 있기에 공부하는 재미가 있다.

2월에는 언니와 함께 다녀가기를 바란다. 너와 언니의 모습이 항상 보고 싶다. 오늘은 이만하자. 열심히 공부해서 힘차게 성장하여라. 주님의 은총이 항상 함께하시기를 빈다.

아버지

1987년 7월 13일
당신에게

그동안 별고 없는지요. 오랫동안 편지를 못 한 것 같습니다. 변화 속에 정확한 소식을 알릴까 하고 늦추기도 했고, 곧 면회 가려고 미뤘나 봅니다. 방학이라 다 같이 움직이려니 힘이 드는군요.

그동안 많은 변화가 있었습니다. 세월이 약이란 속담처럼, 참으로 많은 시간이 흘렀고 이제 약이 되기도 하는군요. 곳곳에서

'양심수* 전원 석방'이란 구호가 하늘 높이 울려 퍼지고 있습니다. 젊은 청년들에게 감사한 마음이 듭니다. 또한 이런 날을 보게 해 주신 주님께 감사의 기도를 올립니다. 아직 감옥 문이 열리는 영광이 주어지지는 않았지만, 이제 앞으로 얼마나 가겠어요. 마음이 흐뭇해지지만, 기다림에 너무 지치기도 합니다.

올해 8·15가 마지막 기회가 아닌가 하고, 바깥에서 가족들 모두 열심히 뛰고 있습니다. 면회 갈 틈도 없을 만큼요. 그래도 내일쯤 가려 했는데 아이들 계획이 잘 맞지 않는군요. 16일에 제사 지낸 후, 20일이나 21일에는 꼭 가 뵙겠습니다.

민주화의 물결, 노도와 같이 밀려드는 민중의 함성을 감히 어느 누가 막을 수 있겠습니까. 그러나 한편으로는 긴장하고 또 불안해하고들 있습니다. 예기치 못한 어떤 일이 또 벌어질지 모르니까요. 신문에서는 과격하다고 소리 높이지만, 젊은이들은 지혜롭고 조심스럽게 민주화의 진전을 이어가고 있습니다.

고 이한열** 군의 장례에는 국상보다도 더욱 많은 인파가 모여

---

* 양심수: 그간 '구속자', '장기수' 등으로 부르다가 1985년 12월에 '민가협'(민주화 실천 가족 운동 협의회)이 발족되면서 '양심수'로 통일하였다. 양심에 따른 신념을 표현했다는 이유로 구금·투옥된 사람을 말한다.
** 이한열(1966~1987): 연세대 학생. 1987년 6월 9일에 열린 '6·10대회 출정을 위한 연세인 결의 대회'에서 전경의 최루탄을 맞고 끝내 사망하였다. 이후 대규모의 6월 민주 항쟁이 이어졌고, 군사 정권에게서 6·29 민주화 선언을 쟁취하였다. 7월 9일에 열린 장례식에는 100만여 명의 인파가 모여 애도하였다.

한마음, 한뜻으로 애도했습니다. 우리 아이들 또래라 너무 마음이 아팠습니다. 사람의 힘으로는 어찌할 수 없는 하늘의 크나큰 역사이겠지요. 앞으로 이 시대에 어떤 장이 펼쳐질지 조심스레 지켜봅니다. 당신과, 그곳에 계신 모든 분의 건강 관리를 당부드립니다. 강산이 변한다는 십 년을 참았는데 좀 더 느긋해야지요. 더위에 시달리는 행동은 삼가시고, 슬기롭게 참고 관망하면서 이 통한의 세월을 견뎌 내시기 바랍니다.

어제는 민주당사를 점거하다가 나온 학생들과 함께 농성했더니 몹시 지치기도 하는군요. 이달엔 장기수 가족 특집으로 인쇄물이 나옵니다. 우리 가족사진과, 당신이 보낸 편지들이 실릴 것입니다. 정말 오랜 인고 끝에 맛보는 기쁨입니다. 이 흐름을 잘 다져서, 그야말로 갈고닦아 민주주의의 장정으로 이어 가야겠습니다. 거기엔 많은 투쟁과 고생이 또한 따르겠지요.

여러 가지로 궁금하고 마음이 들뜨기도 하겠지만, 이런 때일수록 많은 기도가 필요하리라 생각됩니다. 9일 기도 꼭 하세요. 문 목사님*께서 안부 말씀과 건강을 당부하셨습니다. 그럼 다음

---

* 문익환 목사(1918~1994): 1970년대 유신 정권 말기부터 1980년대 반독재 민주화 운동과 통일 운동의 구심이 되었다. 본인도 여러 차례 투옥되었으며, 감옥의 양심수들과 가족들에게 큰 의지가 되었다. 1989년에는 "나는 걸어서라도 갈 테야."라는 자신의 시구처럼 분단의 금기를 넘어 방북하였고, 이로써 통일 운동에 큰 획을 그었다.

빌 때까지 안녕히 계십시오.

아내 씀

1987년 10월 20일
당신에게

어제 당신의 편지 잘 받았소. 지난 2일에 영민과 함께 면회 왔다가 못 만나고 돌아가게 되어 매우 섭섭하였어요. 이곳 나의 입장으로는 그럴 수밖에 없었지요. 더구나 그 이튿날은 우리가 결혼하여 첫발을 내딛던 날이었는데……. 그 뒤에 편지한다는 게 차일피일 늦어졌구려. 그사이 아버지와 어머니께는 문안 편지 올렸어요.

이젠 날씨도 제법 차가워지고 담 너머 논에는 벼가 고개를 숙이고 있구려. 미루나무 잎사귀에도 단풍이 들더니 바람에 우수수 떨어지기도 합니다. 그 바람에 무성한 나뭇잎에 가려 잘 보이지 않던 앞산(대덕산)이 모습을 드러내고 있소. 그만큼 겨울이 성큼 다가서는 소리가 들리는 듯하오. 올겨울은 가을부터 서두르는 품이 다른 듯, 좀 추운 겨울이 될 것 같구려. 그렇지만 아무리 춥더라도 이겨 낸 체력이니 걱정하지 마오.

일주일이 지나면 개헌 국민투표가 있겠고, 새 헌법에 따라 곧 대통령 선거가 시작되겠지요.* 묶인 우리로서는 무척 관심이 갑니다. 자기 말 이외에는 모두 눌러 버리던 자들이 민주주의를 더 떠들고 있으니, 정말 같잖은 꼴이오. 하지만 얼마 지나지 않아 판가름 날 것이고, 끝끝내 날뛰다가는 국민의 철퇴가 내려지겠지요. 우리 묶인 사람들은 이 역사적 변동을 조용히 응시하고 있을 것이오.

당신 편지에 오는 24일에 면회 온다고 했는데, 얼마 전에 부소장을 만나서 면회 건에 대해 이야기하긴 했소. 이번에는 과연 어떻게 할는지. 아무튼 그날은 한번 두고 봅시다.

미국과 캐나다에서 최 선생, 오 선생 등이 나의 석방을 위해 세계 수학자들의 서명을 받고 있다 하니, 정말 감사하오. 모두가 수고 많겠구려. 예로부터 총칼 든 자가 책 든 선비 알아보지 못한다고 했지요. 그러나 칼 든 자는 그 칼로 망하게 된다고 우리 예수께서도 말씀하셨으니, 머지않아 그런 날이 오리라 믿습니다. 두 분께, 그들에게 절대로 사정이나 애원하는 말은 하지 말아 달라고 당부해 주시고, 내가 못다 한 학문에 더욱 정진하여 대성하시기를 바란다고 전해 주시오.

당신의 건강과 모두의 평화를 위해 주님께 간구하오.

남편

＊ 1987년 10월 27일에 대통령 직선제를 주요 내용으로 한 헌법 개정 국민투표가 실시되어, 78.2%의 투표율과 유효 투표수 94.5%의 압도적 찬성으로 통과되었다. 이에 따라 그해 12월 16일에 대통령 직접 선거를 치렀다.

1987년 11월 18일

아버지께

발밑에 떨어져 구르던 도토리가 보이지 않는다는 생각이 문득 들었습니다. 그러고 보니 어느새 겨울이 가까이 다가와 있나 봅니다. 유난히도 추위가 일찍 찾아왔고, 올가을은 무척이나 짧았지요.

그리고 저는 가을인지, 겨울인지 감도 못 잡을 만큼 어수선하게 보냈습니다. 그간의 폭풍우들에 너무 지친 모양입니다. 사람을 더욱 춥게 만드는 선거철입니다. 어떻게 지내고 계신지요?

참고서 위로 연필과 붉은 펜을 바쁘게 움직이던 고등학교 마지막 해 이맘때가 새삼 생각납니다. '그때가 좋았지' 식의 자맥질은 아닙니다. 그저 참으로 순수하고 건강할 때가 있었다고 떠올려 보는 것이지요. 낯선 엽서 편지지라 드리는 말씀조차 낯선 느낌이 드네요. 아름답고 따스한 내용으로 채우고 싶었는데요.

따뜻한 방 안의 온기를 함께 보내드리겠습니다. 건강히 지내세요. 그리고 따뜻하다 못해 뜨거운 마음 늘 지니시기를 바라겠습니다.

소영 올림

1987년 12월 20일

당신에게

그동안 별고 없으신지요? 그날은 너무 시간에 쫓겨 분주히 돌아왔습니다. 게다가 토요일이라 차표를 구하지 못해 당황하다가, 무사히 4시 30분 차로 돌아왔습니다.

선거 결과가 못마땅해도 할 수 없지요.* 이제는 다시 자세를 가다듬고 다음 정권에나마 조금이라도 기대해 봐야겠지요. 지난번 6·29 선언 때도 그랬고, 새 정부는 화해와 관용의 자세로 모든 것을 처리하겠다는 말은 하고 있으니, 당신도 그에 맞는 자세를 가져 주시기 바랍니다. 당신이야말로 현직 20년을 국립 대학 교수로 지낸 사람이 아닙니까?

이번에 두 야당 정치인의 정권욕과 고집에 환멸이 오기도 했습니다. 이제는 오로지 주님께 간구하며, 당신의 석방에만 전념해야겠습니다. 당신도 앞으로 당신만을 생각하며 당신을 위한 생활을 하십시오.

오랜 수형 생활로 당신의 심신의 건강에도 한계가 왔고, 저 역

---

* 1987년 12월 16일에 실시된 대통령 선거에서, 민주 세력은 김영삼 후보와 김대중 후보로 분열되었고, 결국 군사 정권 출신 노태우 후보가 36.6%의 지지로 대통령에 당선되었다. 민주 진영은 물론 양심수 석방을 바라는 가족들의 실망과 좌절이 컸다.

시 그러합니다. 경제적인 것도, 네 아이를 이끌어야 하는 것도 이제는 힘겹습니다. 경제적 문제나 아이들 훈육도, 이제는 정말 당신이 맡아 줘야겠어요.

새해에는 기쁜 소식 간절히 기다리며, 석방을 위해 당신의 자세에 대해서도 깊이 생각하고 노력하시기 바랍니다.

부디 즐거운 성탄절 보내시고, 새해에 당신과 우리 가정에 축복이 가득하기를 주님께 간구합니다. 건강을 빕니다. 추위가 걱정되어 마음이 아픕니다.

아내 씀

1988년 1월 4일
당신에게

지난 섣달 하순에 보낸 카드와 함께 당신의 사연 잘 받았어요. 이제 1988년 새해가 밝아 왔어요. 당신과 우리들의 사 남매에게 새해의 따뜻한 인사를 보내오.

지난해 섣달에는, 예상한 바였지만 그래도 혹시나 하고 기대했던 것이 말 그대로 물거품이 되고 말았지요. 당신의 편지로 그곳의 절박한 상황과 당신의 심정이 내 가슴에도 스며듭니다. 당신과 아이들의 피나는 십 년의 세월을 생각하면, 정말 피를 토할 듯 참담하지요. 그래도 우리는 새로운 힘을 내어서 살아갈 수 있으며, 살아가야 하겠지요. 올해도 계속 이 시련을 이겨 나갈 작정을 해야 하겠어요.

편지 쓰고 있는 지금 밖에는 흰 눈이 펄펄 내리고, 방 안의 한 형제는 눈 오는 먼 하늘을 하염없이 바라보고 있소. 희뿌연 먼 하늘에 아마 그리운 얼굴들을 더듬고 있겠지요.

아무튼 우리 모두 새해를 맞이했소. 이해가 어떻게 전개될지 정말 모르겠구려. 그러나 역사는 되돌아가지 않는다는 것이 진리입니다. 승리를 향해 보다 더 전진하는 해가 되리라 믿읍시다. 장벽이 두껍고 역류가 심해도, 그만큼 앞으로 나아가는 물결의 흐름 또한 힘찰 테니까요.

당신이나 우리 사 남매 모두 용기를 내셔야 하오. 나는 다시 용기백배하여 이 시련을 힘차게 이겨 나가려 합니다. 이 힘은 당신과 사 남매가 이 어려운 고난을 힘차게 이겨 나가고 있기에, 그것을 믿는 마음에서 나오고 있어요. 88년도 지난 87년처럼, 보다 힘차게 이겨 나갑시다.

민주주의가 승리하고 해방이 성취된 여러 나라를 보더라도, 역사의 진행에는 우여곡절이 숱하게 있었지요. 역사의 전진 세력이 때로는 과격, 모험주의, 파벌 싸움, 소극성, 분열 등으로 눈앞에 승리와 성취의 과실을 두고도 몇 번씩이나 빼앗겨 실패한 역사를 우리는 알고 있지요. 그 대가는 어처구니없는 희생과 좌절로 이어져, 이제까지의 노력을 덧없게 해 버리고도 맙니다. 하지만 그래도 역사는 전진하며, 아픔을 딛고 새롭게 앞으로 나아갑니다. 88년 역시, 기필코 그러할 것입니다.

지난해에 그렇게나 애쓰고 힘껏 일하신 여러 어른께 안부 전해 주시오. 새해의 인사를 일일이 아뢰어야 하나 나의 처지가 허락되지 못하니, 당신이 잘 인사드려 주시오. 이 시련을 딛고 모두 더욱 힘차게 민주주의로 향한 크고 굳센 발걸음을 이어 가자고 전해 주시오.

천주님의 보호와 성모님의 사랑이 당신에게 가득하기를 비오.

남편

1988년 1월 15일
아버지께 드립니다

해가 바뀌니 모든 사물이 새롭게 발전적으로 변화하고 있습니다. 겨울철 건강은 괜찮으신지요?

11일, 아버지를 뵙고 서울로 올라왔습니다.

선거가 끝나고, 양심수 석방이라는 문제가 협상이라는 구차한 방법으로 진행되고 있는 것에 안타까운 심정을 금할 길 없습니다. 하지만 어차피 우리가 추구하는, 그리고 아버지께서 평생 갈망하셨던 진정한 해방이 아닌 바에야 무슨 의미가 있을까 하는 생각도 듭니다.

집안 식구들은 모두 잘 있습니다. 어머니께서도 건강하시고, 형과 누나들 모두 열심히 생활하고 있습니다.

오늘 오전에 남산에 있는 외교구락부에서 구속자 가족들과 김영삼 씨의 만남이 있었습니다. 어머니께서 몸이 안 좋아 제가 대신 나갔는데, 전날 '노태우-김영삼 회담'의 논의 중에 양심수 석방에 대한 언급이 있었다 합니다. 원론적인 이야기들이었지만 조금은 희망적이라는 감을 받았습니다. 어차피 정치가들의 협상에서 얻어진 결과물은 뻔한 것이기도 하지만, 남은 기간에 할 수 있는 모든 방법으로 노력해 봐야겠지요. 아버지께서도 좋은 결과가 오리라는 믿음으로, 조금만 더 기다리시기 바랍니다.

제가 집에 오니 모처럼 사 남매가 한자리에 모여 같이 공부하고 또 토론하곤 합니다. 가장 어린 저도, 이제는 형과 누나들의 도움 속에 작은 부분이나마 정확한 사고를 견지하려 노력하고 있습니다. 십 년 가까운 세월 속에 세상도 많이 변했고, 그 속에 저희도 정신적으로, 육체적으로 많이 성숙한 것 같습니다. 이 모두가, 저희가 어릴 때부터 멀리서나마 항상 깨우쳐 주시고 힘이 되어 주신 아버지 덕분입니다.

이제 새해가 된 지도 보름이 지났습니다. 조금만 지나면 봄이 오겠지요. 동토가 녹듯 척박한 현실도 봄을 맞이할 것입니다. 머지않아 다가올 그날까지 몸 건강히 지내시기를 바랍니다.

이달이나 내달 초에 있을 가족 좌담회에는 식구 모두 참석할 것입니다. 그때쯤이면 어느 정도 좋은 소식 접할 수도 있겠지요. 아무쪼록 추운 겨울에 건강에 유의하시고, 항상 마음 편히 생활하시기 바랍니다. 이만 줄이겠습니다.

영민 올림

1988년 3월 3일
당신에게

오랜만에 글을 써 봅니다. 진작 글을 쓴다는 것이, 사면 발표 후에 쓰려 하다가 이처럼 늦었습니다. 음력설에 쓴 편지도 잘 받았습니다. 그동안 건강은 어떠신지요? 며칠째 추위가 계속되는군요. 그래도 모레가 경칩이라니 추위도 마지막 고비인 것 같습니다.

지난 3·1절 사면 때는 막연히 기대도 해 보았습니다. 세계 수학자 130여 명*이 당신의 석방을 위해 성의를 내고 수고를 해 주셨는데, 효과를 거두지 못해 미안합니다. 다음에라도 크게 참작되어 그분들의 기대에 어긋나지 않아야 할 텐데, 좀 더 두고 봐야겠지요.

---

* 1988년 2월, 국제 수학 연맹(IMU, International Mathematical Union) 회원국의 수학자들과 캐나다 학술원 회원 등 134명이, 한국 정부에 안재구 교수 석방 탄원서를 제출하였다.

서명이 도착했을 때 너무 반가워 당신에게 글을 쓰려다가, 시일이 촉박해 동분서주 뛰어다니느라 정신없었습니다. 바깥의 여러 어른과 상의하며 며칠을 이곳저곳 뛰어다니다, 음력설 즈음에는 한차례 병이 났지요. 그래도 초하룻날 눕는 게 싫어 아이들과 외가에 가서 세배드리고 왔습니다.

이곳은 별고 없습니다. 영민이도 내려갔어요. 집안 분위기를 휩쓸다 가고 나니 온통 허전하네요. 많이 의젓해졌지만 제게는 아무래도 막내입니다.

내려가면 당신께 들러 영치품을 넣으라고 했는데, 다녀갔는지 궁금하네요. 지난 면회 때는 이야기에 신경 쓰느라 아무것도 사 넣지 못하고 돌아와 아쉽고 개운치 않았습니다. 무엇을 넣을지 당신께 물어보고 구매한다는 것이……. 요즘은 건망증이 말이 아니지요. 아이들에게 타박도 많이 받습니다.

이번 3·1절에 석방되지 않더라도 감형은 되지 않을까 기대했는데……. 하기야 때가 되면 감형도 필요 없이 단번에 나오게 되겠지요. 희망과 용기를 갖고 열심히 기도해 주세요.

새 학기 등록에 무척 고심했습니다. 세민이야 부담 없지만, 세 아이 등록을 함께 했으니까요. 아이들도 아르바이트를 하여 학비 마련에 보탬이 되기도 했습니다.

12일에는 아버님, 어머님께서 미국 고모에게 가십니다. 어른들이 떠나신다니 마음의 허전함을 감출 길이 없네요. 그래도 무슨 일이 있으면 달려가서 의논할 데라도 있었는데……. 떠나시는 것을 보고 중순경 대구에 내려갈까 합니다.

오늘은 정월 대보름날입니다. 남들이 하는 대로 찰밥을 해 먹긴 했지만, 무얼 해 봐도 즐겁지 않은 것이 우리의 생활입니다. 날씨라도 따뜻해지면 마음 한쪽의 걱정이라도 덜게 될 텐데요. 이젠 다시 마음을 다지고 새로운 소망을 담아 기도하며 열심히 살아야겠지요.

건강 관리 잘하세요. 어려운 시기니까 특별히 주의를 기울이시기 바랍니다. 저도 건강에 유념하겠습니다. 이곳 걱정은 하지 마세요. 다들 잘 살아가고 있습니다. 아이들 공부도 열심히 하고 있습니다.

그럼 만나서 이야기하기로 하고 이만 줄이겠습니다. 안녕히 계십시오. 주님의 가호가 항상 함께하시기를 기원합니다.

아내 씀

1988년 5월 8일

소영에게

그사이 공부 잘하느냐. 계절이 바뀌어서, 이곳은 얼마 전까지도 봄 같지 않다가 갑자기 여름이 선뜻 다가온 듯하다. 담 밖의 미루나무는 신록이 완전히 무성해져 푸른빛이 눈을 시원하게 하는구나. 하지만 멀리 바라보는 시야를 가려서 탁 트인 기분은 없다. 그래도 오늘은 제법 쌀쌀하니 춥다. 이러한 계절의 변동에 건강하게 지내는지, 그리고 언니, 오빠 모두 어떻게 지내는지, 또 남쪽에 있는 영민이 공부 잘하는지.

지난달에 엄마, 언니와 영민이 와서 면회했으나 희한한 곳에서 손 한번 못 잡고 그대로 보기만 했다. 그래도 언니는 명랑하고, 영민이는 항상 씩씩하며 기특하게 아르바이트를 했다며 영치금도 넣고 갔더구나. 그 어리던 막내가 이처럼 자랐음을 생각하니, 너희들 사 남매에 대한 하느님의 사랑이 무한함을 느꼈다. 그리고 나의 간절한 부탁을 이루어 주신 데 대해 깊이 감사드렸다.

그러고 보니 십 년 가까이 되었구나. 일이 모두 어그러지고 신변에 위협이 찾아오게 되었을 때, 어리디어린 너희 사 남매를 두고 집을 떠나며 한마디 인사조차도 할 수 없었지. 이것이 조국이 나에게 주는 시련이라면 감수하리라 여기고, 칼로 베듯 모든 질긴 인연을 끊어 버리고 떠나면서도, 그래도 다섯 얼굴이 지워지지 않던 것이 아직도 생생하다. 그리고 서울구치소의 어둑한 감방에서 인간으로서 최고의 고통을 당하면서, 그간의 명예와 쌓아 온 업적을 다 내버려도 너희들 다섯 얼굴만은 지울 수 없어 하느님을 찾았다. 모든 것을 맡아 달라고 애원하던 것이 지금도 새로운데, 이미 하느님은 틀림없이 이루어 주셨구나. 그 하느님을 저 멀리 푸른 하늘 너머가 아니라 바로 이 땅에서, 엄마와 너희들

사 남매의 착한 마음과 순결한 검은 눈동자에서 본다. 그래서 이제는 마음 푹 놓고 하느님과 조국 그리고 민족이 내게 주는 이 고난을 아무 불평 없이 겸손하게 받아 나가고 있다.

생각하면 강산도 변한다는 십 년이다. 그사이 지나온 것을 돌아보면 전주의 암흑, 광주의 뜨거운 열기와 고생, 대전에서의 부당한 처우는 이루 말할 수 없었고, 때로는 정말 견디기 힘들었다. 그래도 내가 존경하는 스승의 말대로 "고난에 찬 내 인생의 한순간마저도 비천하고 속물로 사는 인간의 한평생과 바꾸지 않을 것이다."라는 굳은 마음으로 지낸다. 너희들 사 남매의 그 검은 눈동자에서 나오는 마음이다.

출세해서 권좌에 올라선 너희들의 미래는 내 머릿속에는 없다. 크건 작건 권좌 아래에 하루하루의 삶을 의지하는, 속물적이고 비천하게 사는 너희들의 미래는 더더구나 없다. 스스로의 삶을 스스로의 뜻대로, 스스로의 책임으로, 작지만 당당하게 살아가는 너희들의 모습만이 내 마음속에 가득하다.

어려운 중에 공부하느라고 고생이 많겠구나. 그래도 "그때 우리는 다른 사람들보다 가난하고 어렵게 살았지만, 우리 인생은 그들보다 더 힘차고 보람 있었다."라고 이야기할 미래를 생각하며, 지금의 고난을 힘차게 이겨 나가자.

천주님의 은총이, 성모님의 사랑이 언제나 네게 함께하시길.

아버지

1988년 7월 13일

당신에게

★★★기쁜 소식.

당신의 석방을 위해 일본의 수학자, 과학자, 대학 교수 700여 명이 서명한 탄원서*를 대통령께 제출했다는 소식을 오늘 저녁 소영의 전화로 받았습니다. 기뻐하며 기도했습니다. 고마운 분들, 감사합니다. 큰 숫자에, 힘든 일을 해 주셨습니다. 당신의 석방을 간절히 갈망하는 국내외의 많은 사람을 위해서도 열심히 건강 관리하세요.

내일 일찍이 올라갈까 합니다. 서울에 가면 추기경님을 찾아뵈려 합니다. 당신도 열심히 기도해 주세요. 오늘부터라도 9일 기도 꼭 시작하세요. 부탁합니다. 아이들이 당신에 대한 정은 엄마에게보다 훨씬 짙으니, 당신은 자식 복이 있나 봐요. 다행이지요.

그럼 안녕히 계십시오. 주변의 우리 식구들에게 안부 전해 주세요.

오늘 면회하고 영치금 2만 원, 영치물을 넣었습니다. 즐겁게

---

* 88 서울 올림픽을 앞두고, 일본의 와세다, 게이오, 도쿄 대학 등 110개 대학 교수 727명이 "미분 기하학 분야에서 세계적으로 알려진 수학자 안재구 교수가 다시 학문 발전에 기여할 수 있게 석방해" 달라는 탄원서를 한국 정부에 제출하였다.

잡수세요. 다시 서울에 가면 또 편지하겠습니다.

대구에서 아내 씀

※서울에 가면 국내의 서명도 생각해 봐야겠습니다. 저의 건강이 미칠지 모르겠지만, 최선을 다하겠습니다.

1988년 8월 7일
아버지께

오랜만에 펜을 들었습니다. 방학이라 다 집에 있어요. 영민이도요. 처음엔 그리 반가울 수가 없고, 우렁우렁하는 목소리가 온 집 안을 울리는 게 더없이 좋더니만 이젠 시끄럽고 덤덤하기도 합니다. 방학도 꽤 지났습니다. 하긴 어느새 팔월인걸요. 날씨 안부는 엄두가 안 나 생략하겠습니다.

어제는(6일, 토) 대학로 마로니에 광장에서 5,000명 이상의 사람들이 모인 가운데 '양심수 석방을 위한 범시민 가요제'가 열렸습니다. 시민, 노동자, 학생, 직장인이 함께 어우러지고 '민주화 실천 가족 운동 협의회'(민가협) 어머니들이 신나는 잔치 마당을 벌였습니다. 재야의 여러 단체, 다른 양심수 가족 들도 가요제에 참가했습니다. 음정, 박자도 중요하지만, 양심수 석방에 대한 의지를 겨루는 자리이기도 했습니다. 저희 '남민전' 가족도 참가하여, 김남주* 시인의 「죽창가」를 불렀어요.

저희 집은 영민이 빼고 전원 출석했죠(80%). 그리고 다른 가족, 수감되었다 나오신 분, 또 지금은 안 계신 분들의 아들들……, 사건별로는 최대의 가족이 무대에 올랐습니다. 결과는요? 저희 남민전 가족이 일등 하였습니다. 사회자는 "들어가 계신 분도 못 하는 게 없는 분들이며, 나오신 분들도 마찬가지이고, 가족들도 못 하는 게 없다."라고 소개하였습니다. 상품으로 받은 책은 다섯 군데 교도소에 골고루 보내드릴 생각입니다.

상 받은 것도 그렇지만, 저희 가족의 의지가 일등 할 만큼 씩씩하고 기운차고 대단해서 좋고, 그것을 심사 위원 및 시민 들이 인정해 주셔서 좋았습니다. 무엇보다도 '양심수 석방 운동'이 더 이상 당사자와 가족만의 운동이 아니라 범시민적, 범국민적 운동임을 확인할 수 있게 되어 가슴 뿌듯했습니다.

아버지도 말씀하셨듯 79년 당시와 비교하면 이 얼마나 도도한 역사의 물결입니까? 냄비 속의 물은 펄펄 끓고 있는데 그 뚜껑 위에 자꾸 무거운 돌을 하나둘 올리고 눌러 봐야 어찌 끓는 물의 팽창을 막을 수 있겠습니까.

* 김남주(1946~1994): 시인. '남민전' 사건으로 1979년에 구속되어 9년간 복역하였다. 시인에게 펜과 종이가 허락되지 않는 감옥에서, 우유갑에 못으로 글자를 새기며 시를 썼다. 『진혼가』, 『나의 칼 나의 피』, 『조국은 하나다』 등의 시집이 있다.

결국 냄비는 형체도 없이 폭발하여 사라지고 새로운 틀, 새로운 그릇이 필요하게 되겠지요. 아버지의 시대가 70~80℃였다면, 저희의 시대는 이미 90℃를 넘어서 100℃를 향하여 가고 있습니다. 온도 못지않게 이 시대의 열풍은 한편으로 뜨겁다 못해 서늘하기조차 합니다.

이달이 가기 전에 뵐 수 있겠지요. 그곳의 모든 분이 함께 늘 건강하시기를. 이 땅의 다른 모든 자랑스러운 '양심수' 여러분께도 안부 전해 주세요.

소영 올림

1988년 8월 22일

당신에게

그동안 별고 없는지요? 찜통더위에 어떻게 지내고 계신지 마음이 몹시 쓰이는군요.

이곳은 별고 없습니다. 지난 18일에는 석방 환영회를 했습니다. 이번에 나온 노재창, 김부섭 씨 편에 그곳 소식 잘 들었습니다. 8·15 사면에 기대를 하면서도 불안하기도 했는데, 전부가 아니더라도 그렇게나마 숨통이 트여 다행으로 생각합니다.

그동안 그곳 의무과의 윤 부장과 당신의 병원 진료에 대해 이야기했는데, 왜 자꾸만 일정을 끌고 있는지 모르겠습니다. 교도소 측에서 경비라도 부담하려고 준비하느라 늦어지나 보지요? 그럭저럭 개학도 가까워지고, 8월 말경에 한 번 더 내려가 독촉해야 할 것 같습니다.

아이들은 다 잘 있습니다. 지난번 소영이 편지와 책은 잘 받았을 줄 믿습니다. 양심수 석방을 위한 범시민 가요제에 우리 가족이 일등을 해서 받은 상입니다. 많은 사람이 모여 한마음으로 양심수 석방을 촉구했지요. 그처럼 많은 인파에 끼어 본 것은 처음이었습니다. 신문에도 크게 보도되고, 세월이 참으로 많이도 달라졌어요. 우리를 외면하고 경계하던 시대는 역사의 흐름에 씻겨 갔나 봅니다.

지난 5일에는 『여성동아』 잡지사 기자가 인터뷰하고 갔으며, 10일에는 『여성중앙』 잡지사에서 다녀갔습니다. 수기를 써 달라기에 마감하느라 어제까지 고된 홍역을 치렀지요. 아마 9월 초쯤, 두 잡지에 우리 가족의 기사가 나올 것입니다.

이렇게 한 발짝씩 우리를 묶어 놓은 매듭은 풀어지려나 봅니다. 돌이키고 싶지 않은 그 숱한 고통들……, 사람에 치이고, 돈에 치이고, 그 억울한 보상들은 하늘나라에서나 받게 되는지. 주님께서는 낱낱이 기억하고 계시겠지요. 그 와중에 가깝지도 않고 예기치도 못했던 사람들이 건넨 호의는 어쩌면 주님의 섭리기도 했겠지요. 주님은 이제껏 외면도 경계도 없는, 언제나 따뜻하신 길잡이였지요.

이젠 서늘한 바람이 불고, 밤잠을 설치게 하던 무더위도 고개 숙이고 달아날 것입니다. 날마다 잠에서 깨면, 푹푹 찌고 있을 그곳 생각부터 늘 먼저 합니다. 올해 더위는 정말 굉장합니다. 서울에 와서 처음 겪는 더위인 것 같습니다.

이달 말이나 9월 초에 가겠습니다. 그때까지 안녕히 계십시오. 주님의 가호가 항상 함께하시기를 기원합니다. 건강을 빕니다.

아내 씀

1988년 10월 21일
아버지께

쉰여섯 번째 생신을 진심으로 축하드립니다.

또 하나의 해와 그만큼의 나날들을 맞으시는 기분이, 소중한 의미와 웃음 지을 수 있는 여유로 가득했으면 좋겠습니다. 보내드린 고리키의 소설에 나오는 나날들이 아버지가 보낸 나날과 다르지 않으리라 여겨집니다. 『어린 시절』, 『나의 대학』, 『세상 속으로』. 어쩌면 먼 훗날 돌아보게 될 저의 나날도.

늘 건강히 지내세요.

생신을 진심으로 축하드립니다.

소영 올림

당신에게

지난달 28일에 소정이 면회 다녀가고 난 뒤에, 연이어 이곳에서 보안법, 사회 안전법 폐지, 구속자 석방 등을 내건 단식 투쟁이 갑자기 당겨져서 오늘에야 소식을 전하오. 3일간 단식하며 누워서 여러 가지를 많이 생각해 보았소.

지난 1일부터 신문도 구독할 수 있기에(실은 이것도 폭발 직전까지 가서 이루어졌지요.) 바깥세상 돌아가는 것을 잘 알 수 있게 되었어요. 여당에서는 구속자 석방을 무슨 인질 석방하는 것처럼 하고 있고, 남민전 관련자들은 석방 대상에서 넣었다 뺐다 온갖 흥정이니, 이자들 정치하는 꼴이 더러워 못 볼 지경이오.

박 정권 18년, 전 정권 8년은 물론 그전부터 줄기차게 이어온 권위주의를 이 정권이 청산한다고 하지만, 이 사람들이 어디 청산할 사람들인가요. 사회 도처에, 이곳 생활에도 뿌리 깊게 내려져 있으니……. 그러나 곳곳에서 부서지는 소리가 요란하기는 하오.

특히 대학에 실속 없는 재단 만들어 놓고 장삿속으로 경영하는 사학 경영자들의 추악한 권위, 권력과 공생하면서 곡학아세하는 어용 교수들의 되먹지 못한 권위, 이러한 권위주의가 젊은 학생들에게 짓밟혀 쓰러지고 있는 것은 속이 시원하다 못해 목

구멍에서 뒤까지 확 뚫어지는 기분이오.

이제 이 영어살이도 정녕 얼마 남지 않은가 보오. 역사의 흐름을 거스르려는 자들은 안간힘을 쓰고 있지만 그럴수록 자신들의 멸망을 재촉할 뿐이오.

"그날은 갑자기 올 것이므로 항상 깨어 있으라." 하는 예수님의 말씀대로, 세상에 나가서 일할 때를 위하여 심신을 갖추고 있소. 그리 머지않은 날에 당신과 나의 사 남매에게 돌아갈 것이오.

요즘 이곳 생활도 많이 바뀌었소. 이제는 편지도 제한이 없어졌어요. 횟수의 제한도 없어졌어요. 그래서 이 편지도 좀 느슨하게 쓸 수 있게 되었소. 종이 한 장에 당신에게, 소영에게, 그리고 여러 아이에게 사연 적느라고 깨알같이 써 왔지만, 이제는 그럴 필요가 없어졌어요. 또 누구에게도 할 수 있고, 누구라도 내게 보낼 수 있소.

하지만 십 년 세월로써 세상 사람들을 내게서 단절시켜, 이제 나에게 새삼 편지할 사람도 별로 없을 게고, 나 또한 주소를 모르니…… 막상 제한이 없어지니 한편으로는 마음속의 그리움만 더해질 뿐이오. 나를 아는 사람을 만나거든 편지할 수 있다는 말만 전해 주오.

면회도 또 올 수 있소. 한 달에 한 번이 아니라 두 번이오. 이 횟수 안에는 가족뿐 아니라 누구든지 올 수 있소. 일가친척, 친구, 제자……, 다 좋다 하오. 경북대 조 군 내외를 한번 봤으면 합니다. 그 밖에도 보고 싶은 제자들이 많지요. 눈 감으면 그들 모습이 눈에 어리오. 그러다가 이불깃이 젖어 오기도 하지요. 제가 끔 바쁘기도 하거니와, 또 세월이 너무 많이 지나가긴 했소. 그들이야 그리움도 삭아져서 이제는 새삼스러워할지도 모르겠소만……. 원하거든 한번 오라고 하오. 대구에 있는 여러 친구에게도 전해 주오.

책 영치도 거의 제한이 없어졌소. 시사 잡지도 볼 수 있소. 다음 면회 때 아이들과 의논해서 잡지 구독도 부탁할까 하오.

그리고 이사 간 집이 전보다 살기 편하다고 소정이 편에 들었는데, 전세라 자주 옮겨야 하지 않을지. 지금 생각하면 우리 젊을 때 이사 참 많이 했구려.

당신과 아이들 고생하는 것 생각하면, 정말 목이 메오. 하지만 이 세월도 이제는 거의 다 가는가 보오. 조금만 더 참고 기다립시다.

문익환 목사님, 김승훈 신부님, 우리 형제들, 가족들, 수고 많으시다고 안부 전해 주오. 그리고 김수환 추기경님을 비롯해서 여러 어른께도 인사드린다고 전해 주오. 오늘은 이만하오.

하느님의 은총이 당신에게.

성모님의 사랑이 당신에게.

남편

서울 올림픽이 열리던 그해, 1988년 12월 21일에 아버지는 마침내 자유를 되찾으셨다. 대구교도소의 육중한 철문이 열리던 날, "천 길 물속에서 외가닥 줄에 매달려 있다가 천신만고 끝에 밝고 푸른 하늘을 대하는 느낌"이라고 말씀하셨다. 그러나 여전히 갇혀 있는 양심수들을 남겨 두고 감옥 문을 나오자니 차마 발걸음을 떼어 놓을 수가 없다고도 하셨다.

철창속의 봄

안재구 지음

이 슬 비 철창에 – 서 물방울 되 어 어
으 스 름 달무리 – 는 산그늘 지 어 어
아 지 랑이 일렁이 – 는 높은담 넘 어

울 적 한 내 – 마음에 짓어오 구 나
철 창 속 내 – 마음에 감겨오 구 나
파 아 란 조국하 – 늘 밝기도 하 다

하 – 안 안개속 – 에 피어 오 르 는
희 미 한 두리속 – 에 떠올 라 오 는
따 뜻 한 봄바람 – 아 어서 불 어 라

그 리 운 그얼굴 – 들 더듬어 볼 까
못 잊 을 그동무 – 들 언제란 날 까
해 방 의 새나라 – 야 어서오 너 라

(1984년봄, 광주교도소에서)

편지, 시간이 다시 데려다 놓은 자리

안소영

1.

한번 지나간 시간은 돌이킬 수 없다고 합니다. 시간은 쏜 화살처럼 늘 앞으로 나아가기만 하며, 우리를 떠나온 자리로 다시 돌아가지 못하게 한다고 여겨 왔습니다. 그러니 뒤돌아보는 일은 부질없다고도 하지요.

지난해인 2020년 여름, 아버지는 돌아올 수 없는 먼 길을 떠나셨습니다. 십여 년 전에 어머니가 먼저 가 기다리고 계신 곳입니다. 이제 제가 있는 세상에는 부모님이 두 분 다 계시지 않습니다. 어렵던 시절을 함께 보내어 각별한 형제들이 있지만, 다들 두 다리가 허청일 때가 많을 것입니다. 든든히 지탱해 주던 밑동과 줄기가 삭아 위태로워진, 그러면서도 자꾸만 빈 하늘을 향해 손짓하는 겨울나무 가지 같습니다.

오랫동안 갈피를 잡지 못하다 찬바람이 불어올 무렵, 옛 편지 더미를 꺼내 보았습니다. 종이는 바래고 잉크는 희미해졌지만, 편지에는 아버지와 어머니의 목소리가 생생히 배어 있었습니다. 그리운 마음에 매만지며 바라보던 사진과는 또 다른 느낌이었습니다.

그때는 듣지 못했던 두 분의 대화가 들려오기도 했습니다. 어쩌면 아버지께서는 각오하셨을지도 모를 일이나, 그래도 갑작스럽게 닥친 일에 당황하며 어린 자식들의 앞날을 근심하는 40대 중반의 부부의 목소리입니다. 커다란 하늘 같기만 했던 부모님이 지금의 저보다 더 젊었을 때였다는 것이 새삼 놀랍습니다.

존댓말을 쓰고 의젓한 척해 봐야 고작 초등학교 5학년이었던 한 살 터울인 동생의 목소리, 식구들의 안부와 읽은 책, 학교생활을 미주알고주알 아버지께 이야기하는 제 목소리도 들려옵니다. 그때는 저보다 어른스럽게만 여겼으나 어쩔 수 없는 십 대 청소년들, 과묵하고 외로웠을 언니와 오빠의 목소리가 다시 들려오기도 했습니다. 궁서체로 꾹꾹 눌러쓰신 할머니의 편지에는 안으로 꾹꾹 삼킨 슬픔과 통곡이 배어 있기도 합니다.

한 달에 한 번, 아버지의 편지가 오면 둥글게 머리 맞대고 앉아 차례로 읽고 또 읽던 작은 방 안도 생각납니다. 왠지 마음이 두근거리고, 얼굴이 환해지고, 아버지가 더욱 보고 싶어지던 그 시간이 생생히 되살아납니다. 차가운 감옥에서 돋보기를 쓰고 작은 글씨로 봉함엽서를 빼곡하게 채우고 계셨을, 푸른 수의를 입은 아버지의 모습도 그려집니다. 겨우내 편지 묶음을 읽어 가노라니, '차르르' 소리를 내며 천천히 돌아가는 영화 필름을 본 것 같기도 합니다.

그러고 보면 시간이 일직선으로 달려가기만 하는 것은 아니라는 생각이 듭니다. 앞으로 나아가다 때로는 둥글고 커다란 원을 그리며, 떠나온 자리로 다시 우리를 데려가 주기도 합니다. 옛 편지 더미에서 저는, 이제는 다른 세상으로 떠나신 아버지와 어머니를 다시 만났습니다. 도토리나무가 보이는 창가 작은 책상에서 편지를 쓰던 십 대 시절의 저도 보았습니다. 말할 수 없는 그리움을 가슴에 담아 두고 애써 쾌활하려 했던 그 시절 저희 남매의 모습도 다시 만날 수 있었습니다.

되돌릴 수 없는 또 한 번의 이별에 상실감과 허망함, 슬픔과 자책에 허우적대던 자식들을 다시 세워 주신 것은 엄혹한 시절에도 무한한 사랑을 담아 보내 주셨던 편지, 그 안에 담긴 아버지와 어머니의 목소리였습니다.

2.

그 시절, 어머니의 하루는 이루 말할 수 없이 고단했습니다. 아버지의 구명 운동에 이어 석방 운동을 하느라 날마다 뛰어다니시고, 급변한 환경에 행여 충격을 받고 어긋날세라 어린 자식들의 마음도 잘 살피셔야만 했지요. 하루아침에 가정에 수입이 끊기고 보니 생계에 대한 걱정도 크셨습니다. 방문 판매용 화장품이며 옷 보따리를 들고 낯선 서울 거리를 헤매다, 목적지와 정반대 편인 버스 종점에서 눈물 흘리신 적도 많았다 합니다. 편지 쓸 시간도 없어, 이른 새벽에 소쩍새 소리를 들으며 아침밥을 안쳐 놓고 급히 종이를 메꾸기도 하셨습니다. 학교 다니는 아이 넷의 아침을 챙기고, 야간 자율학습까지 대여섯 개의 도시락을 싸야만 하기에 편지를 제대로 마무리도 못 하기 일쑤였지요.

저희 사 남매는 일 년에 두 번, 여름 방학과 겨울 방학에야 아버지를 만날 수 있었습니다. 보통 면회는 두 겹의 아크릴 유리와 쇠 창살로 가로막힌 좁은 공간에서 이루어졌지만, 이른바 '특별 면회'를 할 때는 교도소 내 별도의 공간에서 창살의 제한 없이 만날 수 있었습니다. 육중한 철문을 몇 개나 거쳐야만 하는 온통 회색빛의 음울하고도 삭막한 곳이었지만, 아버지와의 만남은 밝은 기억으로만 남아 있습니다. 아버지는 환하게 웃는 얼굴로 저희를 반기시며 너른 팔로 안아 주셨지요. 덩달아 저희 남매의 얼굴도 환해져 그간의 이야기들을 마음 놓고 할 수 있었습니다.

하지만 이처럼 '특별'한 경우는 교도소 당국의 판단에 따라, 바깥 시국에 따라 변덕을 부릴 때가 많았습니다. 갑자기 인원을 제한하거나 아예 불허했기에, 다 함께 갔는데도 어머니와 동생이 빠져야만 했거나 아무도 뵙지 못하고 돌아온 적도 있었습니다. 나중에 아버지가 감옥 생활에 관해 쓰신 글들을 보니, 저희에게 보여 주신 환한 웃음과 너른 두 팔 뒤에는 가슴 아프고 힘겨운 이야기가 많았습니다. 당연한 인간적 권리를 쟁취하기 위해 아버지는 교도소 당국과 끈질긴 싸움을 벌이셨기 때문입니다. 아버지의 푸른 수의 안에는 단식 투쟁의 여파로 쇠약해진 몸과 포승줄에 눌린 자국이 감추어져 있기도 했던 것입니다.

언제나 푸른빛의 '검열' 도장이 찍혀 있던 아버지의 편지에는 1980년대의 가혹했던 감옥 생활 모습이 다 드러나 있지는 않습니다. 그러나 교도소 내의 비리로 인해 낮은 수준의 규정에도 한참 못 미치는 부실한 식사, 병자에 대한 치료 소홀과 방치, 자신의 양심과 사상은 잘못되었으며 이를 바꾸겠다는 반성문 격인 이른바 '전향서' 요구 등 부당한 일이 많았습니다. 끔찍한 폭력이 있기도 했지요. 이에 아버지와 동료들은 때로 목숨을 건 저항을 하기도 했습니다. 독서가 주요한 일과인 양심수들을 괴롭히려 실내 조명으로 쓰는 전구의 개수를 줄여 버린 것은, 지금 생각해도 참으로 치졸합니다.

군부 집단의 계엄령이 서슬 푸르던 1980년의 마지막 재판에서 아버지는 무기 징역형이 확정되었습니다. 1심 재판의 사형 선고에서 그나마 감형된 것이지요. 아버지는 경북대학교 수학과 교수로 재직하던 시절에, 국내 수학계에서는 최초로 영어로 발행한 학술지『경북 수학 저널(Kyungpook Mathmatical Journal)』을 꾸준히 펴내고, 다수의 논문을 발표하여 세계 수학계에도 잘 알려져 있었습니다. 아버지에게 사형이 선고되자 세계의 수학자들은 한국 정부와 재판부에 탄원서를 보내왔고, 그들의 호소 덕분에 아버지는 구명되었습니다. 삼엄한 시절이라 국제 우편의 발송이나 수신도 감시당했기에, 어머니는 외국인 신부님이나 여러 사람의 손을 거쳐 비밀리에 아버지의 구명과 석방 운동을 벌이셔야만 했지요.

1970년대 말에 박정희 유신 독재 정권과 맞서 싸우던 아버지와 동료들의 저항은 외로웠지만, 1980년대 중반 이후로는 군사 독재에 반대하고 민주주의를 실현하려는 수많은 사람의 저항이 들불처럼 일어났습니다. 그 과정에서 87년 1월에는 박종철 학생이, 87년 6월에는 이한열 학생이 가슴 아프게 희생되었지요. 전임 독재자와 마찬가지 방식으로 장기 집권을 꿈꾸던 전두환 정권은, 전 국민적인 저항 앞에서 대통령 직선제 개헌을 받아들이고 물러설 수밖에 없었습니다. 그리고 1988년 12월 21일에, 마침내 아버지는 그리던 자유를 되찾아 저희 곁으로 돌아오셨습니다.

3.

돌이켜 보면, 그 시절에 쓰던 편지는 제게 일기와도 같았습니다. 일주일에 두어 번, 때로는 날마다 썼습니다. 언니와 함께 쓰는 방의 작은 책상에서, 토요일 오후의 빈 교실에서, 저녁 자율 학습 시간에, 시험공부를 하다가도 졸음을 쫓으며 아버지께 토막토막 편지를 이어 쓰기도 했습니다.

친한 친구에게조차 차마 아버지가 어디에 계신지 이야기할 수 없던 때였습니다. 아무에게도 할 수 없는 이야기를 가슴에 담고, 오로지 편지지 위에만 마음을 터놓았습니다. '검열'을 모르지 않았지만, 샘솟는 이야기와 그리움은 감시에 대한 자각도 잠시 덮어 두게 하였습니다. 물론 울적하거나 힘든 이야기로 아버지의 마음을 아프게 하지 않으려는, 가능한 한 밝은 모습만 보여 드리려는, 스스로의 '자기 검열'은 늘 했던 것 같습니다.

'아버지께'로 시작하는 편지지 위에는 감옥의 창살도, 덜커덩거리는 철문 소리도, 십 대의 예민한 가슴을 더욱 아프게만 하던 가난도, 가족의 앞날에 대해 남모르게 해 보던 근심도 없었습니다. 어머니와 저희가 사는 서울과, 아버지가 계시는 전주나 광주, 대전이나 대구 등 낯선 감옥과의 거리감도 없었습니다. 편지지를 앞에 놓고 있는 저의 마음과, 그 마음이 향하고 있는 아버지가 계셨을 뿐입니다.

아버지를 둘러싸고 있는 감옥의 무채색들이 마음에 걸려, 밝고 환한 그림을 그리거나 화사한 파스텔로 종이를 문질러 보기도 하였습니다. 편지 봉투는 늘 노랑, 연두, 분홍, 보라 등의 화사한 빛깔을 골랐지요. 그러노라면 마음이 환해졌습니다. 편지를 받으신 아버지도 조금이나마 환해지셨을까요?

편지가 생활이 되다 보니, 아버지께 드릴 이야깃거리를 찾아 주변을 세심히 바라보고 관찰하게 되었습니다. 날마다 다른 저녁놀 빛깔, 조금씩 달라져 가는 달의 모양, 계절마다 다른 밤하늘의 별자리들……. 불어오는 바람의 느낌도, 비 냄새도 언제나 조금씩 달랐습니다. 그 미세한 차이와, 그럴 때마다 두근거리는 마음을 아버지에게로 향하는 편지 종이에 옮겼습니다. 세상과 사람을 관찰하면서 때로 생기는 의문도 아버지에게 전하였습니다.

열여덟 살의 저는 아버지께 여쭈어 보았습니다. 아버지의 나이 50세 즈음엔 인생이 무엇인지 알 수 있게 되느냐고. 아버지는 대답하셨지요. 인생은 참으로 알기 어려운 것이며, 어떻게 살아야 하는지 알고자 하는 과정이 바로 인생이라고. 아버지도 어렸을 때 어른들을 보며 저와 같은 궁금증을 가졌다고 하셨습니다. 그리고 자식인 저희 세대의 50세 무렵에는 아버지의 세대와는 달리, 나라와 겨레와 이웃이 안정되고 평화로울 것이라 하셨습니다. 아버지가 겪고 있는 고난은 그러한 날을 위한 밑거름이리라는 말씀도 덧붙이셨지요. 세월이 흘러 그때 아버지의 나이가 되고 보니, 웬지 눈물이 납니다. 우리는 다음 세대의 사람들에게 무슨 이야기를 들려줄 수 있을까요?

아버지는 글을 쓰는 사람의 책임감에 대해서도 자주 이야기해 주셨지요. 제한된 편지로나마, 식민지와 분단을 겪은 우리 역사와 그 아픈 세월을 살다 간 어른들의 이야기도 들려주셨습니다. 사람으로서 소중히 여겨야 할 가치와, 어떠한 처지에도 존엄을 잃지 않고 살아가는 사람의 아름다움에 대해서도 들려주셨습니다. 제가 쓴 시와 글에는 꼭 소감을 말씀해 주셨고, 제가 읽은 책도 함께 읽어 보려 하셨습니다. 아버지의 의견을 들려주시고, 더 읽을 만한 책도 권해 주셨지요.

자라서 저는 몇 권의 책을 쓴 작가가 되었습니다. 제가 쓰는 글에는 아버지에게 편지 쓰던 그 시절이 깊게 스며 있다는 생각을 합니다. 강진 유배지에서 아버님을 뵙고 북한강가 소내의 고향 집으로 향하는, 정약용의 둘째 아들 정학유는 돌아갈 수 없는 아버님의 처지를 생각하며 속울음을 삼킵니다.(『다산의 아버님께』, 보림 2008.) 그때 학유의 마음은, 면회를 마치고 돌아설 때 회색빛 감옥에 아버지만 남겨 둔 것이 마음에 걸려 자꾸만 뒤돌아보고 뒤돌아보던 제 마음이기도 합니다. 식민지 청년 윤동주와 송몽규가 수감되었던 후쿠오카 형무소의 스산한 풍경을 그릴 때는, 덜커덩거리는 철문 저 안쪽 아버지의 외로운 독방이 떠오르기도 했습니다.(『시인 동주』, 창비 2015.)

무엇보다, 사람의 삶은 시대와 환경에 영향을 받을 수밖에 없으며, 누구나 자연스럽고 존엄한 삶을 살아 나가기 위해서는 힘을 모아 잘못된 시대와 사회를 바꾸어 나가야 한다는, 아버지의 삶으로 보여 주신 가르침을 잊지 않고자 합니다.

4.

1979년 10월부터 1988년 12월까지 아버지와 저희 가족이 주고받은 편지는, 남아 있는 것이 670여 통입니다. 아버지가 자유를 얻으신 이듬해 1989년에, 그중 일부를 모아 『우리가 함께 부르는 노래』란 서간집을 펴낸 적도 있지요. 부모님이 두 분 다 계시지 않는 때에 다시 옛 편지들을 가려내어 묶으려니 여러 가지 회한이 앞섭니다. 만시지탄(晩時之歎), 너무 늦었다 할 밖에요.

예전의 책과는 달리 이번에는 여러 가족의 편지를 더 담고, 청소년 독자들을 먼저 생각하며 편지들을 엮어 보았습니다. 아버지의 아들딸에게 보내는 편지이기도 하면서, 다음 세대를 아끼고 사랑하며 염려하고 기대하는 아버지의 마음이 담긴 것이니까요. 다 담지 못한 사연들에 아쉬움이 남기도 하지만 "뒤에 오는 사람을 생각하라."라는 말씀을 자주 하셨던 아버지도 기꺼워하시리라 여깁니다.

엄혹한 시절이었으나 아버지와 어머니의 사랑에 기대어 보낸 그날들은, 어떤 의미에서는 저희 가족에게 참으로 '다정한 시절'이었다는 생각도 듭니다. 세상의 끝, 천 길 낭떠러지와 같은 감옥에서도 아버지가 저희에게 보내 주신 크고도 너른 사랑이, 오늘을 살아가는 힘겨운 사람들에게도 위안이 되었으면 좋겠습니다. 갈라진 겨레가 하나 되기를 소망하며 신념을 지키기 위하여 자유를 억눌린 채 고통을 겪었던, 아버지와 벗들의 그 시간에도 햇살 같은 위로가 되기를 바랍니다. 자라는 세대들이 앞선 세대의 무한한 사랑과 축복을 느끼며, 훗날의 세대에게도 그 같은 마음을 나누어 주기를 소망합니다.

그 시절 아버지의 외로운 독방과 어머니의 쓸쓸한 방 안을 잇고 늘 채워 주셨던 하느님께 감사드립니다. 이제는 그 품 안에서 두 분이 함께 평안하시기를. 부모님 생전에 든든한 의지가 되어 주셨고 이 서간집의 출간에 격려의 말씀을 해 주신 함세웅 신부님과, 편지글에 담긴 시간과 마음을 소중히 읽어 주신 김중미 작가님께도 고맙다는 인사를 올립니다. 출간을 제안하고, 방대한 편지들을 추려 내어 한 권의 책으로 만들기까지 동행해 준 창비 김선아 님께도 감사의 인사를 전합니다.

맨 위 1970년 아버지의 경북대학교 이학 박사
학위 수여식에서 친지들과 함께.

왼쪽 아래 1976년, 아버지가 경북대학교에서 해직되신 뒤
고향인 밀양으로 떠난 가족 여행에서.

오른쪽 아래 1987년에 찍은 가족사진. 가운데 엄마를 중심으로
오른쪽 위부터 시계 방향으로 영민, 소영, 소정, 세민.

왼쪽 위 할아버지와 할머니.

오른쪽 위 서울 은평구 갈현동의 집 앞에서
어머니와 아버지.

오른쪽 아래 대구 파동에 살던 시절,
한낮의 집 마당에서
아버지가 찍어 주신 가족사진.

창비청소년문고 39

봄을 기다리는 날들
감옥의 아버지와 주고받은 10년 동안의 편지

초판 1쇄 발행 • 2021년 5월 14일
초판 2쇄 발행 • 2022년 1월 27일

지은이 • 안의환 김태숙 안재구 장수향 안소정 안세민 안소영 안영민
펴낸이 • 강일우
책임편집 • 김선아
조판 • 신혜원
펴낸곳 • (주)창비
등록 • 1986년 8월 5일 제85호
주소 • 10881 경기도 파주시 회동길 184
전화 • 031-955-3333
팩시밀리 • 영업 031-955-3399 편집 031-955-3400
홈페이지 • www.changbi.com
전자우편 • ya@changbi.com

글·사진 ⓒ 안소영 2021
ISBN 978-89-364-5237-7 43810